U0114285

心靈勵志 44

只要幸福不要忍耐

羅羚瑋 著

一個只有受過國中教育的早餐店老闆娘會寫書

她不是文學奇葩，但她的故事絕對是勵志奇蹟

博客思出版社

要改變自己的命運，先改變自己的腦袋

江湖佬－張淵愉

人在他人的歡呼聲出世，在他人的哭聲中離開，如果這一生你沒有為自己活過，那麼你白來了……

「95%的人是不思考的，只是5%才會思考。」，過去的年代在華人社會當中，你的父母親希望你好，所以寄予厚望在你身上，因此開始灌輸你 這個不行 ，那個不可以。

這個時候你就會跟故事的主角羅三妹相同，活在別人套在你身上的框架裡。什麼時候會破框而出，就必須要看你的緣份了….。

我是個腳底按摩師，因為有幸跟數字結緣 ，所以常常以數字會友。人生當中很多的不快樂與壓抑是因為環境給予的衝擊。這些衝擊跟我們使用的數字所產生的靈動力有關，也因為這樣才會跟本書作者羅姐認識。但我更相信的是一運、二命、三風水、四積德、五讀書。

讀書可以改變一個人的思維 ，就像故事中的主角對於書的不放棄而改變了他的人生。這本書從認命人生開始到反轉人生，一個「傻」字就是不顧一切的往前衝（閱讀）！

你想知道主角如何翻轉她的人生 ，如何在命運丟給她的一堆爛牌裡打出一條龍？那麼請不「要」往下翻——

女人的韌性與初心

「我是樂樂，出生於一個幸福美滿的家庭⋯⋯」自我介紹時，總是這麼開頭。

懂事之後，才逐漸明白，我視為理所當然的「幸福美滿」，究竟是來自一位什麼樣子的女人一磚一瓦打造而成，她走過的這半世紀，所經歷的風雨陰晴，超乎了我對於知命之年的想像。

當我還在為一顆不起眼的痘痘煩惱，而她在這年紀時卻已經背負了一個家庭的種種壓力，她還沒來得及解出課本上的習題，還沒來得及揮灑青春期的叛逆，就扛起了責任，面對現實的槍林彈雨。

她是我的母親，她的故事或許沒有影劇般精彩，但是藏不住她不願被傳統束縛的韌性，以及，曲折過後，仍保有那份最初的心。

就讓她為自己活一次

看著八點檔的我們總是說，最好現在生活中會這樣啦！但是你想不到一個彷若戲劇裡才會演出的離譜劇情，居然曾經在我母親身上殘酷的演著。

一本書十六萬個字，一字一句訴說著她半生的辛酸血淚，身為一個女兒，她來不及為她的父母做些什麼，她的父母就走了，身為一個媽媽，在孩子最需要她的時候，她也缺席了，為了不想再一次承受失去孩子的痛苦，這次她忍受了更大的痛苦，拼命抓住我跟妹妹，我跟妹妹才能比姊姊更幸運，在完整的母愛呵護下成長。然而我們永遠不敢忘記，這個完整的母愛是她忍受多少委屈痛苦，付出多少辛酸的代價為我們換來的！

別人亟欲擺脫的過去，她像撿拾碎片一字一句縫合起來，不是為了舔傷口，而是已經把它們轉化成創作養分，準備出書了。

她一句想出書，不知笑翻多少人的肚皮，有人懷疑她的文筆，有人說她又不是名人，誰要看她寫的書，有人等著看她的笑話，但她依然堅持，不過她這次並非孤軍作戰，她這次有我們三姐妹支持。她一輩子都在為別人而活，現在我們一致同聲說：「就讓她為自己活一次吧。」

學會釋懷生命中無可奈何的苦

曉琪

從小就知道，我還有一個親生媽媽。

似懂非懂，或許當時還太小，並沒有太大的感覺，也沒有像電視上演的無法接受而崩潰那樣的戲劇。

只知道，當時的長輩似乎不是很想讓我跟生母接觸，而生母只能一直來學校偷看我。

對生母的總總，都是聽身邊的長輩口述，而從生母口中說的，又是另一回事，而從小莫名早熟的我，選擇保持沉默，對我來說，無論是非與否，無論真相如何，親生父母，終歸是親生父母。

命運是掌握在自己手裡的，可往往回頭看，其實卻默默地按照著某一種規律走，巧合的…啼笑皆非。

這幾年，才開始與生母真正的相處，其實我並沒有怨懟，面對著這個一直對我心懷愧疚，想親近卻無所適從的女人，我只有無奈的心酸與對自己的自嘲，自己也做了母親之後，我更懂得用另一種角度去釋懷她的無可奈何與那種…

被迫與自己的孩子分離的痛苦。

走過人生大半輩子的大風大雨，生為台灣女人的菜籽命，失婚，再婚，生活的壓力，朋友的叛離，卻似乎讓她越挫越勇，她的身上沒有傳統女人認命的悲苦，卻散發出一種找回自己的自信。

不顧旁人的異樣嘲諷，她依然堅持地完成了這一本書，我感到很佩服，誰說女人只有認命這一條路？

只要不放棄，堅定信心，女人，也可以活得很自我。

由我來說說自己

通常寫書的人不是飽讀詩書的高知識分子，就是赫赫有名的成功人士，最低限度也要在網路上頗具知名度，絕無聽說一個只有國中畢業，每天繫著一條髒兮兮的圍裙，穿梭在奶油花生巧克力醬之間，賣早餐的大嬸也敢自不量力，想要擠身寫書之列……

沒有名氣一直是我被打擊的要害，也是我一直被勸退的理由。但我始終堅持，一如寫書的初衷。何世無奇才，遺之在草澤。筆者不敢自許奇才，但這本書打從第一章「抽牌」開始細訴自己（三妹）的前半生，，一段長達七年的感情宣告落敗、有錢沒錢在婚姻裡一樣失去價值，背負「離過婚的女人的包袱」再墮入泥巴坑，最後無家可歸，朋友各個棄我而去，經過兩次婚姻的磨礪，一路走來如喪家之犬，真是標準人生失敗組，但我從未被失敗框架，最後一堆爛牌竟被我玩成一條龍，我人生的精采度，自信是許多名人望塵莫及的……

不是名人寫的書，沒有商業價值，若以反向思考，筆者會不會因為這本書而名氣大噪；一個沒有高學歷，沒有成功的事業，默默無聞，賣早餐的大嬸會寫書，這種事如果是天方夜譚，那麼把不可能變成可能，會不會意外成為讓人眼睛為之一亮的賣點！

想放棄的人有千百種放棄的藉口，不想放棄的人，同樣有千百種不想放棄的理由。

於是，我像懇求名校接納我不成才的兒女一樣，執拗的把稿子一投再投，甚至同一家出版社，連投好幾次（編輯看到我的稿子一定很頭痛，暗罵這個人又來了！）。但我堅持不放棄，自信其情可媲美當年劉備三顧茅廬請孔明，只差我沒有併吞天下的豪情壯志，我只是有話要說：

關於「你」——你就是過去的我，現在由我來執筆寫出你，寫出過去的自己，過去都是別人在說你，現在何不由我來說說我自己……於是過去的你跟今天的我，便有了這場長達十六萬字的對話。

七十年代，拜十大建設之賜，經濟起飛，說「台灣錢淹腳目」一點也不誇張，那個年代就連做苦力的工人都可春風如意過生活，唯你不能如是搭上這艘順風船……。

你的朋友各個思想單純，生活穩定，唯你複雜多端，沒一刻安定。

你曾經自嘲自己的存在對社會最大的貢獻就是製造話題，供親朋好友茶餘飯後永遠有八卦可聊。然而，隨時間如我早餐店裡的油煙，慢慢隨空氣消失於無形，關於你的風雲或已逐漸淡出人們的記憶，我卻反而珍惜的拾起，端詳，你曾經的滄海桑田……

目錄

蓬門之女

抽牌

女人活該是水，水性軟，軟才可以搓圓捏扁，倒進圓形容器就成圓形，倒進方形容器就成方形。女人活該是菜籽，種子落在哪塊土地，就該在哪塊土地上扎根，像木樁被牢牢打進婚姻的墳墓，這樣還不夠，還要再加個三從四德，委曲求全，逆來順受等等附加價值像符咒那樣鎮壓在女人的額頭上，讓女人一輩子爬不出來，萬一不小心爬出來了，他們會以為看見貞子，覺得這個女人很可怕。

女子無才不是德，而是怕建立自我以後會不好約束。

說到王寶釧跟秦香蓮的淒美故事無人不知，無人不曉，卻打死不認識秋瑾跟梁紅玉，更遑論想像得到未來這個時代，竟會冒出一個絕代女子邢速蘭！

民國十四年阿母出生在台南學甲的某個小村落，那個蕭條的年代，阿母沒有受過教育，在小村落裡完成她的成長過程，思想閉塞，不解人性，在她的認知裡，家裡有沒有錢，比你們幾個孩子們有沒有受教育更重要。所以她從不教你們怎麼識人，也從不管你們會不會保護自己，然而不是她不願意教，也不是她不願意管，而是她自己也不懂這些，「貧窮」讓她把整個生活重心都放在「有沒有錢」這件事上。

阿母是標準的傳統女性，家中務農，兄弟姐妹眾多，那個重男輕女的年代女子不能上學，只能在家帶弟妹，包炊事，閒暇時還得下田幫忙。最重要的是婚姻沒有自主權，一輩子的幸福，像擲骰子那樣，而且骰子還不是由自己手中擲出去，而是由父母或媒婆代擲，但是輸贏自負，沒有人會替你承擔後果。

阿母說她家和阿爸家只隔一條馬路，她卻在結婚那天，才第一次見到阿爸，生活環境封閉可見一般，這讓我想起小時候和同伴玩猜謎語「東一片，西一片，到老不相見」答案是「耳朵」。耳朵生長在人臉的兩側，一邊一個，真的終其一生都不會相見，但是阿爸阿母經媒妁拉攏，相見了，只是相見不如不見，因為形貌怪異，誠如他們的婚姻千瘡百孔，不忍卒睹……

阿爸痀僂的背脊，讓她差點哭著跑回娘家。當然，阿母不可能只是因為阿爸長相不好就真的跑回娘家，這個理由在那個年代是不被允許的。

說了那個年代的女人一旦進入婚姻，就永遠沒有離開的理由，只能守著，無論生活多苦，男人多爛，子女多糟，都只能守著，守得雲開見月明，就算雲不開月不明，天地一片黯淡無光，讓人看不見前途希望，一樣得守著，直到老死，這是優良傳統社會鑲嵌在女人身上的十字架，人們稱之為「婦德」。

我後來將「婦德」解釋做「牌品」。

阿母是一個牌品好的人，阿爸不但外相不好，還吃喝嫖賭無一不染，完全不是一個可靠的男人。阿母明知自己拿的是一副爛牌，依舊奉陪到底。但阿母偷偷存了一個希望，是老一輩告訴她的：「丈夫不能靠，就靠孩子」。阿母將這句話奉做明牌，繼續拗下去，相信自己會在下一場賭局（孩子）逆轉勝。

阿母在小村落生下大姊，不久與叔叔們陸續遷居高雄鼓山。

阿母一共生下十個孩子，十個孩子十張牌。手氣再怎麼背，總不可能把把都輸吧，其中總有一兩把靚牌。但握在手中這十張牌，也不是阿母想怎麼玩就怎麼玩。

阿母在高雄生下第二胎，當時因為身子病了，無法親自哺乳，阿爸又總是留宿賭場不回家，剛學會蹦蹦跳跳的大姊便學大人樣泡糖水餵寶寶喝。但不懂得清理，糖水的甜味不久即引來一大隊螞蟻雄兵，將寶寶的脖子以及臉部整個吸附，出生不到滿月的寶寶顫動小小身軀猛烈哭泣，阿母當時病重到連一丁點起身的力氣也沒有，就這樣無奈的任由寶寶從嚎啕大哭，到進入無聲息世界……

第三胎是大哥。不幸的是，他也早夭，歿於腎臟衰竭，得年二十。本來他最乖最孝順做事也最勤勞，賺的錢全部交給阿母，從不惹阿母生氣。對阿母來說，大哥原是一張好牌，但造物者攪局，吹來一陣無名怪風，抖落阿母手中這張好牌。

阿母其實生下十個孩子，但全因命運作弄，不是早夭，就是送人，所以實際留在身邊的只有五個。你是阿母懷中孕育的第八胎，底下有一對弟妹也都是因為養不起，一出生就送人了。

本來你也是要送人的。

阿母說接生婆將你拉出產道，看到第一眼就很喜歡（可愛），因而提議將你抱回去給她那個久婚不孕開理髮店的女兒扶養。但是過了幾天，遲遲未收到「買嬰」的錢（人家也在考慮，聽說你很難帶，日以繼夜哭不停），而且阿母剛生產完那幾天漲奶漲到痛得不得了，於是考慮再三，又把你要回來。

接生婆家與你家只隔兩條巷子，家境不錯，住兩層透天樓房。我曾偷偷幻想過，如果當初阿母沒有把你要回來，讓你在不同的環境下生長，今天的我會是什麼模樣，也許受到很好的保護，很會讀書，有好姻緣，標準人生勝利組，若如此，我還會想寫書嗎？我想八成是不會，因為太安逸，沒有可以激起靈感的浪花！於是，我不再怨懟你曾經所吃過的苦，人生的六字變化，吃苦也是豐富生命不可或缺的養分，正所謂，未經長夜慟哭的人，不足以語人生，你在吃苦的時候，正是你生命最輝煌的時刻。

本來不想拿的牌，再度抽起來握在手裡，阿母很冒險，她根本不知道你是一張什麼樣的牌。對阿母而言，決定將哪一個孩子留下或將哪一個孩子送走，都像在抽牌，好壞都是未定之天。

阿母不識字又沒有一技傍身，大哥抱病在身，家裡又有一群孩子要養，加上阿爸不工作，賭輸了，還要逼阿母給錢，生活之艱難可以想見。那時你尚年幼，有一回阿母被阿爸壓著，你以為他們在玩，無知的在旁邊拍手跳躍，直到阿母發出哭聲，你才覺得事情有異，停止跳躍，心裡欲哭，你已經看出阿爸正在對阿母施暴，大概折扭她的手臂之類的。阿母終於掙脫跑了出去，留下生氣的阿爸和哽咽的你……。

你因為掛念阿母，心情已經跟著阿母跑出去了，一會兒，你聽見後窗有動靜，循音望去，看見阿母就站在窗外黑暗處，她輕聲地把你叫過去說：「你拿阿母那件洋裝出來給阿母，阿母會寒！」你聽話照做。你家後面那條巷子很黑，一入夜你和鄰居小孩除非成群結隊，否則沒有人敢獨自走過去，但你那時候正在高興找到阿母，有阿母在，黑暗便沒有那麼可怕。

後來事情怎麼發展你已經沒印象，但你一直記得阿母那時候一次穿兩件洋裝，長大以後回想小時候家裡只有一件薄棉被跟一件厚棉被，每到冬天阿爸蓋薄棉被，阿母拉攏你和小哥一起縮進厚棉被，棉被外的大孩子阿母就把家裡所有的衣服一件件拿出來往他們身上蓋，突然你才意會，原來那時候阿母連一件可保暖的外套也沒有！

日子真的很困難，稱奇的是舊時代的女性，無論處於多麼艱難的環境，都能帶著一群孩子存活下來。

家裡常處於沒錢狀態，但是柴米油鹽、水電房租每樣都要錢，所以「錢」對阿母而言是非常緊迫需要的東西。因此幾個兄姊一到學齡都不是被送到學校，而是被送往工廠，大姊就是被送去理髮店當學徒的。

大姊出落標緻，到你長大以後，還常有老一輩的鄰里對你豎起大拇指說：「妳大姊當年好漂亮啊！」

大姊夫原本是大姊的客人，他知道大姊的追求者眾，為了讓大姊「安定」下來，還在服役的他努力發動攻勢，大姊理髮技術甫學成，阿母正高興她將開始回收，改善家庭經濟，大姊夫卻像螳螂捕蟬，伺機在後的黃雀，一退伍，便急著將大姊「喙」回家。這對阿母是一種打擊。但是女大不中留，加上父母生性憨厚，遇到辯才無礙的大姊夫，哪有能力招架。

好強的大姊夫總想自己創業，但是沒有資本，亦無特殊技能，想要闖出一片天，怕沒那麼容易。

事業不順，素養不夠，把氣發洩在大姊身上，是家常便飯。

舊時代的台灣社會還有一種怪現象，不但男人可以打老婆，就連婆婆都可以隨意打媳婦，大姊的婆婆對於大姊這個無顯著背景，只有乖巧認命的媳婦，可以說想打就打，想罵就罵，有一次扯著大姊的頭髮，朝她的頭殼又扭又捶，過後，發現指甲及肉裂開一條縫，還滲出血水，她向鄰居投訴剛才打媳婦手指受傷了，這是明擺婆婆本來就有權力打媳婦的意思囉，多麼墮落沉淪的一代，偏偏這種墮落，在那個年代是有市場的！

信奉「三從四德」的大姊，孩子一個接一個生，從來沒有想過放棄，真不愧是阿母一手調教出來的女兒，不過大姊倒因此獲得「好女人」的名聲，全村子裡的人，只要一提到大姊的名字，沒有人不豎起大拇指，大聲讚「好」的！

如果女人一定要經過婚姻中非人道的粹鍊，才能算是好女人，那麼大姊已堪稱是個完美無缺的女人了……。

好女人一定得配上壞男人才能成型。如果一個女人嫁給一個好男人，譬如：溫柔體貼，會賺錢又不會暴力，那麼無論她多麼努力持家，相夫教子，把家裡整理的有條不紊，那也不算「好女人」，最多只能算「好命的女人」。

你的世界裡多得是好女人，因為你身邊多的是壞男人。

大概長年窩在賭桌的關係，阿爸原本痀僂的背脊，更駝了。又因長期與菸酒為伍，使他的健康無形中提早退化，五十九歲便因肺癌去世。但他生前「志業」後繼有人，小哥遺傳他的嗜賭如命、大哥則繼承他的酒癮成為酒鬼。正所謂近朱者赤，近墨者黑，從此在你們家出入的男人不是賭徒，就是酒鬼。

自小眼見耳聞皆是這類型的男人，讓你以為全世界的男人都是這樣的。也怪你自己年紀輕輕，未經世事，就涉獵感情，沒頭沒腦的選了泰子。泰子是一個會喝酒的男人，不但愛喝酒，喝了酒還會對你暴力，可以說人品和修養都極差，和這樣的男人在一起，你並不是不覺得痛苦，而是就算痛苦也不知道該怎麼辦，唯一會的只有忍。

泰子很愛你，真的很愛你，愛到巴不得把你裝進口袋裡他才會覺得安全。你不是不想離開他，而是每次提分手，他就會打你，而且一次比一次殘暴。他想用暴力嚇阻你離開，卻不知正是因為他的暴力，才把你推開！

缺乏自信的阿母，從小就一直教你「忍」，被鄰居小朋友欺負，要你忍，和自家哥哥吵架，一樣要你忍！忍忍忍……「忍」字訣是阿母的生存哲學，從小到大，你什麼學不好，只有阿母教的「忍」自認還學得三分像。

面對泰子無俚頭的暴力，你不敢反抗，就像阿母和大姊那樣，要不反抗才是好女人，現在我站在這裡往回頭看你，其實不要說泰子，連我都很想回去打你，怎麼會那麼無知！但是冷靜下來，無知有太多成因，那並不是當時的你所能扭轉。——於是一次次的原諒，無止境的忍耐越發助長他的氣燄，導致他越來越倡狂，越來越目中無人，完全拿你當肉靶子，而阿母除了心疼的撫慰你：「你怎麼也那麼苦命……」以外不知道自己還能做什麼，這就是阿母，一個既傳統又屈忍的女人。你出自於這樣的阿母，無知是必然。當然，今天我也不是來怪阿母，因為阿母也有她那個年代的束縛，說到底，那是整個大時代的傳承。

不歸路

不曉得阿母是自卑還是謙虛，從小到大，只要有人誇獎：「三妹長得真漂亮。」阿母一定說：「哪有啊，我們這種醜人，哪生得出漂亮的孩子噢……」，如果有人說：「三妹將來一定會嫁個好人家」，阿母的回答也八成是：「好人家有誰會娶我們這種窮人家的女兒唷……」。

在阿母的認知裡，所謂的好人家，就是指有錢人家。

已經知道自己出身不好，阿母又不斷在你耳邊「提醒」，使你更加相信自己真的很不好，真的不配過好日子。

其實女人的忍耐通常都是帶著期待性的。你就聽說男人當完兵以後會變成熟，所以便安撫自己先忍耐，等有朝一日泰子入伍，軍中的磨練讓他改變性情。

「期待」是你唯一會做的。

三年過去了，泰子的思想行為不見一絲長進，看樣子軍中只鍛鍊他的體魄，沒有教育他的思想。

你並非對這份感情執著，而是每次提分手，他就會像打球那樣打你，像踢狗那樣踢你，而，莫名的，就有人因為你年紀輕輕，一段感情能維持七年，而讚嘆你對愛情的堅貞，使你暗自哭笑不得，又不好辯解……

但你怎麼可能逃得出泰子的手掌心?讓你更害怕的是為了將你牢牢栓住,泰子可能開始考慮結婚。當時的你相信在路邊隨便抓個男人都會比泰子好,於是隨便找個人嫁,成了你當時唯一的想法。

不知道是不是命運的安排,就在你以必死的決心要和泰子分手的時候,有一天和阿母上菜市場,被政元的母親看見,從此認定你是她的最佳媳婦人選,接著幾乎每天都到你家裡拜訪和送禮物,在菜市場遇見阿母也一路纏著不放。她本身就是地方上有名的媒人婆,家住菜市場旁邊,很少人不認識她,你當她的媳婦,也註定會有不少人認識你。

當時的你雖然很需要保護,但看過政元之後,內心還是很掙扎,肥胖,醜陋,邋遢,而且短暫相處,就發現他很愛說謊,真的要嫁給他嗎?

「醜醜仔尪,吃未空」,但願這句話沒有騙人。

還有另一個問題要面對,因為沒有習慣訴苦,因此很多好朋友,都不知道你和泰子這七年的愛情是怎麼談的,特別是申玲什麼也不問,都是自己想。

申玲的個性恰和你相反,她心裡的怨藏不住,就算抱怨過一百次,只要讓她有機會再抱怨一次,仍然說得像剛出爐的麵包一樣熱呼呼。舉個例,光她訂婚的時候,她遠方嬸嬸看見時民,就說她是一朵好花插在牛糞上,這件事就至少聽她說過不下十次。

人們習慣用「手帕交」作為女性朋友之間的暱稱,但對你而言,申玲這條手帕恐怕不是用來擦淚水,也不是用來擦汗水,而是用來抹拭她的口水……

你真的很背,無論愛情還是友情,沒有一件是你談得好的。你的朋友多是從同學和同事演化而來，但是一群感情要好的同學和同事，走到最後留下來的那個，不是桶你一刀，就是在你已經流血的傷口上灑鹽！

申玲就是你在電子公司的同事，當初你們有四個最要好的朋友，各自離職以後，一開始大家還有聯絡，走到最後就只剩下你們兩個，漸漸她也就成了你最親密的閨中密友，泰子的問題你斷無理由不對她透露，實在是因為申玲沒有耐心聽別人說話，她只想說她自己想說的話，每次你們見面，聊天的話題都由她準備，你只負責當聽眾。

跟她說你和泰子分手了，這時候的你才開始有點好奇她的反應會怎樣，結果，只見她微微應你一聲：「哦」，表示知道了，之後又繼續她沒完沒了的牢騷。雖然並不指望申玲的關心，但是七年感情（不算短的日子啊，）突然告吹，這種事情發生在好朋友身上，完全不會感到震撼，就太讓人對她的定力感到震驚了！

申玲並不是沒有想法，從她的臉部表情，就知道她又在心裡自作答案了。幾天後，你們再度見面，她說話的態度突然扭揑起來。過去她在你面前說話從不掩飾動作和情緒，算是一個不做作的人，而今扭揑老半天才說：「時民說你很可怕、很無情，和泰子交往七年了，怎麼忍心說分手就分手」。

話雖然是申玲的老公時民說的，但她轉述時扭揑的表情，表示她也同意了，只是覺得這樣當面說你很不好意思，所以扭揑。

你一如以往，笑而不答。

政元自小就是個孝順的孩子，母親體弱多病，她的命好幾次都是從鬼門關拉回來的。父親退休後，依然在私人機構服務，妹妹玉珊要工作，所幸政元從事技術性工作，老闆重視他，而給予相當程度的方便，以致他能在工作時間內隨時跑回家替母親侍奉湯藥，孝子之名因此遠播。

第一天結婚，第二天歸寧，第三天還未走出房門，甚至連他家的碗筷放在哪裡都還沒摸清楚，政元母親便開始對鄰居哭訴兒子娶了媳婦忘了娘。

什麼？政元年紀輕輕就得了失憶症，才剛娶老婆就忘了他娘……真的，不誇張，你都還沒有出手，第四天起，惡媳婦的名聲已經響遍整個菜市啊。

你變成地方上的八卦名人了。孝子娶了惡媳婦，這戲碼好！也是托阿母的福，阿母每天天未亮就推著豆腐車大街小巷叫賣：「賣豆腐喔、賣豆腐喔……」，很少人不認識她，她跟政元他媽都是地方上的名人，你當這兩個地方名人的女兒跟媳婦，想不成名都不行。再加上政元父母的有意推廣，你的八卦便隨阿母宏亮的叫賣聲散播在早晨的空氣中，走在路上，都感受得到有人忍不住想多看你一眼。偶爾也會聽到有人在背後壓低聲音說：「彼勒就是賣豆腐ㄟ伊查某子喔」！

發生什麼事？你完全不知道自己做錯了什麼？後來才從一位和政元母親私交甚篤的鄰居口中得知：原來你跟政元才認識沒幾天，政元母親就急著問你要不要嫁給政元，你當時還很猶豫，就回答政元母親：「再給彼此一點時間多認識吧。」是因為這句話得罪了政元母親——我知道你心裡的疑惑，這句話很正常啊，為什麼要因為這句話而生氣，已經比現在的你又經歷更多的我，敢說已經有資格為你指點當時的迷津了，這句話聽在主宰意識強烈的人耳裡，就覺得你拒絕她，讓她沒面子。

政元母親每天指著你的鼻子罵：狐狸精、掃把星，甚至用比這更粗鄙不堪的言詞辱罵從不頂嘴的你是個沒有教養的孩子。

政元父親為了護主，跟著屁股後面搖旗吶喊，每次跟你說話手一定插在腰桿上。商談婚事的時候，笑咪咪的叫阿母千萬別勞神準備嫁妝，他們要的是你的人，阿母自然也沒要求聘金，只希望他們能好好疼你。可是你過門才第三天，政元母親便指著你的鼻子罵：「草之百，不要臉，真的沒帶嫁妝過來！」，你驚愣，卻不敢頂撞，禮教告訴你「婆婆有話，媳婦無嘴」。

雖是明媒正娶，卻卑微的像個童養媳。每天都有難聽的話貫入耳膜，每到用餐時間，政元母親臉上的表情總是冷冷的，相較之下，父親就熱情多了，他熱情於為你介紹每一道菜的價值，然後用極得意的口吻對你說：「像這樣一條海魚，就要三百多塊，這是在你們家裡吃不起的」，言下之意，好像你是在娘家活不下去了，才會嫁到他們家來討口飯吃。你笑著假裝聽不出他的揶揄，其實你被這當中的每一字一句裡，所隱含的針扎得很痛……

日子已經很難過了，偏偏紙包不住火，和泰子的事情不久傳入政元母親耳裡，這下你死定了，罪狀又多一條：婚前交過男朋友——政元母親強勢的怒罵：「你這個剪刀邊，鐵掃帚，不守婦道的破痲！」

政元家生活規律，除了午餐，早餐和晚餐，一定都是全家圍在一起吃。早餐還好，兩老不計較吃現成的，所以你通常都會買包子饅頭或土司之類的東西。晚飯比較麻煩，十四歲那年無故染上「富貴手」，所以阿母從不強迫你碰水，現在報應來了！

某天，用過一頓淚水泡飯的晚餐後，你在廚房洗碗，背後突然傳來政元母親像發現命案似的驚恐尖叫聲，你嚇得一時慌了手腳，緊張的努力回想是不是剛才吃飯的時候有做錯什麼事，後來才知道，原來是你戴手套洗碗觸犯「天威」，政元父親這時也隨「機」起「武」，朝你吹鬍子瞪眼睛——就像沙包被打擊過後的餘韻搖晃，一連幾天政元母親的氣都沒有消，四處向人投訴怎麼會娶到你這種又嬌又貴的媳婦，連洗個碗也要戴手套，又不是千金小姐，嗚……。

紅色鐵門

政元家位於市場邊的一條巷弄內，一幢雙拼的兩層透天洋房，屋內格局很大，一樓格成一房兩廳，一廚一衛，政元父母住樓下房間，二樓則格成兩房一廳，外加一片很大的洗衣間和曬衣間，你和政元以及他的妹妹玉珊各住一房，這對從小到大只住得起木板房的你，應該是個很溫馨舒適的住所，但你一嫁進門，只接收到冷酷人性，因此一點也融不進這裡。結婚以前你跟阿母曾經坐在樓下客廳那套高級的黑色大沙發上，接受政元父母熱情的招呼和款待，結了婚以後，這套高級黑色沙發和這座偌大客廳突然轉變成用來審判你的刑場。雖然事隔二三十幾年，我至今仍清楚記得那道用來與外界隔離成內與外的紅色鐵門，是你晝夜揮之不去的夢魘。和那道紅色鐵門比起來，你家那片油漆斑駁脫落，毫無抵禦能力的木板門，實難與紅色鐵門門當戶對，但是寒傖門內有個溫暖的母親，沒有任何銅牆鐵壁比她的愛更堅固。

「養兒方知父母恩」，過去常聽說女人結了婚以後，才會感受娘家父母的好，你不用等到結婚，就知道阿母的好，只是小時候，仗著她的溺愛，也多少養了些小姐脾氣。

阿母做生意，天未亮就出門，日上中天才回到家，忙得焦頭爛額，還得趕一頓飯給孩子們吃。有一次，阿母在忙亂中煮蛋花湯，錯將砂糖看作鹽巴，你喝一口，馬上吐出來，還對阿母發脾氣，阿母不但沒有罵你，還覺得很不好意思，重新去煮了一碗。

還有一次，阿母的手被魚刺割傷，要將飯從電鍋取出來的時候，血漬不小心沾到飯鍋內的白飯，你感到一陣噁心，生氣甩下碗筷，跑到巷口吃陽春麵，阿母竟自覺理虧，連罵也捨不得罵你一句，還追著拿錢給你。你太壞了，後來在我出社會，結婚，歷經無數人性險惡之後，這些當年你對慈愛老母所做的一切刁鑽，驕縱之行為，都如狼牙尖尖，咬著我的良心不放，讓我不時的想到就痛一下、痛一下！……

阿母不會做料理，她雖然會選上等的食材，但買回來的東西再怎麼好，最多也就是把生的煮成熟的，了不起加些許蔥薑蒜，和政元母親那種廚師級的烹調技術比起來著實天差地遠。照理你應該跟政元父親一樣，吃得津津有味外加萬分感謝，但因為他那種津津有味的表情和言語裡狎雜著損人意味，反而使你更想念阿母做的菜，引發喉管嗆出一股酸氣衝上來攪亂味蕾！

因為食不下嚥，本來就瘦的你又顯得更瘦，懷孕十個月了，肚子看起來還小小的，到孩子生出來以後，很多人嚇一跳說：「怎麼還沒看到肚子就生了！」

這時候，政元已經離開原來公司，和你在同一家工廠做事。你喜歡待在工廠，因為這裡沒有政元的父母，因此每天中午午休過後，隨著下班時間逼近，越發覺得紅色鐵門不斷朝你眼前逼近，心情漸漸沈重起來……

你一直在做錯事，兩老好像恐龍法官，一天到晚忙著編派你的罪名，回家又要面對什麼樣的責難，每天都以即將被押赴刑場的心情打開那道紅色鐵門——哭泣的婆婆，雙手插在腰間上氣得橫眉豎目的公公，是誰家裡娶了個稱頭的好媳婦，現金和黃金多少就甭提了，光是電視、冰箱、洗衣機、音響，就足以把兩位老人家氣死了！

下班，推開紅色鐵門，政元母親坐在那套高級黑皮大沙發上不知道已經哭了多久，眼眶還有水滴殘潤著。政元父親一張臉氣得鼓鼓鼓，雙手撐在腰桿兒上，一見你進門，才挪出一隻手狠狠點著你的頭，說：「你大哥為什麼大白天就喝的爛醉如泥，在路邊東倒西歪，丟不丟臉啊，你說！……」。「沒路用啦，娶到這種媳婦倒楣啦，我怎麼這麼命苦哪……」。當時你嘴巴不敢吭聲，心裡卻在想，她有事嗎！大哥不長進，命苦的應該是阿母，怎麼會是她呢？……

政元母親哭得呼天搶地，一隻手撫著心臟，另一隻手用力顫抖的指著你：「自從娶你這個破撇進門，這個家就沒有一天平靜的日子……」，嗚……。

政元母親說得沒錯，你不知道他們家以前怎麼過的，只知道自從進門以後的確沒有過過一天平靜的日子。

某一天，阿母在政元家巷子口叫賣：「豆腐、豆腐」。政元母親立刻衝出擋住阿母的去路：「親家母，你家三妹既不會煮飯，好吃懶做、遊手好閒、又沒嫁妝，不要臉……」。政元母親對阿母說話態度惡劣已經不只一次，阿母一直隱忍，怕的是你在人家的屋簷底下日子難過。

修養再好的阿母這次也火了：「親家母，我們可也沒收你們家一毛錢的聘金，這是當初大家說好的啊」。

政元母親哪堪被一直以來都在陪笑臉的阿母頂撞，當面氣呼呼：「要聘金，也不看看你家三妹是什麼貨色，呸，要聘金！」。

這是一早發生的事。

政元母親憋了一天，直到傍晚你下班一腳踏進紅色鐵門，還未定神，兩老已擺好陣仗，霹頭朝你的臉大聲吼：「你老母以為我貪圖你的嫁妝是不是，你看看……」。一把抓起你的手往廚房拖去，指著冰箱說：「你看，冰箱」，再拖著你的手返回客廳，指著電視說：「你看，電視」，知道她還想再拖著你往樓上去看洗衣機，顧忌你有孕在身才作罷，但是緊抓著你的手不放，站在樓梯口，用她的另一隻手指向二樓，再朝你的臉怒斥：「洗衣機，喝！我們家什麼沒有，會貪圖你的嫁妝！」，「對啦，是沒收聘金，但沒聘金又怎樣，你這叫便宜沒好貨！」

她一手抓著你，一手捶著自己的心肝哭訴著：「真是家門不幸，娶到你這勒破撇，離婚、離婚，即刻離婚，你這個垃圾、愛慕虛榮、楊花水性、下賤的查某……」。

從政元他媽的！嘴裡吐出來的話每個字都像刀，刀刀劃在你的心坎上，而你只能任她恣意潑撒，血水，淚水、口水一併吞進肚子裡！

是的，你必須是個糟到透頂的女人，他們才能合理的痛快淩遲。

你想到今早一向溫和柔弱的阿母被政元母親騎在胯下的情景，就恨不得朝政元母親那張每開口罵人就會不住抖動的那兩片下垂的腮幫子重重摑下去，但不要怪我笑你，你不敢，你沒那個種，你的頭頂早被做人媳婦的看板壓得死死死……

知道你表面平靜，內心實則盛滿一整桶的淚水不敢流出來，這次的心痛是雙倍的。

陪兩老吃過晚飯，你趕緊將碗洗淨，確定兩老嘴巴罵累了，肚子餵飽了，已經安歇，便飛奔回家，我知道你趕著回去抱阿母，也知道回去阿母會再對你說一次今早發生的事，但你還是想聽，阿母有滿腹委屈，你不聽，誰聽？於是你一邊聽著阿母的哭訴，一邊摸著她的臉頰，那張滿寫滄桑與慈愛的老臉頰，是政元母親那滿臉苛薄的橫肉不配與之比擬的。

嗯，很好，接下來的日子你沒有再犯什麼新的過錯，但那不是因為你變乖了，也不是兩老懶得再編派你新的罪名，而是他們發現光以「離婚」這個話題就夠他們發揮了。和什麼楊花水性，愛慕虛榮，破盤子，破碗公，或婚前交過男朋友、有沒有嫁妝，洗碗戴不戴手套，等等這類問題比起來，「離婚」更好玩，因為以上那些都是名詞或形容詞，你只要乖乖站著別動，讓他們像貼標籤那樣一張張往你臉上貼就可以了。但是「離婚」不一樣，「離婚」可以是動詞，動詞就必須有實際動作，正因為無法做出實際動作，他們才覺得更夠勁，因此不但不會收手，還會更用力！

自從踏進這個家門，就一直覺得自己像沙包，任由他們隨時的打擊：左鉤拳、右鉤拳！直到他們累了，然而就算短暫收手，你也無法移動，因為媳婦的身分使你的頸子毫無抵禦餘地的吊掛在那兒，聽候他們一次又一次隨時的打擊……

每天由外往內走進那道酷似地獄入口的紅色鐵門，前面等你的是刀山還是油鍋？

某天，兩老在客廳久候了，看你進門起初還悶著。但是就算他們沒有開口，你還是站在客廳不敢動，像個做錯事的孩子，心裡有數，知道等一下大人就要拿鞭子抽你了。

哦，也沒等多久，大概政元母親擤完一把鼻涕之後就開堂了。

「阿元，你是要這個狐狸精，還是要父母」「阿元，這個查某，你不能再要了」嗚……

在他們面前，你永遠只有被宰割的份……

政元母親抖著因服用過多類固醇而產生的肥胖身軀，抽搐著，看起來像被你欺負的很慘。政元父親一邊鼓著腮幫子吹氣一邊狠瞪著你，幾根鬍鬚隨著兩腮一脹一縮的上下浮動著，嘴裡不時吐出幾句穢言。面對政元父母催命似的要政元當下做出和你離婚的決定，你像個罪婦等待宣判，噙著兩團淚水，摸摸腹中手腳正在翻踢的胎兒，眼下茫然……

如果這個女人不是爛到透頂，試問天底下有哪一對公婆會那麼狠心，都快生了，還逼她離婚，不只申玲，恐怕所有人都不會對你有好看法，想到這層面，你的心又開始揪成一團！

政元母親撕心裂肺的哭喊，好像不離婚她就活不下去了，父親在旁邊啐：「你看！你把我們家搞成什麼樣子了」。

離婚離婚聲聲催，像沙包在你眼前不住的左右搖晃搖晃，不知道這股後作用力何時才能停止，你覺得又累又無助，兩腳竟不自覺朝門外走去，但看你腳步漸朝門外，政元母親突然猛地從沙發上躍起來朝你背後喊：「欸，等你要生的時候，可是會呼爹喊娘耶」。這話的意思是當你要生的時候，身邊不能沒有人，你聽得懂。然而，不是要趕你出去嗎？……

飛鏢

前陣子阿母家搬來一戶新鄰居，媳婦名字姑且就叫她邢速蘭。

邢速蘭不愧是邢速蘭。她婆婆才罵她一句：「草之百，破麻」，她就劈哩啪啦回以：「你才是草之百，老麻，你的之百爛了了，你的之百眾人幹」！

原來只要是罵人的文化水平都差不多，用的詞彙大同小異。

邢速蘭的婆婆詛咒她的氣勢絕對不會輸給政元他媽的！但邢速蘭可不像你那麼沒路用，面對粗鄙咒罵只會默默領受，了不起把「他媽的！」三個字偷偷嵌進文字裡。

你其實心裡很有數政元他媽一向只用嘴巴暴力，從來沒有真的對你動過拳腳，是因為你有孕在身，她怕把瘦弱的你打落胎，所以手下留情（還算她有三分理性），你看邢速蘭的個子雖然嬌小，但是罵婆婆罵到這種氣勢，換作政元他媽，早把她剁成肉醬了，邢速蘭幸運就幸運在她婆婆兩腿俱殘，靠兩手支撐地面行走，邢速蘭不打她，就算她走運了！

瞧邢速蘭那張嘴厲害的。看樣子她的腦子不曾被灌輸過「委曲求全」，「逆來順受」「婆婆有話，媳婦無嘴」等等，這些個壓垮媳婦的大道理。

你看她婆婆罵她三字經，她雙手插在腰桿上跩著，跩著，也老大不客氣回敬四字經，她婆婆罵她五字經、她更慷慨回以六字經！她婆婆叫她去死，她更狠叫她婆婆自己去死；她婆婆「指示」她到馬路上給汽車撞，她更勝一籌「建議」她婆婆去給公共汽車撞，不然去給火車或飛機撞，反正每次只要這對婆媳吵架，不是人體大觀，就是交通大亂！你每次站在人群中觀看所謂用人體生殖器官組成的造句，一一從這對婆媳的嘴裡像飛鏢那樣射過來、射過去，簡直神乎其技，你偷偷借過幾支來看看，發現每支都很適合用來射政元他媽！

你已經離開工廠，回娘家待產。

敲門聲，是政元他媽的！身影站在門口——唉，如果有人存心不遵守交通規則，就算請交通部長出來也不管用。

只忙著跟邢速蘭借飛鏢，卻忘了跟她借膽，所以當政元他媽傲然問你：「你到底還要不要跟隨我家阿元」，你還是兩腳站直直，恭恭敬敬回答：「要」。

一聽你說「要」，政元他媽的！態度顯得更傲然：「你如果真的還要繼續跟我家阿元吃飯，那就端杯茶，真心誠意向阿元他爸道歉（她想營造一切都是政元父親造成的那種假像），我會幫你說好話，求他讓你回去（呵，這時候她又做好人了）。

你不在，生活突然變平靜，兩老肯定寂寞！

你知道他們只是想玩，並非真的希望你離開，不然也不必高喊：「欸，等你要生的時候，可是會呼爹喊娘……」嚇阻你離開他家了。只是，放下身段求你回去有損顏面，所以還得由你擺個待罪之身，感激不盡的卑微姿態回去不可。

說不回去，老人家已經開口了，然而沒有一天平靜日子可過的地方，究竟有誰離開了還會想再回去，更別說還得擺出一副求之不得的樣子。目送政元母親離去的背影，你心裡只恨沒有早點認識邢速蘭……，早點認識邢速蘭，回家的路上便不會戰戰兢兢，面對那兩片紅色鐵門，直接施展佛山無影腳用力踹開，然後朝裡頭大喊：「兩個老傢伙給我出來！」……

不知道是心理影響生理，還是生理影響心理，妊娠期間沒有一天的心情是好的，這個孩子讓你整整吐了十個月，完全不想吃東西，政元每天早上買一罐鮮奶「強迫」你喝下去，可憐一罐不到兩百CC的牛奶你也喝不完，常趁政元沒注意時偷偷倒掉，還好，孩子出生一切正常。

政元回去通報你生了。

十個月前，你懷孕了，阿母抱著一線希望政元父母能看在你懷孕的份上，對你好一點。誰知兩老只冷冷對政元說了句：「你老婆也會下蛋哦！」。

政元父母對你的怨恨始終沒有消，因此就算搬出來了，日子依然無法平靜，難聽的話依舊如雷貫耳。

還是強烈逼你離婚，政元已經快崩潰了！

他早就屈服了，只是不敢開口，所以面對你，除了垂頭喪氣，不知道怎麼辦。

結婚以前就知道他是個沒長大的孩子，雖然孝順，工作勤勞，是個不怕辛苦的人，但內在其實很空洞，面對不離婚，兩老就活不下去的壓力，顯得比你更無助。所以當他最後還是開口提離婚的時候，你只能選擇體諒他，你知道再不離婚，沒有一個人活的下去……

真的做出實際行動，到律師事務所簽完字，你讓政元把曉琪抱回去「交差」，有了政元的保證，你相信你不會失去那孩子。

一天到晚逼你離婚，真的離婚了，卻沒有鼓掌叫好，一接過軟綿綿的曉琪，只悻悻然的說了句：「怎不叫她把孩子帶大一點再離呢？」知道他們從頭到尾都不是真心要你離婚，他們只是想玩，可是玩的過火，假的也被他們玩成真的。

政元母親身體虛弱，父親還在上班，再能幹的政元也分身乏術，沒多久就將曉琪交給保母帶。於是你跟政元、曉琪原本的一家三口，就這樣無奈地被迫分隔成三個地方……

所幸政元的心還是向著你，沒多久，就抱著曉琪回到你身邊。

當今社會才流行「假離婚」，你跟政元則早在二三十年前就開風氣之先了。

政元的父母眼見你們根本不可能真的分開，又刮起一陣毒舌旋風……

無所謂的，反正兩老怎樣都能罵。知道他們從來沒有真的希望你離開，因為你是他們唯一的媳婦，當你要步出他家大門的那一刻，政元母親在你背後嚷的那幾句話，表示他們的頭殼沒有壞到喜歡看到自己的兒子沒老婆，和即將出世的孫兒沒母親。

你跟政元幸福嗎？說實在，那時候的你根本不知道什麼叫做幸福。你只求日子能平靜，沒有吵鬧，沒有暴力，但那似乎不可能！

真相

沒錯，婚前就後悔，不想嫁給政元，即使沒有他的父母，你跟他之間的關係一樣存在困難，但你以為再大的困難，也難不過和泰子在一起——那時，泰子每天都流連在你家附近伺機等你落單，你需要被保護。你本來以為自己沒有退路，才決定嫁給政元，後來才頓悟，結了婚，尤其是有了孩子以後，才是真的沒退路。現在既然已經簽了字、兩造無關，應該順勢離開他，但是你沒有這麼做。沒有的原因有兩種，一是放不下曉琪，一是畏懼輿論。

一直在乎別人的看法，是你當年最大的迷思，好像日子是為別人在過的。

經過蛻變後的我，往回頭去看那時的你，覺得你不但無知，而且很自私，一直只想到自己的感覺，而忽略了政元也有他的感覺。沒有名份的這四年來，政元其實也在撐，說穿了你並不是一個完美的妻子，而政元有他這個年紀的需求，容忍你的「疏離」，是因為有總比沒有好。只是能夠撐多久？政元畢竟沒有成熟的思想底子。夫妻床地不合，他不高興不說，常假藉其他事故對你使用暴力。

阿母很愛你，奈何她也覺得女人受苦是應該的，即使離了婚，還是勸你：「女人受了委屈，哭哭就算了，我如果不是這樣忍，你們幾個孩子沒娘怎麼辦！」。阿母雖然目不識丁，卻也懂得用種子來比喻女人的命，說女人是菜籽命，種子落在哪裡，根就紮在哪裡。更喜歡自比王寶釧苦守寒窯十八年，還說幾代祖母奶奶，哪一個不是這樣「忍」過來的。

我不喜歡王寶釧，我比較喜歡邢速蘭。

沒有邢速蘭的膽識，只好聽阿母的話，學學王寶釧。

其實我也很希望你能像王寶釧。

像她那樣有個驍勇善戰，雖包二奶（實屬無奈），卻始終心繫於她的丈夫。

像她那樣自給自足，雖然孤獨了點，但至少不必養男人，更不必忍受男人的暴力。

最好是像她那樣有個有錢有勢的娘家……

曉琪四歲那年政元他媽過世，政元說過等他母親走了以後會接你回家。但是他母親過世後那一個月內，他整個人卻瘋了。

和他父母對你那樣，一件不痛不癢的事情可以扯好久，扯到所謂殺紅了眼，除了拳打腳踢，書本、音響、電話，椅子，只要抓得起來的東西，全部往你身上砸！有一次順手抓起桌上一個裝滿水的大鐵製茶壺，狠狠往你身上砸下去，你知道你逃不掉，一面像木頭人那樣呆立、那樣毫無反抗的接受他的投擲，一面心想，還好水是冷的……

知道嗎？我一直在想你，想那時候的你，想得好心酸。幾年前有個歐吉桑跟我聊天，無意中說到：「老公敢打老婆，公婆敢欺負媳婦，都是因為娘家太弱。」當下我的心一懾，很有同感，你的娘家就是太弱，不弱的話，就不會任由泰子把你打著玩。不要說你那兩個不負責任的哥哥了，就連你姊夫，泰子把你打到地上縮成一團的時候，他也只是站在旁邊看。

你自己也很弱。

你無知，暴力寄生於無知。這是我後來的體會。但是，我憑什麼這樣說你，我也並不是一開始就是我，而是從有「你」才慢慢轉變成「我」的。

真的沒有人可以救你，我好想去救你，但是回不去了，我們之間只有你走向我，絕不可能是我再走回你，你注定承受那些，這就是成長的一貫路徑，你知道的。

你不能離開政元，因為離開政元就會失去曉琪……

當初簽字離婚的時候，政元分析給你聽，如果曉琪給你，他的父母一定不會善罷甘休，給他，他會偷偷抱出來給你看，何況日後你們一家還會團圓。

你也知道他無論結婚還是離婚，都不敢忘記他那個娘，如果沒把孩子交給他，他根本不敢回家，而且事實上也是，不把曉琪交給他，一定躲不過他父母的「追殺」。政元的話，說服當時六神無主的你，便毫無考慮的將曉琪交給他。

如果這是女人的宿命，就忍吧。就像阿母說的「哭哭就算了」。你盲目的苦撐，除了在職場裡，其餘時間，盡量讓自己的思緒保持呆滯，讓時間拖著走，只要能守著曉琪，你以為這樣大家就會說你是好女人了，不料政元並不要這樣的好女人！

應該是拿你沒輒了，最後政元說：「我們先分開一下，讓彼此冷靜冷靜吧」。呵，鬼話，不冷靜的人一直都是他，但無論如何，他願意冷靜，對你就是一種特赦。你乖乖聽話的搬到二姊家住，但是政元並沒有依約讓自己冷靜下來！

住到二姊家以後，政元從不來看你，打來的電話，每一通都在挑釁，你知道他心中的憤怒還沒有消，所以在二姊家裡住的一點都不安心，究竟他為什麼要讓心中的憤怒一直延伸下去？這其中肯定有一個不為人知的「真相」，只是你抓破了頭也想不出「真相」到底是什麼，或者根本沒有「真相」這種東西，純粹是他藉故發洩不滿而已。

幾天後，政元又莫名其妙打電話到二姊家飆了一頓，掛上電話之後，以最快的速度衝到二姊家裡，把你從四樓拖下去。

你不知道政元要把你拖去哪裡，害怕的死命掙扎，看你掙扎，他索性將你抱起來直往樓下衝，你瘦小的身軀被他魁梧的胸膛整個包覆動彈不得，接下來的未知，讓你感到莫名惶恐到近乎失去意識，隱隱約約，只聽到二姊以快要哭出來的聲調求他：「政元，不要這樣啦，拜託，政元不要這樣啦！……」。

已經失心瘋到像頭獅子的政元，二姊的哀求哪裡感化的了他，二姊也是個平實人，不知道像他們這種人如果弱勢不幸成為他們的獵物，他們根本不會有任何憐憫，你再表現那麼弱，只會被咬更大口而已——他一路托著你往樓下衝，三樓、二樓的人不斷探頭出來看——二姊當時住的房子是透天四樓，房東將它們分層出租，二姊分租第四樓，一樓是店面——直到一樓，終於把你放下來。

他的臂膀比你的臂膀起碼大三～四倍，想掐死你易如反掌。但是他將你放下來以後，卻什麼也沒做，只是站在路邊大聲吼罵，罵到引來一堆路人圍觀。之後，發動機車引擎忽地一聲走了，留下錯愕的在場所有人……

政元不再出現，接下來的日子突然變無聲了，然而你的心裡卻充滿一種敵暗我明的不安。

幾天後，政元突然出現把曉琪帶走，二姊和兩個姪子女阿水跟阿森的心都碎了，而你除了無助，還呆呆的單純想政元到底要鬧到什麼時候。後來一樓店面的房客搬走，二姊夫的友人提議你們合資開自助餐店。雖然那時你已經在加工區上小夜班，為了多賺錢，還是應允了。

忙碌之中仍然不斷思忖政元那天的動機，還有他母親走後，他不但沒有把你接回去，反而整整一個月來不斷莫名其妙變本加厲折磨你的原因。直到那天，有個陌生的中年男子出現在自助餐店。

這位中年男子一確定哪個是你以後，馬上癱跪下來……當時你正坐在矮凳子上洗菜，被這突如其來的舉動嚇了一大跳，連忙將他扶起，但他不願起來，繼續哭訴著：「拜託你叫政元離開我女兒，她不過是個高中生……」！啊……你完全不相信自己的耳朵。政元有外遇，對象還只是個讀高中的學生！

關於這陣子政元急速性的變化，我當時揣測過許多原因，就是沒有料到外遇這回事。是你把自己估的太高，還是把政元料的太低？

太突然了，導致心跳加速，一時之間竟不知道該如何安慰眼前這位傷心欲絕的父親……

謎團揭曉！果然有「真相」，真相是「外遇」，然而，就憑他！不過對象如果是個未經世事的小女生，就很難講了（就像當年的你，哈）。總而言之，事實已經證明和一般外遇的男人一樣，對老婆總是百般挑剔為難，我怪你怎麼那麼遲鈍，正是無法實現帶你回去的承諾，這一個月來才會如此用力折磨你，目的是希望你能在他的外遇曝光以前，知難而退，他好把所有罪過通通推到你身上，說是你無情先離開他，好為自己的外遇脫罪，誰知道你真的是罵也罵不走，打也打不跑，只好在二姊家硬把你從四樓強抱到一樓，吵架給大家看，這虛晃一招「聲東擊西」的目的是為了對外界製造你們夫妻早已失和的假象，好為自己的外遇合理化，繼續維持他乖乖男的形象。這個心機，我當下就解開了，只是解開了又如何，你對一切是那麼的無可奈何……

這是什麼美國笑話，打不跑、罵不跑，就是想學人家做好女人，結果這樣的好女人，竟變成政元的絆腳石，他恨不得一腳把你踹到外太空！

阿母，都是你啦！也沒弄清楚人家是不是薛平貴，就一逕勸你學王寶釧，害你下場變成秦香蓮……

當初告訴申玲，你離婚了，申玲除了一聲「喔」表示知道了以外，其餘什麼也沒問。現在正式分開了，你沒說是因為政元外面有女人，本來就沒有力氣說什麼了，現在申玲那自以為瞭解兼欲言又止的無奈表情，更讓你不想再往下說。

反正沒巴望在她身上得到安慰，所以談不上失落感。兩人的相處模式還是照著以前那樣，申玲負責說話，你負責聽話，直到有一天申玲不再來找你，你打電話找她，她也直說忙，一段時間後才主動約你。

這天申玲的話突然變少，她以前話少的時候，表情通常不是生氣就是充滿感性的憂鬱，但此刻她的表情扭捏，欲言又止，沉默一會兒，終於開口了：「時民叫我不要再跟你做朋友，因為你是個離過婚的女人……」。

你靜靜聽著她說。十幾年來，無論她想說什麼，你總是靜靜聽著她說。

從頭到尾申玲的思維始終卡在你「離婚」這件事上繞，從不問你為何離婚了還要住在一起。訴苦時，常有意無意說自己是如何如何的放不下孩子。打自你離婚以後，她每次和時民吵架，都大聲嗆說要學三妹那樣勇敢果斷，你當然聽得出她的弦外之音，不這樣凸顯你的壞，要如何展現她的好。你因此而使時民對你印象更糟，也只能默默承受，她本來就是靠損你在提升她自己的，這你是知道的，可不是，她現在更直接了當問你：「你怎麼捨得下孩子啊？」。呵！同樣是母親，她捨不下她的孩子，憑什麼認為你就捨得下你的孩子！離婚的時候，曉琪才四個月，正式分手已經四歲，沒有名份的這四年來，你依然守著，全台灣沒有一條法律是在保障沒有名份的女人，你在叫天天不應，哭地地不靈，完全無助的情況下被迫失去婚姻，失去孩子，心正在淌血，她這個閨中密友不但不安慰你，拿她的手帕輕輕拭去你心上的血漬，反而在你的傷口上撒鹽，還加碼贈送三尺白綾，把你已經瀕臨窒息的咽喉又勒得更緊了！

那一夜，你躲進被窩，把自己狠狠拋進淚海裡……，不是吧，這樣就哭喔，別哭了，把眼淚省起來，你的哭戲還在後頭，不過想想也好，趁現在能哭就哭吧，因為接下來的日子，你可能連哭的知覺都沒有了！

岔路

泥巴坑

不怪命運，只怪生不逢時，如果是生在這個年代，大家應該見怪不怪，偏偏你生在那個風氣將開未開的年代，離個婚大家見你就像見到鬼！不只時民阻止申玲跟你做朋友，許多女性朋友的家人也紛紛勸她們離你遠一點，霈君的大娘姑為了阻止她跟你來往，兩人還大吵一架。連人家的大娘姑都跳出來說話了，如果你還有一點羞恥心，應該去跳海，偏偏你不去跳海，而是跑去下海……。

你的女性朋友每個都很乖很單純，是你漸漸跟她們不一樣了。你現在跟珍儀（化名）一樣，來到台中的「皇家XX理容院」。

理容院——馬殺雞的地方。從外觀看，皇家XX理容院金碧輝煌，真的像皇宮一樣，一到夜間，架在外牆高聳直立的霓虹燈閃爍令人目眩。裡頭空間好大，氣派的裝潢，一樓大廳挑高起碼有三層，好大一座水晶燈從屋頂像飛瀑那樣華麗的往下流洩，你從來沒有見過這種場面，一腳踏進鋪滿整個一樓地面的灰色地毯，感覺自己像第一次走進大觀園的村姑。珍儀引領你到櫃台見過主管，然後選好屬於自己的編號（這裡以編號代替人名）之後帶你走進員工休息室。

你一步步踩在灰撲撲直通休息室的地毯上，像穿過一個轉捩點，冥冥中被推進另一個不同於以往的世界。

休息室也好大，裡面有好幾十個濃妝豔抹的漂亮小姐，她們有的在修指甲，有的在聊天，有的在玩撲克牌，有的在一旁吞雲吐霧，另有一個大白天就醉倒在長沙發上。你即將成為她們當中的一員。

初來乍到一個陌生的地方，多虧有珍儀。珍儀是你的童年玩伴，後來也因家境因素，轉戰到這裡。

起初你因為不敢跟客人出場，只好認份的在店裡做苦力。一開始幫客人按摩按到手痛的無法拿筷子吃飯。第一天上班的時候，珍儀只粗略教你幾招按摩手法就趕「鴨子上架」。但是，哪那麼容易啊！副理為你安排的第一個客人叫阿賓，珍儀一聽說阿賓，臉上立刻顯出不妙的表情，但也不敢拂逆副理之命，只好眼睜睜看你「鴨入虎口」。你當時皮皮挫跟著副理走，一進包廂，阿賓已經臥在躺椅上。副理恭謹的跟賓哥介紹你是新來的，不懂的地方，請賓哥海涵。

你的運氣真好呀！賓哥是一個人來，所以被安排在單人包廂，副理一走，包廂裡只剩下你跟賓哥（驚）。你手裡拿著一條熱毛巾，雖然珍儀教過你怎麼把熱毛巾敷到客人的臉上，再如何按摩客人的臉部，但你還是不知從何「下手」。賓哥看你笨手笨腳，知道是新來的，也沒有為難，只是突然從躺椅上跳下來，示意你躺下，說要教你按摩。你一時不知該如何反應，只好乖乖躺下，不知道賓哥會對你做什麼，心臟七上八下！

驚魂未定，賓哥一隻手已經從你的背部伸進去，雖然隔著衣服，他並沒有直接碰觸到你的身體，但是珍儀臉上不妙的表情已經在你的心裡產生作用，因此這動作足以把你嚇死，再也管不了三七二十一，起身拔腿就往外跑，跑到珍儀的包廂尋求庇護。

你的歡場生涯，算是這樣拉開序幕——

珍儀的包廂比較熱鬧，有三四個客人、三四個小姐。那幾個客人知道你第一天上班的窘境，各各展現英雄救美的態勢，副理來要人，他們強勢把你留下。

就是這一天，你認識了許先生，那個文質彬彬，氣宇軒昂單純的生意人。大概是你第一天上班如驚弓之鳥的模樣惹他憐愛，從此特別照顧你。但他住北部，台中只是他偶而來的地方。

幾天後，許先生要走了，他對你很不放心，你也捨不得他走，因為他對你很好，好到近乎憐、近乎疼，你知道在這種地方，你會很需要像許先生這樣的人在身邊……。

許先生離開以前，叮嚀你有事一定要告訴他。後來，你真的有事了，你把F哥的嘟彭打火機弄丟了！

你記得送F哥到櫃台買單的時候，是將打火機和帳單連在一起放在櫃臺上的，你以為F哥付錢的時候會看到，誰知道他竟打電話進來跟你要打火機。你說打火機就放在櫃台啊，結果隔不到幾分鐘，櫃台經理就打內線給你。

經理非常強勢，說話拐彎抹角，設計許多陷阱要你跳進去默認打火機是自己私吞的，你當時不知道哪來的火氣，「經理」是誰啊？敢賴你做賊，他不知道你有個朋友叫邢速蘭嗎！

放下電話，也不掂掂自己是出外人、勢單力薄，立刻衝到大廳和經理大吵了一架，一陣慷慨激昂過後，但見經理無言，你準備回休息室，卻一轉頭，發現背後不知何時站了一群看熱鬧的人，你想到自己剛才一番潑辣全被他們看個精光，有點尷尬，卻在內心深處慢慢抽絲剝繭，從小到大，除了孩提時期和鄰居同伴爭吵不說，長大以後，幾次和人吵架全不是為自己，像在泰子，政元以及他父母身上受到的委屈，你都選擇默默忍受，只有在看到別人受委屈，才會挺身而出，你還記得最後一次和人吵架，也是為了挺同事，才跟上司起衝突。

這是你二十歲過後，第一次為自己站出來！

雖然尷尬，但我清楚記得你當時心裡偷偷覺得很爽，真的，為自己跟別人吵架是一件很過癮的事！

F哥是兄弟，也是店裡的紅客人，經理為了顧全大局，寧願得罪小姐，也不會得罪他，這道理你是懂得，但也不能隨便欺負人。

名貴的打火機不翼而飛，同包廂的小姐以及櫃台人員，沒有人承認自己拿了F哥的打火機。你更不會承認，因為你真的沒有，F哥知道打火機在你手上，你不可能監守自盜。但是，打火機的確在你手裡弄丟的。

你自忖比經理更惹不起兄弟。

打電話給許先生，跟他說事情經過，他隔天立刻出現在你面前，給你幾十張千元大鈔。

只知道打火機價值不斐，卻不知道究竟值多少錢，將那幾十張千元大鈔如數遞給F哥，說：「F哥對不起，先賠你這些錢，不夠的下次再還你。」，F哥一臉狐疑：「沒有人叫你賠錢啊？」

興奮的跟許先生說對方不要你賠，你好高興，真的好高興，覺得大家都對你好好喔！要將那疊千元大鈔還給許先生，許先生卻笑說：「我早知道人家不會拿的，真正出來玩的人，不會跟小姐計較這些，錢，你就留在身邊吧」。

F哥，五分頭，身上永遠穿著一系列的白，很屬於那個年代的兄弟調調。你們就這樣相熟了，他每天都來捧你的場。其實在F哥之前，你已經先得罪過阿曼小姐（化名）了。

話說一開始你跟每個客人都不熟，因此不敢出場，那天來了一位年輕人，你一腳踏入包廂，還來不及說：「先生好」，那位年輕人只抬頭看你一眼，二話不說，便從躺椅上跳下來說：「走，我們出去」。哦，現在是怎樣？……

你有點嚇到……依然力求鎮定，好聲好氣對他說：「對不起，先生，我不出場，我請副理另外介紹小姐給你好了」。這位年輕人倒也好說話，沒有為難你。副理叫來的是阿曼小姐。

你把賺錢的機會讓給阿曼小姐，以為人家會感謝你，從此你便多了一個朋友，誰知道隔天在走道上碰面，阿曼居然瞪你！本來以為自己看錯了，結果一次兩次三次……已經很確定阿曼真的在瞪你了。

不僅如此，連她的姊妹淘從你身邊走過，看你的眼神都飽含敵意，彷彿在警告：「你給我小心一點！」你如陷雲霧，你和這群女生並沒有過節，只知道她們跟F哥很熟，時常窩在F哥的包廂聊天，那時候，你還不認識F哥。難道是那位客人侵犯了阿曼小姐？果真如此，也不是你的錯，因為小姐是副理安排的，不關你的事。

你覺得好無助，好孤獨，歡場中有太多黑暗面是你不了解的，怎麼得罪人都不知道。呵呵，不好意思，我又要插播一下，你不了解的不是歡場，而是人性，人性本來就很難了解，就連現在已堪稱閱人無數的我，都還難免因不諳人性，而吃大虧。——那幾天每走過那群女生的身邊，都顫顫競競，怕有人從背後扯你的頭髮！畢竟她們是一群人，而你只有珍儀，況且珍儀還不一定隨時在你身邊。

自從成了F哥的入幕之賓，不但經理每次看到你都彎腰哈背，連阿曼小姐和她的姊妹淘也變和善了。你知道，是因為F哥。同時期你還認識了小白。

小白那天到店裡來，不是你服務的，是另一位小姐。整個包廂光是小姐就七八個，鬧哄哄，但不知道為什麼一群濃妝豔抹，搶眼入時的女人中，他獨獨看見了土味十足的你，從此，每次來必找你，熟了以後開始帶你出場。

小白很大方，也很怕你被別人搶走似的，常常人還沒到，就打電話進來叫你先打時間，而且一出手就是包全場。

小白有一副好嗓子，但除了到KTV唱歌，他帶你去的地方也很特別。他會帶你去工地，看他蓋的房子，以及看他畫的圖，他是一位建築設計師。想像從破土開始，打地基，鋼筋混水泥，一個磚塊疊過一個磚塊，慢慢疊出一棟大樓，皆由他一人之運籌帷幄，就覺得他實在很了不起。他有時也會帶你去他家，他家很漂亮，他姊姊是台北某大百貨公司的高階主管，推想家庭環境應該不錯，和他出場，就像和朋友出來玩一樣單純。

有時，小白要畫圖，會叫你去他房間睡一下，剛開始不瞭解他的為人，你躺著，卻不敢睡著，幾次之後，發現他是真君子，就真的入眠了。這樣用混的一天，就能夠賺到那麼多錢，有什麼比這更輕鬆的賺錢方法。

他表妹結婚那天，小白買你全場去參加婚禮。如此禮遇一個風塵女子，無非是想在你身上賭。宴畢送客，他故意帶你走近新娘子，新娘子挽著新郎的手笑咪咪的對你說：「什麼時候讓我們叫你一聲嫂子呀！」這時候，你想到自己在小白身上圖的不過是什麼？良心不禁扭了一下……

小白他們家在山上還有一棟大房子，他帶你去過幾次。不知道是他家真的很有錢，還是他自己很會賺錢，對你出手真的很大方，不亞於許先生，亦不輸給F哥。他常常叫你去考駕照，說要買一台CM給你。

小白很浪漫，常常開他的CM戴你出遊，帶你到很浪漫的西餐廳吃飯；跟小白比起來，F哥不算浪漫，算豪氣，他會帶你去大餐廳，就算只是到路邊的海產攤，叫的食材也都是頂級的。

F哥會帶你去看秀，也會帶你進賭場，帶你深入三教九流；許先生則讓你見識到什麼叫做成熟穩重的男人，他不常來，因此一來，你們用在說話的時間比什麼都多。

「理容院」是幫客人按摩的地方，雖屬特種行業，然而當你正式進入核心場域之後，才瞭解其工作本質很單純，是人性的慾念把她變複雜。然而，人性的慾念，何處不存在呢？人性如果是潔淨的，即使妓女也有高貴的情操。人性如果不潔淨，菜市口也會變成性交易場所。不過那是後來的體會，初來乍到一個全然陌生的地方，第一天雖有珍儀陪著，你還是覺得想哭。但是第一天遇到的客人，後來都跟你成為好朋友。

許先生要了你的生辰八字，回臺北找一位紫薇斗數權威幫你排命盤，他用錄音機幫你錄下老師說的話。回台中時，在他的車上，和你一起聽錄音內容。

老師說得超神準（印象中，以前排過的紫薇斗數都很準），但重點我現在只記得那句：「此時，這個女人應該在風月場所」……。

告訴小白這件事，小白不以為然，他略懂紫薇，說要親自幫你排一次。幾天後，小白將排過的命盤熱騰騰的「端」到你面前。看內容，和許先生的相去不遠，唯風月之事，隻字未提。

你問小白，關於「這點」是不是和臺北說得不一樣？小白才用他的食指指向紙張的一角，你朝他所指的方向看去，發現空白處另有一排很微小很微小的字體，寫著「過渡風塵」四個字。賓果！小白和許先生各自為你排的紫薇命盤內容不謀而合。

為什麼把你安排到「這裡」？眾神默默……

你不再是那個初來乍到怯生生的村姑，你已經擁有自己的客群。

出場，不過是換個地方吃吃喝喝。一天晚上你和一個帥哥出去，以為他要帶你去玩樂，結果是帶你去打麻將。他打麻將，你就坐在他的身邊乖乖順順的。他打了一整晚的麻將，不時回過頭來看一下你的臉。局散，吃清粥小菜時說：「你很特別耶，陪我枯坐一整個晚上，沒見你臉上露出一絲不耐的表情」。

聽完他的說辭，你在心裡哈哈大笑。

為什麼要覺得不耐？以前在工廠做得死去活來，才賺那麼點錢，現在只要坐在他身邊看他打牌就有錢賺，算算那一晚鐘點費加上吃紅，入賬萬把塊，這是你在工廠將近一個月的薪水，賺錢變得這麼輕鬆容易，笑都來不及了，怎麼會不耐煩？……

客人也是人，熟悉以後，也沒有那麼可怕，你就在「這裡」認識很多不錯的人。第一天上班遇到的那個阿賓，不只珍儀，你後來發現很多小姐提到他都面露不屑，可是，你直到後來都不知道大家在討厭賓哥什麼？本來很害怕，突然把他甩開衝出包廂，他一定覺得很沒面子，不知道會不會報復，結果，幾次在店內走道相遇，賓哥都親切對你微笑，頗有良人風度。

我也覺得很納悶，特別是這幾年回想起來更是納悶到極點，為什麼在五光十色，步步危棋的歡場裡，你反而是幸運的，總是遇到對的人。反而在外面社會上過所謂一般人的正規生活，總是遇到政元他媽型的人！為什麼？珍儀說你長相清純，像鄰家妹妹，沒有風塵味，是這點佔了便宜。這就怪了，敢情同樣你這張臉到外面就變得不單純？

在你身上的確嗅不到一絲風塵味。你平常就不太會打扮自己，到特種行業上班以後也是，不但臉上不施脂粉，就連衣著打扮也如以往，一件T恤，一條牛仔褲，連髮型也始終維持中長直髮，打扮完全就跟之前當工廠女工一樣十年如一日，不但和總是頂著一頭大捲髮的珍儀大異其趣，更和這群濃妝豔抹的小姐截然不同。你自嘲這樣可省掉好多買化妝品的錢跟治裝費。

雖然沒有艷麗的外型，你的純淨卻意外讓你顯得出眾，有個客人直接言明：「我喜歡帶你出場是因為你看不出來是用租的。」，就這樣，憑得天獨厚，不化妝也透明的膚質，以及與生俱來鄰家妹妹氣質，讓你在風月場所不施脂粉，不穿金戴銀，一樣混得下去。

因為命運乖張而喪志，也因為賺錢容易，所以有很多女人在這裡迷失……。

你第一天上班見她大白天就醉倒在長沙發上的那位小姐雪妮（化名），某個深夜裡出場回來，又喝的爛醉，走起路來東扭西歪，一個不小心和你撞個滿懷，張開滿是酒氣的嘴巴問你：「你不會喝酒、不會抽菸、不會跳舞、不會打牌，這樣你的人生有什麼意義啊……？」

你看她喝醉了，沒有和她正面對談，只是把肩膀借給她，扶她慢慢走回休息室，平穩地躺進沙發裡，心想，可憐的雪妮，身上不知背負多少重擔，才會淪落於此……，可是當你認定走進泥巴坑的女人，都是逼不得已的時候，萬萬想不到，經過二十年後，我竟然聽到有人說他認識很多失婚的女人，再困難也不會選擇下海，意思是你們這些下海的女人不自愛，沒骨氣。知道嗎？當下聽到這句話的我有多心痛，但我不只為你，還為全天下所有在苦海浮沉的不幸女子，下海就是不自愛，沒骨氣，天啊，你們該何去何從……！

說這話的人他的世界有多大，能認識多少失婚的女人？失婚是下海與否的關鍵嗎，每個人的困難程度都相同？學歷、知識、以及賺錢的能力都一樣嗎？！

沒有一個正常環境下的女人會來「這裡」，這裡是生逢不幸的女人生命出其不意多出來的一條岔路。

這條岔路，我後來把它取名做「泥巴坑」，你深入其中，知道會走進泥巴坑的女人，背後都有一段令人鼻酸的故事，只是有些人想不開，然後為了麻痺自己的痛苦，消極的將自己滾滿一身爛泥巴（沾染一些惡習，比如抽菸、喝酒、打牌、吸毒，含一切縱情放浪形駭），讓自身命運的不幸，變成一種墮落的理由。

喝酒，一開始你也嘗試過。你有個小學同學很早就涉獵風塵，後來也開了一家酒店。還沒到台中以前，你先到她哪裡去試過酒，一杯就想吐，兩杯你就直接趴在桌上了，小學同學說：「你不適合來我這兒」。騙人，哪個酒小姐不是從第一杯開始訓練起來的。其實你知道，人家是不忍見你墮落，畢竟你倆是國小同學。不過酒真的很難喝！搞不懂為什麼那麼多人喜歡喝？職業需要就算了，非職業需要，為什麼要碰它。染了它，不只現在，可能一輩子都會失去自己，這樣的人生又有什麼意義！

也許你真的可以完全不必來這個地方。

你可以去擺夜市，不過我也是直到你離開泥巴坑，進入第二次婚姻的四年後，有機會去擺夜市才知道民國七十年代，也就是差不多你走進泥巴坑那時候，台灣景氣正好，擺夜市一個晚上就可進帳數萬，你何苦去特種行業把自己汙名化，問題是，你並不知道，沒有人願意告訴你擺夜市錢有多好賺，連霈君這個國中死黨都不願告訴你。那時候，她已經在黃昏市場賣玉，你問她，這玉哪來的？她說：「喔，廠商已經倒閉了，我只剩這些存貨，賣完就沒了，我也要去工廠做女工了。」面皮薄的你，這樣一句話就把你打發，你不好意思再追問，可是我現在可以偷偷告訴你，直到二十年後，霈君仍在夜市賣玉。

不過你也別懊悔了，人生除了幼童階段是用兩隻腳學走路，其餘長大以後，接下來所走的每一步路，都叫做心路。這條心路歷程，說到底，也跟一個孩子自出母體，從牙牙學語，到噹噹學步一樣，顛顛簸簸的，但你終究會重整你的脊梁骨，所以別怕，跌倒再爬起來就好了，就當是小孩子學走路吧，慢慢一步一步走向我，我會站在三十年後的今天等你。

五分之一

你在北風漸逼的季節離開家鄉，很快就到了過年。明明離過年還有好些時日，住在中部的大姊就急著打電話叫你去她家過年。二姊也是早早就在催你回高雄。到特種行業上班以後，全世界都把你當妖魔，只有兩個姊姊把你當天使，每逢年節，你都會變成她們之間的「搶手貨」。

在一般人的眼裡，你的路已經走偏了，不再走在他們認知的軌道上。然而，你並不孤獨，你還有兩個疼愛你的姊姊，以及一群小蘿蔔頭，他們都跟你很親，他們從不覺得你這個小阿姨哪裡長得奇怪。

阿建住在公寓三樓，旁邊是一間廟，那裡是你離開家鄉以前和阿母最後住的地方。

阿建是小哥的朋友，他家的祖厝要拆掉改建成公寓，兄弟各有安身之所，唯阿建沒地方去，暫時搬到你家和小哥擠一張床。後來阿母車禍摔斷腿骨，在家修養期間，阿建家的公寓正好落成，阿建人很好，他想自己單身一人，阿母腳傷好了，便請阿母和大哥小哥搬去與他同住。

阿建家的公寓有三個房間。阿建自己一間，阿母一間，另外一間給大哥和小哥。後來阿母中風了，大姊遠在中部鄉下，經濟拮据，二姊夫從年輕就不喜歡工作，二姊也是婚後就一肩扛起養家活口的責任。不知道是你家女生命中犯煞，還是龍生龍，鳳生鳳，老鼠的兒子會打洞，各個跟你阿母一樣遇人不淑，各個都注定在婚後挑起責任擔子——大姊二姊均有家累，大哥早已酒精中毒，當時能照顧阿母的人選，唯有小哥和剛剛恢復單身的你。小哥不愛工作，像阿爸那樣整日流連賭場。你便跟兩個姊姊設下心機，阿母還在醫院的時候，就以你們都要工作為由，故意把阿母推給小哥照顧。

阿母出院以後還是回到阿建家，和小哥商量，阿母依然由他照顧，畢竟他沒有工作，你則負責賺錢養他們。自己開自助餐店，每天中午你會送便當到阿建家給小哥，稍做歇息，緊接著到加工區上小夜班。

以為日子就這樣過下去了，但是那天中午，也就是那位中年男子來求你叫政元離開他女兒那天，你驚覺即將失去曉琪，焦慮到一時失神，忘了送便當給小哥，餓到兩眼發昏的小哥忍不住跑到店裡把你狂飆一頓……

照顧阿母一個月，已經不耐煩的小哥，一次「忘了送便當」就被他找到立足點，他放話說照顧阿母到今天為止，明天不管有沒有人接替，他都會丟下阿母離開。你和小哥從小相處到大，知道他說「會負責任」的話一向都做不到，但說「不會負責任」的話一定說到做到，因此你絲毫不敢輕忽。

偏偏那時候，政元為了和你斷的乾乾淨淨，已經替曉琪換了保母，你為了尋找曉琪，哭到兩行眼淚還來不及乾，小哥又要將阿母丟給你，一邊是阿母，一邊是女兒，你快要被撕裂了……

處理掉自助餐店，也辭掉加工區工作，當天立即和小哥交接，他答應以後換他養你跟阿母，然後腳底抹油離開了。

他離開後，阿建附到你的耳邊說：「你小哥都沒有好好照顧你阿母，你看看你阿母的大腿」。你知道阿母的大腿外側和臀部各有一處比十元硬幣還大的褥瘡，聽說噴廣東目藥粉有效，之前買了一罐交給小哥，看樣子應該無效，你不禁心虛起來，由你來照顧阿母就會比較好嗎？褥瘡該怎麼處理，甚至如何照顧癱瘓的人，你完全沒概念！但是說也奇怪，你一接手照顧阿母就馬上進入狀況，你每天幫阿母餵食、洗澡、洗頭，清理大小便。這些看護工作你做起來樣樣得心應手，好像與生就具備這些照顧病人的本事。

阿母中風以後，頭腦變不清楚，你看過所有中風的人，沒有一個像阿母這樣「盧」的。那種「盧」已經到了失心瘋的地步，每天都吵著要回家。

起初你以為阿母是一時迷糊，幾經解釋「我們已經住在這裡了，而且是你生病以前就住在這裡的，這裡已經是我們的家」，阿母依舊無法明白，每天只要一睜開眼睛，就哭著要回家。

小哥腳底究竟抹了多少油，一天等過一天，四個月後才現身，現身以後遞給你八千元。你生氣罵他：「不是說好一個月給我一萬嗎？你已經出去四個月了，怎麼只拿八千？」，小哥一怒之下，將那八張千元大鈔用力砸在你的臉上，憤怒的丟下一句：「阿母又不是我一個人的，憑什麼全算在我頭上！」的話後，旋即甩開房門揚長而去……

每張千元大鈔雖然都僅是輕輕薄薄的一片，但是八張重疊在一起，隨著力道捲起的風速，還是打痛你的臉！冷不妨小哥這突如其來的舉動，你錯愕的楞了幾秒，是阿母的哭聲將你拉回現實，忍著被羞辱而燃燒在胸中的憤怒與淚水，彎下腰，慢慢將潑撒一地的八張千元大鈔一一撿起，小哥本來就應該賺錢回來養你們的，不是嗎？怎麼會弄得像你在強迫他給錢似的……

俗話說「父母飼子無論飯，子飼父母照算頓。」想想真的是悲哀。難怪阿母還沒倒下時就不止一次對你怨嘆：「唉……剛生的時候，摸到兩粒藍葩很高興，想說生兒子，後半輩子有靠了，現在被氣魯到了，想想還不如生兩顆雞蛋煎來吃！」

這次之後，小哥沒有再回來。但不是完全沒有消息，幾天後，就聽阿建說他贏錢買了一部頗拉風的新摩托車，你在三樓可清楚聽到小哥在樓下廟埕馳騁炫耀，引擎所發出的：「嗄嗄嗄」聲，好不威風，沒過幾天，廟埕寂靜了，聽說他又把摩托車輸了，短短幾天，數萬元由他手中一來一去，這當中，他都沒有想到嗷嗷待哺的你和阿母。

把個兒子生養二十幾年，竟輸給兩顆雞蛋，再也沒有比這更慘敗的投資報酬率了。

你這麼想：或許阿母現在神智不清是件好事，神智不清，很多事情都可以遺忘，特別是她一生的不幸，遺忘最好。

你知道罵他會讓他多了一道不回來的理由，而且再計較只會讓自己承受更大的羞辱以及暴力對待，可是家裡只剩下老弱婦孺，小哥再不拿錢回來，你跟阿母還有遍身已經百分之九十被酒精侵蝕的大哥要吃什麼？還有阿建，你必須代替阿母煮飯給他吃。

阿母已經神智不清，一直衝著你叫別人的名字，還經常吵著要回家，中風讓她一邊的手腳不能動，偏偏阿母是個好動的人，常用另一邊還能動的手腳蹭呀蹭的，動不動就蹭到床底下，害你連上個廁所都不能安心。

無法開源，生活勘勘陷入困境（你身邊剩餘的一點錢已經快花完了）。阿母失算了，她的人生下半場賭局不是逆轉勝，而是兵敗如山倒！

就算大哥在家，但是他什麼忙都不願幫，一睜開眼就喝酒，連阿母摔到床底下，也不願將她抱回床上，好幾次阿母吵得太凶，在隔壁房間的大哥聽到無法睡，就跑進房來幹譙，還做勢要揍阿母，反倒是與阿母同房的你，好言好語的勸大哥不要生氣；三不五時還要跟你伸手要錢買酒，他雖然不像小哥對家庭棄之不顧，但他對家庭的殺傷力，絕對遠大於棄之不顧；你寧可離開家的人是他，所以當聽到有人說大哥沒有在阿母倒下時離開而讚他孝順，你眼前烏鴉漫天飛過……天曉得，大哥之所以沒有在阿母倒下時離開，不是為了孝順，而是為了繼續仰賴你過日子。

阿母中風以後，來家裡走動的人越來越少。四嬸和你們住的近，所以常來坐坐，阿母鬧的過份，四嬸會罵阿母；六嬸住的稍微遠，偶而來，也算有情有義了。還有老陳，他與你的父母在台灣水泥當臨時工人相識，後來成為至交，但他脾氣不好，沒耐性聽阿母哭鬧，坐不久就氣呼呼回去了。不怪他，你知道他的心比任何人都關心你們，他只是不知道自己現在能做什麼。

全天候照顧病人的心境是寂寞的。但你常常無視這份寂寞，你心裡想的永遠是錢，換作申玲一定又要說你是個看錢很重的女人。說真的，當我還是你的時候，也說不上來你為什麼會這樣，因此面對申玲的諷刺，真的只能含羞默認。但是經過數十年的淬鍊，直到今天的你變成現在的我，終於知道愛錢不丟臉，它是可以公開的美德，是為家庭和自身負責的必要之物。在許多好吃懶做、終日渾渾噩噩的朋友身上你發現到，能像你那麼無視於自己的寂寞，而只想到錢的人不多，或許正是這份特質，才讓數十年前的你和數十年後的我，一直立於不敗之地。

最重要的真的是錢，家裡沒有人負責賺錢，都鬧飢荒了，還管什麼寂寞！

大姊夫的事業始終沒有做起來，單靠大姊一人作工養活幾個孩子，二姊也在同時被倒了很多錢，她日以繼夜馬不停蹄的加班再加班，所掙還不夠還債，哪來的餘力接濟娘家。還好有阿建，阿建雖然只是小哥的朋友，但他比小哥對你更有情義，因為他的收留，你才不用揹著阿母流落街頭。然而現實問題除了居處，仍需五穀，更須香皂牙膏和衛生紙。而這些東西，除了去偷去搶，不然全都得拿錢去買，而「錢」是你當下所沒有的。

小哥說阿母不是他一個人的，阿母是你們五個兄弟姊妹的，所以他丟下八千塊權充他責任的五分之一，瀟灑如風的走了！

現在唯一能賺錢的管道只有家庭代工，然而工錢少的實在可憐，每天，你都很努力的想多做一點，但是阿母不配合，每天一睜開眼睛，就開始叫：「阿娘、阿姐、阿雲仔、阿珠仔，阿美仔，帶我回家啦！」，你哄不住，乾脆不理她，繼續做加工，阿母見你不理她，就開始哭，再不理她，她就蹭過來企圖攀住你的手臂，你怕她摔到床底下，不得不挪出一隻手讓她抓，這叫你怎麼工作？乾脆把心一橫，讓阿母躺在床底下，不要理她，結果她越哭越大聲，就怕人家不知道她中風，聲線威力之猛足以震破隔壁鄰居的窗櫺，那魔音穿腦，聽久了真的會讓人抓狂！

阿母這樣的哭法，可以持續一整天，你完全拿她沒輒，因為你無法帶她回家。

起初，你還請得起中醫師到家裡幫阿母把脈派藥。那中醫師來過幾次，阿母吵得連中醫師都看不下去，有一次忍不住好心的跟你說：「你阿母如果像這樣吵得過份，你可以打她屁股，打到她痛也沒關係，你這樣不算不孝，一來可以壓制你母親的哭鬧，二來你的情緒也有個出口……」這醫師倒是洞悉人性，知道你壓抑著。說真的，直到今天三十年過去了，我都還不相信世上有人可以和一個一天到晚狂嘶吶喊，而且一直要把身體撲向你的人共處一室整天！但是，打了阿母的屁股以後，你後悔了，你心痛死了，阿母健康的時候，是個多麼會忍耐的人，或許她清醒時不敢做的，埋藏在她深沉意識裡的憤怒與不滿，正趁著失去理智的這一刻，藉由這番狂嘶吶喊宣洩出來，何況你能容忍泰子和政元一家對你的無理欺凌多年，何以不能包容一個那麼可憐，如此偉大的母親將她一生的委屈傾瀉在你身上呢……

大概整天嘶吼的關係，她老想喝水。說出來怕沒人相信，她平均三到五分鐘要喝一次水，喝完水又馬上說要尿尿，而且每次真的都有尿，所以一天二十四小時，最保守的估計至少也要喝一百次以上的水，以及解一百次以上的尿。

按理說，阿母每天喝那麼多水，排便應該很順暢，但是，並沒有。她每次都說便不出來，你是看她真的使盡吃奶力了，還是便不出來，所以用手幫她摳。

小哥以前都怎麼處理這些問題的？

難道真的遇到奇蹟，你接手照顧阿母沒幾天，她身上的褥瘡就好了。阿建很讚賞你，可是你也沒特別做什麼，只是每天在患處噴噴「廣東目藥粉」而已。由此可見，小哥根本沒在用。

另外一件事也讓你很納悶，阿母這麼會吵會鬧，小哥真待的住？問阿建，小哥有一整天都待在阿母身邊嗎？阿建沒有正面回答。不過，你後來發現阿建之所以沒有正面回答，是因為他根本不知道，每天，他和他的朋友總是一醒來就往外跑，直到晚餐才回家，可能因為阿母真的太吵，吵到沒有人敢待在家裡。

總之一天下來，你光是應付阿母喝水、尿尿就人仰馬翻了。

成人紙尿褲阿母穿不住，會把棉絮扯出來。不穿最好，長期下來，這是一筆很大的開銷，可是這樣就會換你自己忙到沒時間尿尿。

你到菜市場買了好多「菜市場牌」的褲子給她替換，但是買再多也不夠，因為阿母尿尿的速度常常比你拿夜壺給她的速度還快。所以浴室裡的大水缸永遠塞滿阿母的褲子，你每次都得趕在阿建要洗澡以前將那些褲子洗好。只是褲子洗好了，滿室的尿騷味還揮之不去，阿建進去的時候，你都覺得很不好意思。

另一個頭痛問題是「睡覺」。因為晚上睡覺少喝水，所以尿尿時間至少間隔二十分鐘，盡管如此，阿母不穿紙尿褲，睡在她旁邊，尿尿依然會浸染到躺在一旁的你。改睡到床底下，她尿出來怕被你罵，於是將尿液悄悄往床底下撥，以為神不知鬼不覺，沒想到你就睡在床底下，她撥下來的尿液正好往你的臉上淋，害得你半夜又要起來洗澡換衣服。

你們的房間大概兩坪，放張床擺個衣櫥加上你的工作檯，就只剩下阿母的床底下是唯一能容納你躺臥的地方，每晚都這樣折騰，根本無法入睡，但是不躺著假寐又不行，因為只要一起來，阿母就會叫你帶她回家……

「回家」是一句魔咒，令你頭痛欲裂……但是，不是我故意嚇你，你要有心理準備，不僅這個小房間找不到可以容納你的角落，就算未來的世界，也很難有你立足的地方，你的苦日子還長的很……

為了賺錢，生活中的每一分鐘都彌足珍貴。入夜，常常這樣哄阿母：「你不要再吵了，我們趕快睡覺，明天我再帶你回家」。雖然，這話會為你的明天帶來更大的災難，但是，夜已深，阿建要睡覺，左鄰右舍和全世界的人都要睡覺。然而，當阿母安靜了，所有的一切都安靜了，你的心卻開始喧嘩……

也許正確來說你的心，無論晝夜沒有一刻寧靜過。

曉琪、阿母、錢……，事情怎麼會變成這樣？未來又該如何？

不管阿母的尿有沒有灑下來，你都很難睡著，越睡不著越會胡思亂想，越胡思亂想越睡不著，不想浪費時間，乾脆又爬起來做代工。

阿母淺眠，沒有完全睡著，怕她再出聲，你恐嚇她：「要是你敢出聲，我明天就不帶你回家。」於是阿母一整晚都只敢用眼尾偷偷瞄你，那種想說話又不敢說話的樣子很滑稽，也讓你很心疼。這樣的安靜可以持續幾小時，無論如何，難得安靜，你便拚命動起來，代工錢雖然不多，卻很容易讓人做到忘我，不覺已被窗外露珠的氣息籠罩，待回神，天色已白……

你好像都沒有在睡覺，但是你每天的精神都很好，只是清醒時的你沒有一刻不被現實桎梏。

一邊照顧阿母一邊做代工，不眠不休，像機器那樣不停的轉，每個月賺的錢扣掉給阿母買藥的四千元，所剩餘的錢買了米就不能買衛生紙，買了衛生紙就不能買青菜。好佩服顏回每日一簞食、一瓢飲，在陋巷，人不堪其憂，他還能不改其樂，你沒有這種修為，身邊沒錢，急的像熱鍋上的螞蟻！

生活看不見希望，你曾經半開玩笑半認真地向阿建訴苦：「等我身上的錢花到剩下最後的兩百塊，我會把這兩百塊拿去買老鼠藥，先毒死阿母，再毒死自己。」阿建故意將這話轉達給大哥。大哥嚇到，一改以往強勢態度，很表關心的對你說：「千萬不要這樣做嘿……」。你心裡苦笑——瞧他衣衫襤褸，像流浪漢，即使不喝酒，也看得出來是酒鬼。他好久好久才會想要洗一次澡，換一次衣服，每天從他身上散發出來的那股異味，是他長年頹廢的自白。你不敢奢望他的五分之一，所以不這樣做，要怎樣做？

你現在最大的困難就是錢，想辦法賺錢就對了。打開報紙找到了一份一天只有兩個小時的工作——保險業，專職抄寫。曾經聽過裡頭好似有陷阱——你當時心想：保險業會需要什麼抄寫員，還不是先把人徵進去再說。可是，阿母不能一刻沒有你，這份工作在時間上是很洽當的，何況，你並沒有什麼可以失去的，最多見苗頭不對，開溜就是了。

結果，第一天下班回到家，打開房門——床頭邊，阿母伸手能及之處，東西全倒，她整個人浸在床底下一窪尿泊裡，哭得呼天搶地，看見你回來，像個高興的孩兒哽咽著叫：「阿娘，阿姐你跑去叼？我一個人好害怕，『那個人』（指大哥）好兇……」，你想到自己不在時，大哥有可能對阿母做出的粗暴舉動，心就好痛，好捨不得……

第二天，你又嚐試著去上班，但是短短兩個小時如坐針氈。阿母如今像個三歲小孩，大哥醉起酒來像瘋子，你出門，家裡留下一個「孩子」和一個「瘋子」，怎麼安心……

兩個小時一過，你火速往家裡趕，你急著回家看看阿母現在怎樣，果然在樓梯間就聽到阿母淒厲的哭喊聲，你三步併五步直衝房內，眼前的景象令你昏倒，除了東西亂七八糟，阿母整個人摔到床底下，不但尿的一身溼，旁邊還有一坨大便，仔細一瞧，阿母的身上和手掌也都沾了大便，咦？伊不是無法自行排便嗎……

不曉得哭了多久，聲音已經沙啞，看見你回來，阿母雖哽咽，卻高興的像個孩子，好像哭久了，大人終於肯理她了，不說別的，你光想到你不在阿母身邊這兩個小時，她哭死也沒有人哄她，心就夠絞痛的了……。

整理好一切，將阿母仔細地梳洗一遍，你知道你再也走不出去了……。你一心提防的主管人很好，你不知道這份工作究竟隱藏什麼陷阱，因為你只做兩天就辭職，主管知道你的情況，不但沒有為難你，還送你兩包白米。不久，適逢廟裡發放賑米，你也硬著頭皮跟著排隊，以前老師教過如何孝順父母，亙古以來，許多孝順經典在你心頭驅策，可是放眼望去，所有前來領米的都是一些貧病老人，唯你一個年輕女子，自尊心和孝心在內心天人交戰，不知道人家以什麼眼光看你，你覺得自己的臉很燙，好像全身的血液都集中在臉部……

不管怎樣做，活下去就對了……

最後，你決定把阿母送進安養院，兩個姊姊沒有意見，你做的任何決定，她們都不會有意見，因為屬於她們的那五分之一責任，也寄託在你身上。

五根手指頭每根都不一樣長，所以即使親手足的個性也迥然不同，你分別替他們承擔他們各自的五分之一，等於扛起全部的百分之百，可是兩個姊姊知道要疼你，兩個哥哥卻不知道……

你的肩膀有多寬，能扛得起這百分之百……

接著該從哪裡開始，這時候人生像迷失在十字路口，然而沒有太多時間躊躇，一個月的時間很快就會過去，下個月、下下個月，未來的每個月都要付錢，不付錢，院方就會將你阿母打包。關於賺錢你有急迫性需要，上台中找珍儀，這條岔路是你當時唯一知道的活路……因為沒錢，你失去了骨氣，天殺的！……

將阿母送到安養院，看你要離開，阿母開始殺豬，瘋狂舞著一邊還能動的手腳想要抓住你：「阿雲仔、阿珠仔，阿美仔，帶我回家啦……」！

阿母倒下以後，從來沒有一次把你的名字叫對，你知道越是這樣，你越不能離開她。想想自己三歲的時候，沒有她根本活不到今天，現在她三歲，你卻把她拋棄在一個陌生的地方……

假裝沒有聽到阿母從背後傳來的哭喊聲，大快步走出安養院的大門，眼淚正好和迎面而來的冷風撞個正著，嗯，秋深了，這個時候應該作一首詩的，可惜你不會作詩……

鬼打牆

這裡是繁華的、熱鬧的……。

景氣一片大好，基本上客人的身份無論是生意人還是兄弟，甚至只是一般做苦力的工人帶小姐出場，都不會太小氣，因此在這裡你吃的好、穿的好，出門坐高級轎車，每天都過得很虛榮，只是突然想到阿母和曉琪，心頭會被一陣天打雷劈！

有時候，小白時間不多，不知道該帶你去哪裡，就會開他的 CM 戴你四處兜風。和他來往半年了。如果這是一場賭博，那麼小白和你賭的是麻將，他想細火慢熬……

不過，就像那句廣告台詞說的：「再這樣繼續下去，也不是辦法」，小白應該是這樣想了。他覺得該是掀底牌的時候了。那天，他說要帶你去 XX 餐廳吃飯，車開到半路的時候突然對你說：「我們用走路的好不好」。你以為他心血來潮想散步，陪他走了一段。

XX 是一家很浪漫的西餐廳。

飯後，你們自然又朝來路走，對小白已經完全沒有提防，所以很放心的跟他邊走邊聊，不料經過公園的時候，小白的手突然伸出來想要牽你的手，你被這突如其來的動作嚇一大跳，觸電似的，自然的反射動作是趕緊把手縮回來。

手縮回來了，心卻還在狂跳不已，不知道接下來他會對你怎樣，會不會生氣。結果……小白沒怎樣，也沒再嘗試把手伸出來，你們就這樣繼續走著、聊著，但是你的心已經七上八下，不知道等一下上了他的車會怎樣，結果……人家還是沒怎樣，只是和你繼續聊著，最後也安然送你回到店裡。

剛認識的時候，跟小白說你住在店內宿舍，後來，在外面租房子了，沒告訴他，所以每次出場回來，依然把你送到店裡，小白沒有發現，他的 CM 一開走，F 哥的 BMW 就立刻出現。

那是你和小白的最後一夜，從此他沒有再來找過你，你打過幾次電話給他，他也總說沒空，你心裡有數，當你把手縮回來的那一刻，他瞄到了底牌，發現付出那麼多時間和金錢，最後連手也沒摸到，應該是沒有勝算了，所以人家不會再繼續投注了。

小白是好人，你由衷地感覺。

每個行業都有它的行規。特種行業也一樣。這裡每個小姐都要排班等叫號，只有有名的紅小姐例外。有名的紅小姐是讓客人等著她們的。你也很少排班等叫號，感覺很紅，但那不是紅，那是因為你有兩個固定主顧罩著。一個是小白，一個是F哥。

做到後來，你好像只剩下小白和F哥兩個客人，這算哪門子的紅小姐？

這樣感覺很單純,但是長期被固定兩人輪番包場的結果是客層變少了,沒有機會認識其他客人，所以少了小白以後，便淪為排班。後來珍儀說要跳槽，你索性也跟著跳了。

換個地方，你很快又擁有一群新的客人。單敏行，在這裡，你遇見了他，他是你在這裡的主力客人。許先生偶而來看你，他很貼心，也耳目眾多，相信你和F哥的事情他已經略有所聞，但是他什麼也沒說什麼也沒問，依然對你很好。

單敏行看起來像鄰家哥哥。他家有一塊地，他父親將它蓋成幾棟透天樓房，分給幾個兒子，他分到其中一間。房子才建好沒多久，很新。他挑明要你成為那棟新房子的女主人。不知道他從事什麼行業，只知道他股票玩很大，你猜可能和F哥一樣克紹箕裘。

F哥雖然是兄弟，但繼承祖業，人脈頗廣，他的朋友群裡多得是董級和政治人物。成為那棟新房子的女主人，你知道自己沒那個福分，只是在歡場之中，竟然有幸遇到那麼多真心的人，有點受寵若驚就是了。

你沒有去考駕照，不是不貪圖小白的車，而是怕一坐上去就永遠開不出他的世界。許先生有妻室，他說你是他的二十年計畫，那是什麼意思？如果以投資論，許先生想和你玩的是股票，而且是長波段，只是二十年太長，你知道走不到那裏去的⋯⋯。

你的感情歸屬在F哥身上。

二姊打聽到政元開店的地方，你不敢靠近，叫F哥把車停在路邊，你坐在車內隔著大馬路遙遙望著曉琪可愛的身影，也有好幾次，等了好久，都沒有看見曉琪，失望而回。當然，母女不能近距離接觸，無論有沒有看到，那種痛楚，都是每個做母親的女人無法承受之輕。

好不容易二姊又打聽到曉琪就讀的幼稚園，你趕緊去找，只有在幼稚園裡，你們母女才可以自由親近。

問到了教室，去時已是午睡時分，曉琪躺臥在自己的床位上，你靠過去，用手拉她，輕聲喊：「曉琪～」。以為曉琪看見媽媽會興奮的跳進媽媽的懷抱，沒想到她竟縮回自己的手，別過臉時，還翻白眼珠子瞪你，你的心被刀割了一下，拉她的手，又喚她幾次，她頭硬是不回，這表示什麼！這表示什麼！⋯⋯，表示她討厭你！你日思夜念到肝腸寸斷的女兒竟然討厭你，天啊，你要不要去死一死……

哭吧，恨吧，天底下沒有比看見自己的孩子受傷害，或被親生孩子不要，更能殺死一個母親！

傷心欲絕，在走廊上遇見政元，不意你突然出現在這裡，他楞了一下，而你卻痛恨他痛恨到說不出話來，不想讓他看見你的眼淚，加快腳步奔出校門……，在F哥的車上，你痛哭失聲，F哥安慰你，這是你第一次倒在男人的懷裡哭泣。認識F哥以後，才知道什麼叫做被愛，也才知道原來女人不但可以懦弱，也可以不講理。

這次之後，你沒有再去找曉琪，沒有勇氣再痛一次，那種痛會讓人變得很無能。

心如刀割的日子，慶幸有F哥。

那幾天，F哥簡直把你當成易碎玻璃，小心翼翼的呵護著。其實，不只那幾天，正確說起來，自從跟他在一起，你就幾乎每天都被他捧著過日子。

他不像小白、許先生或單敏行他們對你的動機那麼純善，曾經，在他的心目中，你只是一個「上班七仔」，他不過想玩玩而已。後來，陪你回了一趟高雄，見到阿母，了解你之所以走進泥巴坑的前因後果，回到台中，從此把你捧在手掌心。

有件事情，F哥和你交往後才告訴你，那是你剛為他服務的時候，因為先前不知道怎樣得罪阿曼，使阿曼對你產生妒恨，於是跟F哥咬耳朵，叫他不要點你。你問F哥：「那你為什麼還要點我？」F哥明白回答你：「我F哥是聽任別人指揮的嗎？」。F哥還說他知道你和阿曼她們那群女生有過節，他怕你被欺負，所以請珊珊（化名）暗中保護你，你這才恍然大悟本來和珊珊關係普普，後來她卻突然對你展現親切，原來是受託於F哥。

F哥很疼你，可是他並不快樂，而你只知道他對你很好，卻一點也沒發現他內心的隱憂，直到——他老婆出現！

無情的切斷一段長達七年的感情，離婚兼狠心拋棄親生女兒，再淪落風塵，如今又介入別人的家庭，天哪，你到底要壞到什麼程度……

看不出他有家室，你天真地認為有家室的男人，怎麼可能連續好幾天都不回家。不過，你也不是那麼輕易就跟他交往，決定跟他以後，曾不只一次親口問他有沒有老婆。你知道問有沒有「老婆」跟問有沒有「女朋友」這當中有藝術陷阱，所以你從來不問他有沒有「女朋友」，而是直接問他：「有沒有『老婆』？」，而他每次都堅決說「沒有」。沒辦法，人家一開始就不是來真的。

可是，你也沒有那麼好打發，偷偷問他身邊的朋友，卻每個都像他養的一樣，個個和他一個鼻孔出氣。尤其是大頭仔，大頭仔雖然是通緝犯，但個性風趣幽默，相處起來很自在。他跟F哥是同村的，所以F哥的事你問他最多次，而他每次的表情雖然都帶著促狹意味，嘴巴還是抵死堅決說：「沒有！」。

跟F哥追究過大頭仔臉上「促狹意味」代表什麼，F哥篤定罵他無聊故弄玄虛。事實上，除了朋友護航，F哥也會帶你去見他的親戚，也好幾次和他的堂兄弟共桌吃飯，知道他沒有父母，因此未懷疑他為何不帶你回他家，也認定大頭仔真的是故意鬧你！

可是，現在人家老婆找來了。他倒好，急忙拉起他老婆的手往外跑，沒讓兩個女人正面衝突，不然你真的怎麼死的都不知道！

晴天霹靂！像一縷遊魂，從潭子一路走回台中，又在台中市區漫無目的的遊蕩，經過中港路，想起許先生，他說每次來台中都會住XX飯店，你知道他現在人就在台中，於是去找他。

想起許先生，心好難過，你曾經在意人家有家室，沒想到所選擇的依然是個有家室的男人——內將開門讓你進入房間，許先生不在，你坐在他房裡哭了好久好久……

到你離開以前，許先生都沒有回來，這之後，你沒有再見他了。

走出XX飯店，還是毫無目的的在市區裡行走，拐進那條巷，又鑽出那條弄，再走回那條街，覺得怎麼自己的命運一直以來，都像穿梭在這些街衢巷道裡，鬼打牆似的繞來繞去，不知道哪裡才是出口……

某個深夜，大頭仔於台中街頭落網。服刑以前交代F哥一定要好好對待你。知道他覺得對你有虧欠，而你，沒有怪他，相信他幾度想說實話，既礙於朋友間的義氣，又不忍眼睜睜看一個無辜女人跌落不拔深淵，大頭仔的內心肯定天人交戰過……

問F哥有沒有想過當你知道真相以後，他該怎麼辦。這時，F哥一個大男人表情略顯羞赧的說：「沒有勇氣想那麼多，只想盡量對你好就是了」。

打從知道他有家室的第一時間起就想離開他，但是他對你太好……這麼說吧，從來沒有一個男人對你那麼好過，不是我在笑話你，對你不好的男人你都走不掉了，對你好的人，你怎麼走得掉？這是頭一次有男人對你那麼好，他把你寵上天，他讓你在愛情的世界裡真正開了葷！

F哥把你當寶貝一樣的寵，他對你好，也對你的家人好。自從和他在一起，你的事每件都變成他的事，你的朋友也成了他的朋友。

小哥對照顧阿母的責任分配，僅以一次的八千塊就權作他的五分之一，那麼請問輪到他有事的時候，你該為他付出多少？唉，沒有用啦，這就是你的個性，難怪一直被吃死死！

有次二姊萬分火急打電話到台中跟你說小哥惹出麻煩事，你一時也慌了，不知道該怎麼辦，只好找F哥，F哥不想管，他覺得小哥這種人不值得管。你也知道很難替小哥這種人說話，但是又於心不忍，無力可為之下，只好把自己悶起來，但是F哥怎麼忍心看你把自己悶起來。

以前常聽人家說真正的兄弟都非常疼愛自己的女人，過去無知，以為泰子是兄弟，後來才知道他只有在欺負弱者的時候最勇敢。

F哥對你的關心，從有形的外在到無形的內心，無一不致。別瞧他渾身兄弟味，說話粗聲粗氣的，事實上他很感性也很明理，如果他是兄弟，也絕對是個善良的兄弟。表面上壞，聚賭又討債，但是看人家家徒四壁，債沒要到，反而拿錢給人家妻兒吃飯。

當然，他幹起架來也殘暴無比。就在他要開車載妳南下處理小哥事情的時候，上高速公路以前與人擦撞，因一心急著南下，F哥無心計較，但那人卻扯不停，兩人於是拉扯，相識以來，這是你第一次看F哥與人打架，那人身材比F哥魁梧，一開始你還怕F哥吃虧，結果幾招之後，就被F哥壓制倒地，原來真的是「相趴雞啊！」。已經被F哥打到口鼻出血，踉蹌倒地，卻還不死心的偷瞄F哥的車牌，被F哥發現，又補上了幾腳，看樣子一時半刻爬不起來了！

原本清靜綺麗的夜晚被F哥白衣服上染的灰土，以及那人口鼻上的血汙染了。你好難過，好罪惡，為F哥，也為那人……

在車上，你難過的忍著不發一語，F哥以為你因為他跟人打架而生氣，陪小心問：「生氣啦」，沒想到你聽到這句話心裡更難過，你想，今天如果換做泰子，一定會把氣出在你身上，因為一切都是為了你！但是，F哥沒有，剛跟人拼命的血液還在噴張，轉頭卻平靜無波似的對你輕輕笑，輕輕哄：「對不起，嚇著你啦！」這時候，不知怎地，突然在他身上看見阿母的影子，一時傷懷，再也忍不住，羞於讓F哥看見你的眼淚，趕忙把頭轉向車窗外……

F哥不知道他已經讓你感動到心酸了……

全世界的人都欺負你，只有F哥被你欺負。你也夠苦命了，好不容易遇到個真心疼惜你的男人，卻是別人的丈夫……

倦鳥思返

日復一日，當所有人正要起床，準備一天的開始，相反的你才剛踩著月光收尾以前殘留在地上的餘光碎片準備回家，結束一天的運作。這天上床睡覺前，電話鈴響，二姊在電話那頭哭泣：「阿母走了」。

阿母走了。你在床沿呆坐許久反應不過來……

如何處理後事，二姊夫婦已經有一套規劃，只待你和大姊回來合議。你什麼都不懂，從頭到尾沒有意見。阿母的歸身之所，選在高雄縣深水公墓，為日後掃墓方便，你們決定將原本葬在覆頂金公墓的阿爸重新撿骨，遷往深水公墓與阿母合葬。

找到阿爸的墓地，選好時辰。撿骨人員開始拔墳敲棺，關鍵時刻高喊：「肖虎、肖猴、肖馬的避開喔」，在場無論肖什麼的全部都轉頭去面對另一片山水，陰喪忌諱多，能不沾就別沾，即使自己的親人也一樣，畢竟往者已矣，留在陽間的人還得存些正能量繼續活下去。

不久土堆撥開處，你們看見阿爸的骨頭一根根被撿起來，撿骨人員拎起阿爸的一隻腳骨說：「這人真樂喔」，不錯，阿爸是很高，可惜駝背。他生前喝酒的時候，習慣把兩隻腳縮到椅子上，讓整個身體拱成半圓形。只有一半圓，就像他的一生。他人生中的另一半圓，是阿母幫他圈起來的。

阿爸的骨頭很乾，一根根清楚明瞭，撿骨人員說這是最好的狀況，阿爸的骨頭全部撿齊，算算一根不少，阿爸很瘦，骨頭很明顯，你們幾個看骨頭形狀就確定是阿爸，沒有挖錯墳，尤其是那根特別長的黃牙齒出土時，你簡直是興奮的對著它叫：「阿爸。」

等了將近二十年，阿爸才重現天日，如果不是為了合葬，他肯定繼續躺在這裡，所以直到死後他都還在受阿母的庇蔭。

撿骨人員將阿爸的臀骨脊椎以及兩邊肋骨，左手右手，左腳右腳一一按照人體構造順序排列放進甕裡，最後把頭殼放在上面，貼一張白棉紙，上面畫上眼睛鼻子嘴巴，五官齊全，象徵阿爸的臉。阿爸還在啊，只是換另一種型態繼續留在地球上。佛曰：人身難得今已得。可惜阿爸既得人身，卻不好好發揮做人的功能，難得一世，竟任其荒廢……。

透過朋友幫忙找到小哥，整個喪禮過程，他和大哥跟你三人從頭到尾按部就班，配合禮節，該跪時跪，該拜時拜，毫不含糊，無論阿母生前你們對她做了什麼，臨到最後這一刻，每個人都想力挽狂瀾，企圖留下完美句點，告別式結束，要將阿母靈柩移往靈車的路上，大哥打幡在前，小哥提阿母神主牌立中，你捧阿母遺照居後，有模有樣的姿態，不知能否唬倒眾生相信你們真的很孝順！

一位相熟的歐吉桑對二姊說：「你阿母走了，你妹妹終於『自由』了」。歐吉桑是阿建的鄰居，他以前就常對你說：「中風的人很會拖喔。」還曾多次表示擔心你長期照顧癱母會耽誤自己的青春，因此他這話的意思是說你以後可以過自己的人生了。

入殮以前，按習俗繞著棺木對阿母的大體做最後瞻仰，你從阿母的頭開始往下觀看，那張以前經常被你捏著，親著玩的臉、以及裏頭的甘蜜汁液已被吸乾，剩下兩團無力乾癟的肉脯垂掛在胸前、最後眼睛停格在阿母的肚子上，彷彿還在眷戀那處溫暖的氣味。還有那一雙為養育你們，持家，推豆腐車、操勞的手，以及走遍大街小巷，長年累積起來已行經萬里之遙，跟烈日比意志，跟風雨爭出路的兩條腿。你們幾個小孩全賴這身體才能長成如今，而今這身體就像免洗餐具，用完，就要丟掉。最後蓋棺以前司儀請你們全部背過身去，你們照著做，你知道當你們轉身的時候，工作人員會輕輕把棺木蓋起來，從此，你就真的徹徹底底失去阿母……

大姊哽咽著說：「如果一直由你照顧阿母，相信阿母到現在還活著」。

大姊的意思是在稱讚你把阿母照顧的很好。

把阿母留在安養院，最最不放心的是她的大便問題，但是說也奇怪，阿母在家裡的時候，你看她是無論怎麼使盡吃奶力也便不出來，覺得心疼，才用手幫她摳，而且摳出來的便便真的都很硬，怎麼一到了安養院，她的便便即自動軟化，還有丟下阿母偷溜出去上班兩小時不在身邊，她居然能順利把大便便在地上的那次意外。

曾有人告訴你，阿母雖然不記得你，但她潛意識裡知道你是她可以安心信賴的人，因此才會無形中凡事依賴你。你也知道自己的確是阿母唯一可以依賴的人，因此阿母走後，你除了悲傷，還有很深很深的內疚……

兩年半來，你親眼看著阿母的哭聲由宏亮到氣若游絲，到後來這半年，每去看她，她都在昏睡狀態，叫了半天，沈重的眼皮才睜開那麼一下，不知道有沒有把你看清楚，旋又無力的閉上。又如今望著阿母的遺體安靜如眠，你曾經希望她能夠像現在這樣安靜，但安靜對她而言，即是死亡，阿母終究用她的死亡，換取你的自由，可你並不因這份自由而感到呼吸暢快……

出生原本被送走又被要回來的你，對阿母而言，究竟是好牌還是壞牌？有人說，沒有你，阿母的下場會更淒慘，你的返回，正是為了這場收尾，所以你是好牌。你不敢這麼以為，你是好牌，也不過將阿母送進安養院慢慢等死而已！

阿母知否，沒有伊，人生好寂寞……

媽在，家就在。有這麼一句話：「上有老」是一種表面的負擔，「親不待」是一種本質的孤單。你頗能理解此話內涵，以前有阿母，雖然表面上看是阿母拖累你，但是過去那麼多磨難，加上這幾年談一段空中樓閣的感情還能活下去，都是因為這個世界上有一個阿母才多了幾分支撐力量，如今沒了阿母，心突然不知該往哪兒擺，好空虛、好寂寞，世界那麼大，卻沒有一處定點可以讓你落下來。本來和有婦之夫的感情就註定懸在半空著不了地，如今再沒了阿母，漂浮感更重，即使在高雄，也覺得像異鄉遊子。

原來不是阿母需要你，而是你需要阿母……

整整兩年的時間，你每天都過的好憂（憂鬱）閒，儘管F哥整日陪在身邊，你還是感到空虛，動不動就鬧出走，到了火車站，又不知道該去哪裡。問售票人員，下一班進站的火車開到哪裡，而無論南下或北上，你買到達終點站的票，卻不一定會在終點站下車。可能，買到基隆的票，卻在臺北站下車。一個人獨自東區逛逛，西區晃晃，忽覺得不應該固定在這裡，旋又包車前往東、西海岸，一望無垠的海岸線，像是你的鄉愁沒有盡頭……

有一回南下，到了墾丁已經下午，一個人在墾丁青年活動中心，趁天色還亮的時候，獨自沿著青年活動中心後方蜿蜒小路走向海邊，坐在礁石上遙望海天一色。不會寫詩，只能假借詩的意境，沈浸其中。

直到天色漸漸暗下來，你知道自己未必尋得著原來的路回去，一定要與別人同行才可以。但是一直心存僥倖，一批人走過，還再想著應該還有下一批人。經過的人開始用懷疑的眼光看你，畢竟天暗了，怎麼有個女人那麼大膽，獨自坐在黑暗的海邊，沒注意的人，走過你身後，還會被你嚇一跳，因為你靜止不動，唯有烏髮飄阿飄……

接著時間彷彿停止，良久，都沒有人再經過，眼見四下無人，海天依舊成一色，只是由藍色變成黑色，你心裡開始發毛，怕剛才經過的那批人，真的會是最後一批。心下正慌，恰有一群出遊男女學生由遠而近，他們看見朦朧中有個女子身影在岸邊晃動，你聽到他們當中有人因為突然嚇一跳，而發出輕微尖叫。看著這群學生逐漸遠去的背影，怕真的會是最後一批，再不跟上不行了，於是以「迅雷不及掩耳」的速度，穿入這群學生中「偷渡」。

被這群學生發現了，他們很可愛，覺得你很稀奇，沿路一直纏著你說話，問你很多事情，其中一個戲謔的問你是不是來殉情的。我已經忘了他們是讀哪個學校，也忘了他們是大學生還是高中生，只記得他們青春的笑靨當時深深感染了你。你曾經有過他們的年紀，卻沒有過他們的快樂，在他們身上，你發現自己錯過很多……。

臨別以前，這群大孩子熱情的邀請你和他們拍照留念，拍完照片，互道再見，轉身聽到有個調皮學生在你背後說：「照片洗出來以後，她的位置會不會沒有人啊……」。你笑著摀住嘴巴，哈哈哈，被當成女鬼，自己也覺得很好笑……

你曾經有過他們的青春，只是全部被泰子摧毀。

你沒有偷F哥的打火機，但確實偷了他五年的感情……。

為了留住你，F哥說：「我願意為你做一件事，只要你留下來……」F哥知道泰子，也知道政元，知道所有曾經欺負過你的人，所以你明白「為你做一件事」其中意涵「復仇」的暗示。然而，無論你留不留下來，都不會讓他去為你做那件事。

等一下，讓我回顧一下你當時不讓F哥去做這件事的原因，是天性善良嗎？我看是阿母的「忍」字訣調教有方，使你有能力駕馭自己的仇恨心。無論如何，我很高興你沒有讓F哥去為你做那件事，否則今天的我一定會後悔。要知道因果循環，並不是你放棄報復，對方就可全身而退，你原諒他們，老天未必放過他們，所以天地間才有個無形定律叫做「天譴」，話說回來，誰知道你今生的苦難，會不會就是你的天譴！

真相大白後，F哥耍賴的說：「除了有老婆這件事騙你以外，其他一切我說的都是實話」，這讓我想起有個女性朋友也是遇到個有婦之夫，但是對方是除了有老婆這件事坦白以外，其餘一切都是騙她，讓她痛不欲生，幾度想跟他玉石俱焚！

F哥欺騙你，但是他對這份欺騙負起完全責任，因此不僅當時的你，就連今天的我回頭面對這段情緣，也是沒有任何怨悔的。

大姊二姊和珍儀家的電話，到半夜還在響個不停——為了找你，F哥每次都恨不得把整個台灣掀起來！你有時心軟，還是會忍不住打電話給他，但故意不讓他知道你在哪裡，一旦讓他知道你在哪裡，無論台灣頭或台灣尾，料想他都會在最短的時間內趕到，可以想像他內心有多焦慮，更可貴的是時常被你這樣折磨，F哥並沒有感到憤怒與不耐，反而每次失而復得，都覺得他又比之前更愛你。F哥的心胸就是這麼寬，寬到你走到腳軟，也走不出他的邊界。

和二姊住的距離近，常有往來，有一段時間，曉琪白天給二姊的小姑帶，晚上則由二姊帶。那段時間因為曉琪的關係，二姊一家生活得很快樂。就算後來曉琪換了保母，一到假日，二姊也會常常把曉琪接過去住。自從曉琪被政元強力帶走以後，二姊不知道忍了多久才跟你說，阿水每天悶在被窩裡哭。你不是不知道，曉琪被帶走以後，連一向好動的阿森也變得很不活潑。

那段時間，你不會在她們面前掉眼淚，她們也不敢在你面前哭。像是一種禁忌，你們在一起絕口不提「曉琪」，但是你們知道彼此的心都在痛……，曉琪、阿母、第三者，天啊，你到底要背負多少……

大姊心細，讀得出你的心情，偶而會說幾句貼心話。到台中以後大姊的大兒子伯儒和二兒子伯昂，退伍後也相繼到台中工作，你們經常聚在一起，但他們也從不在你面前提曉琪，有一次聊天，你無意中先提起，伯昂的精神立刻振奮起來：「阿姨！曉琪現在怎樣了，我想知道，可是你不說，害我都不敢問。」

表面上所有人都把曉琪的話題視為禁忌，阿水卻暗自推算曉琪已經到了上小學的年紀，明查暗訪，連找幾家曉琪有可能上的小學，終於讓她找到了。

那麼多年不見，曉琪還會認得媽媽嗎。當年的白眼，還在心裡作用（想到就覺得痛），鼓起勇氣，一種近鄉情怯的心情，一個教室又一個教室尋找曉琪的班級。

這次曉琪看見媽媽會有什麼反應呢？她有點陌生，害羞的笑著，你則恍如隔世……

說來感心，為了治療你的富貴手，F哥不辭辛苦，只要聽說哪裡有好醫生，無論多偏遠，都會帶你前往。

除了富貴手，你後來又罹患可怕的灰指甲，F哥趕緊帶你求醫，醫生問你：「肝臟有沒有問題」，有一種藥治療灰指甲很有效，缺點是那種藥會誘發肝炎，肝臟功能不好的人不能吃。你心想自己的肝臟一直好好的，所以非常肯定的對醫生說「沒有」，於是醫生安心的將那藥開給你。

那藥果然有效，才吃幾天，你的指甲就漸漸光滑起來。然而隨之即起的是你的皮膚開始出現黃疸，每天沒做事也覺得累。

答對！你的肝臟發炎了！醫學名詞叫「急性肝炎」。剛發現時，GOT和GPT的指數還在一百多，不消幾天，便像坐電梯那樣直線上升到一千多，真的很急，名符其實的急性肝炎！

你開始產生強烈噁吐，眩暈，咳嗽，食慾不振的現象。

原來多年的夜生活，你那沉默的肝已經無法再繼續保持沉默！肝病弄不好會死人的，F哥慌了，他不怕花錢，只怕醫不好。問題是該如何安排照護，F哥沒說，但你知道他希望你能夠到自己親人身邊，到了這個節骨眼，F哥再捨不得，也得把你送走。這是存在你和他之間最沒得討價還價的現實問題。

所幸還有兩個姊姊……

大姊住鄉下，你選擇回高雄，高雄朋友多，資訊也多。那陣子，走在路上都有陌生人主動過來告訴你治療肝病的秘方。是啊，蠟黃的皮膚和蠟黃的眼珠以及日漸枯槁的身子，明顯昭告天下你是個肝病患者！

總是恭敬的傾聽各方意見——有人說中醫好（中醫師那麼多，哪一個才好），有人說西醫才對（西醫師那麼多，又該找哪一個才對），有人叫你熬中藥（每人提供的中藥材都不一樣），有人建議你喝青草（每人介紹的青草店也都不同），意見太多，令你茫然不知所以。

因為舉棋不定，惹腦了何蓮，何蓮氣得一狀告到阿江那裡，阿江一通電話打來拍胸脯保證美華（阿江、何蓮、美華都是鄰居）當初急性肝炎，指數比你現在高，都給灣仔內的XX中醫院院長醫好了。

其實，你也不是不相信他們說的，只是當局者一時難免陷入當局者的迷思。

好吧，就聽何蓮的了。那段時間，阿江倒是懂得把握機會充當司機，專責載你到XX中醫院。真的很有效，藥是用熬的，藥頭、藥渣早晚各喝一次。很快的，你的肝指數也像坐電梯那樣直線下降，大約兩個月後指數就完全恢復正常。這次生病好像又是某種天定，你的人生再度出現轉折。

早在三年前就認識阿江，何蓮像推銷保險那樣不斷在你耳邊推銷這個男人。但三年來，你對這個男人，除了覺得他的鼻子很挺以外，其他沒感覺。

這次回高雄養病兩個月，恰巧給了阿江表現的機會，他三天兩頭從自家左營騎機車到楠梓二姊家接你，再折回位於灣子內的XX中醫院，之後再送你回楠梓，外加電話關心。在你病到和死亡只剩幾步之遙的重要關頭，給你肩膀的是阿江，不是F哥……

F哥萬想不到將你送回親人身邊養病，如同放走手中的燕子。

這場病是來為你和F哥這段感情送行的，因為這場病，讓你更確切意識到必須有一個屬於自己的窩。無論你成功、失敗、健康或生病，都可以合情合理收留你的窩。

三年來F哥始終不知道你身邊有阿江這個人，是何蓮介紹認識的，你沒有告訴他，是不希望他怪罪何蓮。F哥是個有妻室的人，何蓮身為朋友，想把你拉出這層三角關係，其立意並沒有錯，因此不能害她被F哥仇視。

愛情或婚姻的世界裡有三個人，一定有一個是多餘的。在F哥的世界裡，你很明顯就是多出來的那個人，因此事實上你仍然只有一個人。

你不過是隻飛累的燕子，想找根枝頭停下來。F哥只想擁有你，卻不知道什麼才適合你。阿母離開後，感覺自己像失根浮萍。你沒有遊牧性格，你想要一個家，逢年過節，你不想到大姊家，也不想到二姊家，你只想回自己的家……

阿江問你，要繼續跟一個有婦之夫飄泊，還是和他安定下來。

鬥雞

冷靜的日子

你期待一個平靜的日子，所以選擇和阿江安定下來，不料，身是「定」了，心卻依然沒有「安」……媽在，家就在，媽不在，你連作夢都渴望有個家，你以為嫁人了，夫家就是你永久的家，因此再度選擇婚姻，豈知你命不帶運，每次踏上愛情或婚姻這條路，一定虎落平陽，被一群瘋狗要咬……

不僅你當年在阿建家照顧阿母的那個小房間找不到可以容納你躺臥的地方，就算未來的天地也很難有你立足的角落，你的苦日子還長的很，這話，我早跟你說過的。不過你也不用洩氣，或許，這正是你轉向我的一個重要契機。

比阿母更高竿，阿母跟阿爸不過隔一條馬路，而你從高雄到台中，不曉得已經繞過幾個城市，竟然又轉回你的出生地高雄，嫁給阿江。

說來真的是你不該，你的出現根本是駭客入侵，打亂他平靜的生活。跟你結婚只是為了對傳統成家立業的概念有個交代，但跟你結婚也表示他將要負起養家活口的責任，別傻了，他可沒有這種生活習慣，因此你的出現對他造成威脅，也註定你們水火不容！

當年嫁給政元第三天才被打入地獄，嫁給阿江，因為沒有歸寧，所以他家宴完客第二天就被「發配邊疆」，你倆從此變成熟悉的陌生人。他不再是先前那個殷勤的大男孩。像有個任意門，走進去和走出來的結果是天壤之別。

有天在報上看到一篇文章，一位婦人常常埋怨自己的老公，她的朋友建議那婦人努力想出她老公的十個優點。那婦人先想出她老公每天都準時上下班；還有每個月的薪水都原封不動交到她的手裡；也會把她煮的菜通通吃完；很節儉，不打牌，不喝酒，也給她充分的自由等等，就這樣隨便掐指一算，她老公的優點居然十根手指頭也數不完。最後那婦人笑了，因為她發現自己其實很幸福。

看完這篇文章，你偷偷學人家把十根手指頭伸出來，想看看能不能在阿江身上也找出幾個優點，來證明自己其實也是個身在福中不知福的人，結果想破了頭，硬是連一個也想不出來……

你想不出他的好，也想不出他的壞，因為他好壞都沒有做，最多就是冷漠了點——如果不是自己遇到了，你也很難想像世界上真有這麼冷漠的人，尤其彼此是夫妻關係，同住一個屋簷下，同處一個房間，同睡一張床，他卻視你如無物，一年到頭說不上十句話，這人難道是柳下惠轉世？真的是，事情就大條了，柳下惠連美女都不鳥，豈會鳥你這副尊容？……

這就是傳說中平靜的生活嗎？老天爺是不是搞錯了，這不叫平靜，這叫冷靜，「冷」的好安「靜」！其實很多生活中的一切，他都沒聽見也沒看見，也因為沒聽見沒看見，所以什麼都不用做。所謂不做不錯，多做多錯，於是，孩子生病或受傷了不是他的錯，因為他不是負責照顧孩子的人；於是家裡沒有錢，也不是他的錯，因為他不是負責賺錢的人。

不賺錢，不跟你說話，不和你一起出門，連孩子半夜高燒，他也堅持縮在被窩裡，你只好自己抱著孩子上醫院。計程車就在巷口等著。巷子有燈光，然而當黑暗的勢力大過光，那點光只會顯得更陰，獨自一個女人抱著孩子走在陰森森的巷子裡，令你感到害怕，計程車司機是好人還是壞人？多詭的社會，不是只有美女才會遇到危險……

他一整天不是在睡覺就是在發呆，什麼都不想動，連電話在他耳邊響了半天，也懶的拿起來接，還得你放下手邊工作，翻山（繞過桌椅）越嶺（橫過他翹起的二郎腿）過去接。有時他不得不的接了，如果是找你的，就算你明明就在他身邊，他也懶得叫你，你是看他把話筒放在桌上，卻沒有叫家中任何人來聽，才意會那電話是找你的（忍住心中憤怒）！

親人過得不好或受到傷害，最心疼的當然是親人。所以你真的真的很不想讓兩個姊姊知道你又過得不好，所幸大姊住的遠，在電話裡可以報喜不報憂，但是二姊就不一樣了，因為住得近，常來找你，阿江不會給你好臉色，同樣也不會給二姊好臉色，二姊跟他說話，他總是把頭別往一邊，閉起眼睛裝睡，這等薄情，讓你無法說服二姊相信你是幸福的。

現在才覺得一個人好，一個人獨來獨往都不會有人覺得奇怪，一旦兩個人了，就要開始胡編一些他不能出現的理由，好累。

突然覺得阿母死的好！像你那麼不爭氣，如果阿母現在還活著，看你又過這種日子，心該有多痛，而害阿母難過，你又會有多難受，多罪惡！

要為自己的不幸難過，也要為害家人為你的不幸難過而難過，真夠折磨啊你！

好不容易，終於在他身上找到一個優點，就是他一整天在家，至少你不必像有些女人一天到晚找不到老公。可是，他雖然一天到晚在家，你卻生如守活寡，這種柳下惠再專情，你也不會感到幸福，因此最後這根手指頭，你仍然按不下去……

他說：「你就當我是個不存在的人好了。」你聽清楚喔！這話是指當你需要他，而不是當他需要你。當他需要你，尤其是需要跟你要錢的時候，絕對會讓你的身心靈明顯感受到他存在的事實！

他只有婚前交往那幾個月對你好一點而已，婚後，你們就成了站在兩條平行線上的人，或許比平行線更可悲，平行線至少是同一個方向，你們呢？你們的腳步前後左右步伐都不一致，把整個婚姻踩得一團亂……

說他優柔寡斷，其實他做的決定通常很難轉圜，譬如他婚前明明有工作，婚後卻吃了秤砣鐵了心賴在家裡！嘴巴說要重新找工作，卻連續好幾年都沒有想到要做什麼，你們就靠著你婚前的積蓄過日子。

當然，你不能否認他雖然沒有工作，但他很節儉，不求吃好，也不求穿好，對物質需求很低，可是那幾年，他輸在六合彩、賽鴿以及股票裡的錢卻讓你失了很多血！

不錯，給他的錢都是你心甘情願拿出來的，但是，你如果不拿出來，他就會生氣、並且也像政元父母那樣盡其所能的羞辱你！而，或許是為了自尊，因此就算你乖乖的把錢拿出來，他也不會對你好，一整天，一整年，都是一副「神聖不可侵犯」的高傲姿態，從他身邊走過，都能感受自他身上散發出來的那股「寒氣」！

你們是「夫妻」嗎？我倒覺得你比較像是一部提款機，因為他只有在需要錢的時候才會想到你，其餘時間，你們絕對是互不相干的。

是啊，除非要領錢，不然誰沒事會去理會一部提款機……

阿江的家人說他的個性本來就這樣，不會跟人互動，也很少跟人說話，可是，什麼叫做「他的個性本來就這樣」？

如果他的個性本來就這樣，那你的個性又應該怎樣？……

阿江的家人這樣說，本來是想勸你認同阿江的個性，沒想到反而讓你更憂心未來！到底要等多久，他才願意出去工作，現實問題該如何解決？

以前聽過人家罵女人：「就是因為你這種查某，尪尪才不要返來」，於此反過來想，那你又是一個怎樣的女人，何以你老公都不想出去……

身邊的人也很重要，阿江的身邊沒有一個人會勸他去工作，他的朋友甚至都反過來揶揄你要求太高。他們都認為你已經是小富婆，沒必要再叫阿江去工作，問題是你的錢沒有他們想像中那麼多。

這時候的你還沒有轉變成我，所以很多憤怒只敢壓抑在心裡——每次稍微表現一點生氣，就會被打住，只因為他的個性本來就這樣，所以你不能生氣，生氣就是不成熟、不明事理！

應該說傳統的婚姻裡，女人沒有生氣的自由——時代明明有改變，身邊的人卻仍在堅持傳統，而傳統明明有太多不可取之處。可是真的就像阿母說的歷代千千萬萬的女人那樣，孩子已經生了，能怎樣？

果真配偶是彼此的另一半的理論是成立的，那麼你的婚姻已經半身不遂了。

日復一日，年復一年，他這座冰山沒有融化，倒是你這座火山偷偷違背傳統一點一滴在爆發。

夫妻感情好不好，還是其次，現實問題才讓人最傷腦筋。這是你最熟悉的老問題。

整整三年，婚前的積蓄就像餐桌上那盒抽取式衛生紙一張張被抽掉，心痛卻不敢說，說了，旁觀者只會說風涼話，譏嘲你是個看錢很重的女人。

阿江一次心血來潮脫口告訴你，何蓮為了拉保險，以你為餌，偷偷告訴他說你是個小富婆，只要他跟她買保險，她就會促成你和他。你這下恍然乍醒！難怪三年來，你那麼堅決拒絕何蓮，何蓮還是拼命在你面前像推銷鑽石保單那樣推銷阿江。阿江個性狡黠，把你追到手以後才買保險，但也只繳了一次半年期的保費就沒再續繳，他說那半年保費，就當給何蓮的謝禮。

阿江像贏了一盤棋似的對你吐露這段「秘辛」。你才知道原來你的婚姻被「黑箱作業」，以一次半年期保費「賣」給了阿江！

過去三年何蓮不斷在你耳邊咬阿江是個多麼認真可靠的男人，鼓勵你好好把握，你不聽，繼續和F哥交往，於此何蓮想到就罵你是個不會想的人，放著阿江那麼好的男人不要，偏要當人家的情婦！

何蓮還說了，她過去幫你介紹那麼多男人都是作假，目的為了騙對方保險，只有阿江是真的。她說阿江的工作性質雖然是工作在哪裡，他就必須跑哪裡，但他是工頭，一個月賺六七萬。你問何蓮：「你怎麼知道？」她拍胸脯說：「我跟他鄰居十幾年了，怎麼會不知道」。嫁給阿江以後才知道事實不是這樣，阿江雖然是工頭，出席率卻很低。

你後來問何蓮，她竟一副事不關己的態度說：「都是美華和她老公跟我說的啊！」企圖把責任推給美華夫妻，可是，美華夫妻從來沒有對你說過一句阿江哪裡好或什麼的，阿江的好，真的全部都是何蓮信誓旦旦告訴你的。

事實上，阿江跟何蓮家雖然僅隔兩條巷子，但平常沒有來往，根本互不瞭解。阿江後來也說何蓮是為了給他拉保險，兩人才密集互動起來。因此何蓮所知道的阿江所有的一切，應該真的都是美華夫妻跟她說的。

美華夫妻明知阿江不是好樣的，還鼓動何蓮把你介紹給他，居心固然叵測，但何蓮未加證實就不該照本宣科，還說的口沫橫飛，那句「我跟他鄰居十幾年了，怎麼會不知道」言猶在耳，因此她把責任推給美華夫婦，根本無法成立。

如果今天你的婚姻是幸福的，你第一感謝的人絕對是何蓮，不是美華夫婦！

何蓮後來自圓其說：「我的婚姻也是別人介紹的，也過的很不幸，該找誰要！」，這話倒像反過來數落你不明事理，但我認為不明事理的人是她，我不知道當年那個介紹她與她老公認識的媒人，有沒有像她對你一樣，也信誓旦旦保證她老公是個多麼優秀的男人，不嫁給他是一種損失，就算有，並不表示她也將別人的婚姻陷於和她一樣的不幸是合理的！

她至少應該感到抱歉，而不是理直氣壯。但你當下沒有和她辯駁。事情真相如此，你為自己感到悲哀，但你並不想跟任何人吵架或理論，因為那無濟於事，現在比較擔心的是阿江既然以為你有錢，肯定不會出去工作，接下來的生活要怎麼維持，才是真正頭痛的問題。

真的是「媒人嘴，胡累累」，胡她自己的嘴巴，卻拖累別人的一生。

我到現在都不認為何蓮是媒人，我認為她是你的好朋友，你的朋友當中，她最挺你。你在和政元假離婚的時期認識她，她是保險從業人員。政元離開以後，還是不斷四處散播你的壞話，說你每天都打扮的花枝招展去當落翅啊，這話有一天傳到何蓮耳裡，她感覺很刺，你跟政元的內幕，以及你是一個怎樣的人，她都很清楚，於是她一直在散播二手壞話者面前替你說話，企圖還你的清白，情緒比你這個當事人更憤慨，她的義氣是在申玲以及霈君身上看不到的。也許是你當初對她事業上的實際幫忙，換來她後來對你的義氣相挺，抑或許是她自己也身陷在痛苦婚姻之中，於是將心比心替你發出怒吼，總之你很肯定何蓮真的是你的好朋友，但是，你的好朋友，不小心也會在你身上做不好的事！

聽完何蓮的說法，雖然心很酸很痛，卻沒有和她翻臉，因為你更怪的是自己，是自己沒有智慧，生命徒經幾許滄桑，還有過一次婚姻經驗，卻不見長進，最該怪的人是自己（真心話）。

也有這樣的可能，何蓮後來也發現阿江是一張鬼牌，但是怎麼有臉承認自己看錯牌，而且反正你又不押這一把，她乾脆將錯就錯，至少能在你面前繼續以她很會看人自豪，沒想到你會突然改注，而她話已經掰不回來，只好眼睜睜看你將這一生錯押下去。

誰叫你把命運交給何蓮，抑或把命運交給何蓮，也是你早就註定的命運？

本來希望婆婆能看在阿江沒有工作的分上幫你帶貝貝，好讓你出去工作，但是婆婆礙於小嬸也有兩個小孩，不敢答應。你試著說替貝貝找保母，阿江跟你翻了一個大臉，自己不去工作，也不讓你出去工作，你忍不住痛苦的咆哮……，卻被說你瘋了！

怪來怪去，都怪你有錢……

常常因為錢的問題吵架，阿江罵你守財奴，你不拿錢出來叫做守財奴，他處心積慮逼你把錢拿出來，叫做什麼？

叫做土匪！

守財奴遇到土匪，是要花錢消災，還是繼續守著錢財。

你常常花錢，只為取得一個短暫寧靜……。

這份寧靜真的很短暫，因為他從幾百到幾千，幾萬到幾十萬乃至百萬（作股票），不定時的需索。

你沒有外傳的那麼有錢，所以會給他錢也會要求他去工作，這就是你們常常吵架的點。旁人鮮少知道你們真正吵架的原因，因為他擅長把你們吵架的點誤導成你是有錢在驍擺，搞得大家在你背後嗤之以鼻，連到菜市場買個菜，與阿江家相熟的菜販都苦心教你做女人要懂得忍耐。

知道嗎，你給外界有錢驍擺的個性已經深植人心，就在前不久而已，我和阿江的朋友的大哥聊天，感覺他對阿江家頗了解，我突然想證實當年大家對你的看法，故意問他：「既然你對我們家那麼了解，那你一定風聞過我有錢驍擺這件事，對不對？」，冷不防我有此一問，那人尷尬地回答：「那已經是過去的事了。」，哈哈，你看，我沒猜錯吧。我不替當時的你辯解，故意自我調侃：「不是因為它已經是過去的事，而是因為我現在沒錢，不會驍擺了。」哈哈哈，那人尷尬的和我笑成一堆……

你的第一次婚姻，因為沒錢被罵，第二次婚姻，因為有錢也被罵，有錢沒錢都是罪，所以你知道了，世界上有一種壞，叫做人家想要你壞。

反正千錯萬錯都是你的錯，而他唯一的錯就錯在不該聽何蓮的話，相信你很有錢。他想娶個有錢老婆，我呸！我還希望你嫁個有錢老公呢！

何蓮在你背後跟阿江說你有錢，卻在你面前說阿江很勤勞，這話如果是事實就很好，問題是那不是事實，你們兩個都被何蓮騙了……，但是你沒有把心思用來怪何蓮，你只問你自己，生米已經煮成熟飯，這碗飯是吃下去，還是倒掉！

倒掉，離一次，就險遭社會封殺，再離一次，還能做人嗎……

大哥

俗話說打虎捉賊親兄弟，可是對你而言，你的親兄弟可怕的程度並不輸老虎。虎毒不食子，大哥這隻老虎不會食子，卻會食你跟阿母。

還在台中的時候，每次回高雄，去看老陳以前，你習慣先到阿建家樓下探探大哥在不在，如果大哥在，你就會先繞道去看老陳，之後再轉回來看阿建，如果大哥還是在，你就會乾脆把伴手禮請樓下阿建的大嫂轉交給阿建。

大哥？哦，他已經不當大哥很久了！

還住在阿建家那時候，某個晚上，他和阿建的朋友以及另一位友人在客廳裡喝酒，不知怎地突然吵起來了，沒多久，聽到酒瓶碰撞地面碎裂的聲音——他們動手打架了。

摜酒瓶傷人的是阿建的朋友，他是為了挺大哥才會動手。事後對方不肯善罷甘休，揚言索賠，不賠就要告。大哥想阿建的朋友是為了挺他才會動手，因此認為該負責的人是他，但是他並沒有錢，只好轉過來找你，開口就要三千塊。

朋友替他出頭，這筆帳是算你的！

看你猶豫，大哥眼露凶光，拳頭握得好緊，這兇惡態度，照顧阿母以後，你就沒再見過。

照顧阿母那段時間大哥對你算是難得的客氣，你知道他的心態：如果不對你好一點，萬一你也和小哥一樣腳底抹油，留下阿母這個爛攤子，他是無法收拾的。直到現在為了這三千塊，他的親和力又不見了——他不怕你也離開，把阿母留給他嗎？不怕的，這就是你的大哥，任何情況下，永遠先想到他自己，你當然也不會跟他賭，你贏不了的，你不會把阿母留給他的，你在的時候，阿母吵得厲害，他不耐煩，都忍不住進房惡狠狠的用三字經幹譙阿母，還作勢要動粗了，何況你不在的時候，阿母會有什麼下場，所以這牌根本不必開，就知道你輸了！

不過，怕阿建聽到，他威嚇你的聲調壓得很低，是的，沒錯，如果讓阿建知道他在家庭淪落到這種近乎求乞的境地，依然對你強行索錢，一定會出面說公道話，一旦阿建出面，他想壓迫你就沒那麼方便了。最後，他退一步，開了一個條件，說是只要你幫他還錢，以後他每天晚上都會幫你煮飯。你想了一下，阿建不可能時時在家，大哥總會逮到機會和你獨處，到時候他出手就不會那麼客氣了，而且計算一下，他平時什麼忙都不肯幫，現在如果願意幫你煮個晚飯，你就有更多的時間做加工，因此也就稍微願意一點點的把錢拿出來。但是，他只煮了三天，到了第四天，你看已經六點多了，他還沒回來，就知道不妙。

不能讓阿建餓肚子，只好擱下加工品，乖乖走進廚房。飯後，大哥帶著一身酒氣回來。

你無語。

第五天，他依然沒回來，第六天、第七天，他永遠不會進廚房了。你被騙了。世上再也沒有比被親人，或自己深信或深愛的人欺騙傷害更痛徹心肺的了……，偏偏你一生都在遇到這種人，以佛教論點而言，可見你前世今生的罪孽有多深重！

煮三次平民晚餐（菜還是你買的）要價三千塊，大廚也沒這種行情。那幾天，他面對你總是擺出一副「你奈我何」的冷峻表情。其實，他不必嚇唬你，你本來就奈何不了他，你唯一有能力做的就是把滿腔淚水，硬生生倒灌進肚子裡……

如果可以選擇，寧可不當他的兄妹，無法選擇，至少離他遠一點。

某天接到大哥在路邊暈倒的消息，你和二姊趕到醫院，這陣子，已明顯感受到樂樂在你的肚子裡使勁翻跟斗。

趕到時，大哥還沒醒，躺在急診室，不知道是醉死還是暈倒。你望著他，回想從小到大兄妹之間的恩怨情仇，為什麼他總是甘願對朋友負責，卻不肯對家庭承擔，為什麼他寧願對朋友重情重義，卻不能對你跟阿母仁慈一點。以前在家的時候，最怕他突然從外面顛回來，心情好就好，心情不好就臭幹落譙，摔家具，就像全世界都對不起他，而他唯一有辦法對付的只有你跟阿母，你有一次看他連譙阿母好幾次「幹你娘老 XX」譙的實在不像做人家兒子的，氣憤地頂了他幾句，他衝過來就要打你，阿母見狀急得用她的身體護住你，然後貼著你說：「卡忍耐ㄟ，卡忍耐ㄟ！」大哥也不怕打到阿母，手腳朝你亂踢飛，相信其中一定有幾拳落在阿母身上。像阿母這種為家庭為子女任勞任怨的女人，實在應該站著，偏偏讓她躺著，像大哥這種站著只會攻擊，只會鬧事，你跟阿母半生都在他的暴力淫威下苟存，深深覺得這個人應該躺著，偏又讓他站著！

能站能走的人，還是做點什麼比較好。瞧他露在薄被外那兩隻腳實在髒到不行，十根腳趾頭藏污納垢，令人作嘔，你跟二姊一人提水幫他洗腳，一人找指甲刀幫他剪腳指甲，同時想起他以前在家裡的時候，什麼忙都不想幫，連阿母摔到床底下也不願將她扶起來，他說他是用「心」在孝順，看他說的清高，你不禁覺得好笑，希望他醒來以後，發現自己的腳變得那麼乾淨，千萬不要以為你跟二姊只有用「心」沒有用「手」。

這事才過沒多久，一天抱著貝貝在二姊的檳榔攤玩耍，大哥又出現了。開口要錢。你忍不住和他吵了起來。吵著吵著，發現他越來越不對勁，語無倫次，說自己是神仙降臨，要來度化你。也許吧，他正用他一直以來對你的傷害，來告訴你紅塵很苦……

糟糕，大哥瘋了！他長年酗酒，以為他最後會得胃病或肝病，沒想到是得神經病！你和二姊都慌了，二姊夫早就不管你們這邊的人了，於是你打電話給阿江（他已經是你們身邊唯一的男人），知道他也許、可能、應該、不會理你，但你仍天真的存著一絲希望，在這節骨眼上，他說不定願意出點力。結果他說：「我又不是精神科醫生，找我幹嘛？」

嗯，有道理，他的確不是精神科醫生。

於是你叫了救護車，二姊繼續顧她的檳榔攤，你挺個大肚子抱著貝貝和大哥一起上救護車，一到凱旋醫院，你就走不開了。醫院規定要一個家屬留下來。

小瀚是大姊的第四個兒子，當時就讀西子灣中山大學，一接到大舅被送到凱旋醫院的消息，立刻趕到醫院跟你會合。

小瀚說他要留下來，是你堅持不讓，在你的心目中，他只是個孩子，你怎捨得讓他留在這裡和一群精神不正常的人在一起。

大哥長年沒洗澡臭味薰天，你趁小瀚替他洗澡的空檔先回家，梳洗過後，將貝貝托給婆婆，再轉回凱旋醫院換小瀚回去。

妳其實很害怕，小瀚一離開，你就後悔了。方才小瀚在的時候，一有精神病患靠近，你嚇得抱著貝貝縮成一團，小瀚就用他的身體擋在你和精神病患之間。小瀚已經長大，當他主動說要幫舅舅洗澡的時候，你當下就該意會，小瀚已經長大，長大到足以保護你這個小阿姨了。

跟小瀚說晚上姨丈會來，他才安心離開。

大哥打過針在睡覺。那一群精神病患讓你感到害怕，不敢待在裡面，一直站在外面眺望路口，期待阿江的出現，他真的說過要來的。

醫護人員怕你跑掉，一直叫你進去，你卻每進去一下又出來，告訴護士說等人。阿江來的時候已經十一點，連大門也沒進去，只站在門口跟你講幾句話就離開了。

他說明天要工作，你知道他騙你，他只是不想留下來陪你。你的心開始痛起來，為什麼他總是那麼冷血，這裡是精神病院，裡頭全是瘋子，他怎麼忍心把懷有身孕的妻子獨自留在這裡，他不知道你會感到害怕嗎？望著他逐漸離你越來越遠的背影，強忍淚水，你明明已經有丈夫，為什麼還是常常覺得只有一個人……

小瀚每天都到醫院來，他不是來探望舅舅，而是來照顧舅舅。他也不是精神科醫生，但是有他在，你覺得心靈多了幾分依靠。

到第二天，大哥的神智已清醒，你也稍微適應。知道這群精神異常的朋友完全沒有攻擊性（會攻擊的，都已隔離），你偶爾會跟他們逗，甚至跟他們一起瘋言瘋語。

這是你生平第一次跟真瘋子在一起，過去那些人，包括現在的阿江都是假瘋子，結論是：真瘋子的邏輯讓人想笑，假瘋子的邏輯讓人想哭……

阿江直到第三天才到醫院，你在醫院陪大哥兩個晚上，第三天阿森從軍中休假回來，當晚便直接來跟你換班陪伴舅舅。阿森也不是精神科醫生，但是他知道親人有事，大家本來就應該站在一塊。

大哥第四天出院了。查不出任何原因，只能解釋腦筋一時「秀逗」了。這之後沒多久，某天他又拖著一身老病的軀殼由他朋友載他出現在你面前，由他身上散發出來的那股異味總是比他的人先到你跟前，你被那股異味刺痛著，痛恨他寧願貢獻身體養那身細菌，也不願養家。他說他走路髖骨會痛，他說他還不想死，好聲好氣求你帶他去醫院。和他做了幾十年的兄妹，會這麼溫柔對你說話，是因為他真的走投無路了。

大哥的一再出現，新愁舊恨不斷刺激你一古腦的恨！眼前這個人號稱是你的親大哥，可是你不記得他有為你做過什麼，他對你做的只有傷害而已。你曾經有一次機會經由阿母的護航躲到鄉下大姊家去，那裡泰子找不到，那裡只有你的親大姊和跟你很親的六個姪子。鄉下的路每條都小小的，但四周都是空曠的田地，視野反而更遼闊，只要走出去，眼見都是綠，村民的笑容很開，日與夜都有涼風穿過屋後那片竹林緩緩吹來，不工作的日子，你會相偕孩子們走田埂，少了城市的煙硝味，這裡的風很柔軟，吹在臉上很療癒，這裡沒有泰子，世界一片祥和。但是好景不長，那日黃昏你從鞋廠下班，正踩著腳踏車身心輕揚的跟夕陽餘暉競逐，遠遠的你看見大姊站在門外，一見你，立刻將你喚到屋簷下，無奈的說：「泰子來了，是阿灰帶他來的」，你的心情一下子從天堂打入地獄，想到前一秒的心情還那麼愉快，就覺得自己很可笑……

你怎麼也想不到大哥會出賣你，你的心裡在哭，在嚎啕大哭，但你知道躲不過了，認命地走進屋內，泰子見到你，邪惡的笑著，你知道這笑容接下來的第二動作是什麼，你站在他面前，一舉一動都輕輕的，連呼吸也慢慢的，深怕驚動他，你很怕他當下一個拳頭就貓下來，你知道當他真的當場打你的時候，你會聽到的只有大姊苦苦的哀求以及六個孩子驚嚇的哭嚎聲。田野的綠，竹林的風，這時候都像在看你的笑話。

沒有人能救你，泰子比你更清楚你的處境，連大哥都屈服於他，還有誰能救你，他當然敢肆無忌憚的虐打你。呵呵，難怪你後來那麼離不開F哥，因為差很大，你在台中的時候，每次出走再回來，F哥都像撿到寶，給你買金買銀，買漂亮衣服，吃大餐，像太祖媽那樣拱著，不像泰子打你像毒打逃跑又被捉回來的妓女！不過也是那時的你，換這時的我，就會大聲跟他說：「你白癡嗎，你看不出來我來到鄉下就是為了躲避你，不想跟你在一起，你有那麼不要臉，好意思再追來嗎！」！不然鄉下地方多的是鋤頭磚塊，不等他貓我，我先貓他了！

真的是你太弱，如果你把被打的勇氣轉換成反擊的力量，像他這樣常常喝到爛醉，你會有很多機會把他的藍葩刮下來餵豬。不然斯文一點，報警抓他，隨便告他一條傷害或妨害自由，他就欶尿了。他的尬勢一點也不好，你看他抽到海軍陸戰隊時嚇到哭整晚的，就知道他真的只會欺負弱者！

不過你得感謝泰子那三年兵，讓你有機會去讀完三年國中夜校。在班上，在學校你都很活躍，表現很靚，是上榜的風雲人物，誰知道你私底下竟是個受虐婦女。

大姊夫不知道你跟泰子的事，就算知道，也不會管事，吃飽飯就踱到一邊去了。

大姊很不甘心，但最多也只能做到不甘心，然後無能為力的看你被押解回京，然而親手將你送上斷頭台的是你的親大哥，但是他也未必全然沒有兄妹之情，他雖然把泰子帶來，卻趁泰子不注意的時候，偷偷小聲跟你說：「不要再跟他在一起了。」你知道大哥是被逼的，他的男子氣概早就被酒精削弱，根本沒有多餘的能力對抗泰子，泰子逼他，他為了自救，只好犧牲你。你苦笑，能不跟他在一起嗎？大姊家是你最後的避風港，現在這個港口淪陷了，你還能去哪裡？沒有人可以保護你，全家唯一有能力打得過泰子的是小哥，但他關心的只有他自己，聽說嗜賭的人無情，酗酒的人無義，你家兩個男人全中。

對你而言，大哥是隻會吃人的老虎。他曾經說朋友比家人好，還說將來就算病到不能動也不會來求你，為何臨到這一刻頻頻出現你眼前？？？

不過大你十歲，生命如日中天，卻因長期酗酒身形未死已枯槁，如今在你面前的不再是吃人老虎，而只是一隻鬥敗的公雞，你輕易就可以把他撂倒！

大姊依舊在遠方，二姊仍在為生活疲於奔命，你知道一切還是得由你來。離開二姊的檳榔攤，回家的路上越想越不甘心，抱著貝貝，停在右昌國小門口哭了好久、好久……

小哥在哪裡？你要向他追討四分之一的責任！

大哥開完刀，住院那幾天，你帶著貝貝一日六回往返醫院與家裡之間，阿江沒有任何協助與體恤，反而板起臉孔警告你：「你不要給我傷到肚子裡的孩子」，陡然在你疲累的身心上又多加了些許重量……

有問題的家人，在你婚後仍會繼續給你製造問題，大哥和小哥就是這樣，結婚以後，他們偶而來「探望」你，十有八九是為了要錢。

無法擺脫他們兩個，一如人生無法重新洗牌。

阿江罵你：「死性不改，就是因為你這種死人性，才會讓自己死得那麼難看！」你沒反駁，事實上他說得並沒有錯，人的命運本來就是自己的個性造成的，倘若自己的個性不那麼死，一開始發現他的個性原來是這樣，就該逃之夭夭了！

小哥出現了，不知是誰通知他的，一來掏出五千塊，他這次沒有把錢砸在你的臉上，而是很有禮貌的遞給你，然後說：「一切就拜託你了」。五千塊，他這次決定以五千塊分攤他的四分之一責任，你本來還想說些希望他能分攤點照顧責任的話，因為你快生了，這樣奔波，阿江會不高興，但是內心突然升起一股無力感，最後把話吞進去，也好啦，反正說也是白說，他總有一套他自己獨到的計算方式，你算不贏他的！

阿江罵你罵習慣了，什麼都能罵，你則能忍盡量忍，以免回嘴惹惱他，又落了個「驍擺」的罪名。直到有一次實在忍不住了回嘴：「我就是憑這種個性，才有能耐待在你的身邊。」結果他說：「不稀罕，像你這種腳色滿街都是！」。

像你這種腳色滿街都是，你卻演得有點膩。感覺越來越討厭自己這種個性了，真的。他不只一次憤怒的說：「真後悔娶你！」，我覺得他說的沒有錯，他的確不應該娶你，他應該娶邢速蘭！

這次，因為海總醫院有班長（退休老兵）的義務協助（推輪椅之類的），所以你也沒有付出太多，僅是負責送三餐而已，而且小瀚已經長大，兩次照顧大哥期間，都幸好有他在，親情的倚靠多少安慰你在婚姻中的失意。

大哥出院後依然住在阿建家，你本來已經做好心理準備要照顧他，要照三餐送飯給他吃，但是後來找到一家自助餐店，老闆願意代勞，你每個月跟他結算一次，也一個月去看大哥一次。雖然大哥有福保，三餐沒有花費到你的錢，但你必須跑腿，還願意一個月去看他一次，自己覺得這樣對他付出就算夠了，可是他竟然覺得不夠，時常央求自助餐店的老闆傳話叫你過去，你知道他想要什麼，他想要親情，他肖想你會像照顧阿母那樣照顧他，生命走到末路，才想到要親情，可是你不想給他！頭兩三次老闆叫你去看大哥，你沒去，一開始老闆不以為意，後來對你講話的態度不一樣了，他在含沙射影你是個無情的妹妹，最後你忍無可忍，終於和盤托出大哥一直以來的惡行惡狀。才說三分火侯而已，老闆就表示同感：「原來如此」。

過去阿母期待他能負起長子的責任，幫忙賺錢養家，他不願意，他選擇喝酒，選擇破壞家具，選擇對你們暴力，用政元他媽牌的話幹譙你們，後來阿母中風，家庭生變，你希望他能有點做大哥的樣子，至少幫你煮頓飯，或幫忙哄哄哭鬧的阿母，讓你多做點加工，多賺點錢，他也不願意，既然他以前什麼都不願意為你做，如今「生殺」的主控權落到你手裡，要做多少隨便你！

走路髖骨不再痛，然而健康已失，像日落夕陽，遺憾的是屬於他的明日太陽怕再也升不起來。他的生命曾經燃燒過，可惜不是用來照亮別人，而是用來毀滅他自己。

這麼說好了，你只願照顧他的衣食，不願給他親情，他不配，但是那天一早接到警局來電，大哥暴斃於菜市場的豬肉攤上！阿江這時候也慎重起來，發動機車引擎，你捧著即將臨盆的肚子跨上後座，飛奔的路上，大哥那句：「我還不想死」的話不斷在你腦海重複，漸漸感受一股力量在逼迫你的淚水不斷順著風向隨髮梢往後飄，你知道那股力量叫做親情……

征途

處理完大哥的事，沒多久，樂樂就出生了。

整整三年，夫妻倆好吃懶做、遊手好閒，家底不夠厚實，金山銀山也會吃空。趁這個時候小嬸兩個孩子都上幼稚園，婆婆可以幫你帶樂樂，你也趕緊將貝貝送進幼稚園，然後準備好去擺夜市，當然要拉阿江一起出來——沒錢就要勤勞。不過你也知道硬要拉一個懶惰成性的人出來工作，將是一條痛苦的長征之路。

照顧阿母那段期間，你的國中死黨霈君正好嫁到阿建家附近，所以常到你家走動，你們的感情因而更好。可是她明明從國小就開始在夜市賣玉營生，不知為何，請教她什麼都一問三不知。於是你們從買一個支架到尋找貨源，都是自己一路摸索，加上阿江並不是心甘情願跟你出來，所以也一路聽他埋怨，連停個紅燈，也要譙句：「啃！」。

你和阿江一人騎一部機車載貨跟載擺攤用的鐵架用具，整裝齊備，第一天到夜市，人生地不熟，霈君是你在夜市唯一認識的熟人，當然直接去找她幫忙找臨時攤位，但是霈君連問也沒問，只隨便向四周望一望，就轉頭對你說沒位置，反而是她老公指點你到另一邊問問看。於是你硬著頭皮四處詢問，一邊問一邊擔心會真的找不到位置，因為以阿江的個性，如果第一天就出師不利，肯定借題發揮，從此不會再跟你出來了。

一點也不困難，很順利就找到位置了。但考驗不會只有一次，架子剛放下去，春雷一聲響，果然阿江嗆說第一天擺夜市就遇到下雨，表示沒有擺夜市的命，以後別再叫他出來了。關於這點你相信阿江和小哥一樣說負責任的話未必做到，但說放棄的話，一定說到做到。而如果這次擺不成，不知道又得等多久，他才願意動，於是一整晚默默祈求老天爺，至少在你們出征的第一晚，千萬別下雨，還好，老天爺聽到了，一整晚，陰霾的天空，沒有落下半滴雨。而且，你的生意很好，好到霈君嚇一跳。

運氣不錯，第二天晚上在同一個夜市，一樣很快找到位置。昨晚阿江見識到你很會做生意，今晚他的自信也增加了。你們很快在夜市竄起。沒多久在瑞豐夜市一個禮拜兩天，莒光夜市兩天，富國路一天，加起來一個禮拜已經有五天屬於自己的位置。

在夜市佔有「一席之地」後，只要遇到有人詢問臨時位置，你總是很樂意幫忙，而且發現這個忙其實很容易幫的。

漸漸融入夜市生活，聽前輩們提起，才知道民國 70 年代起，台灣經濟正在起飛，他們一個晚上就可以淨賺好幾萬元（當時加工區一個月的薪水才萬把塊）。你乍聽，頭上立即飛過幾隻烏鴉，早知道擺個地攤就可以賺那麼多錢，當初何必到泥巴坑滾那一回。不過你也別難過了，人世一遭，沒有一條路是白走的，那過後都會叫做經歷。

時不我與，經濟泡沫化，錢不再那麼好賺了！然而，在沒有更好的選擇以前，你想就這條路繼續走下去。

雖然一個禮拜只有五天夜市可以擺，但只要阿江願意，一個禮拜只做五天生意，日子也可以過，問題是，五天他也做不全。動不動就鬧情緒，一鬧情緒就不做生意。

懶得工作的人，什麼都可以是不去工作的理由。

一大早天空稍微呈現「泫然欲泣」的模樣，阿江就抱定今晚不用出門的心態，即使到了傍晚，天空已經「破啼為笑」，他的心態也已轉不過來。為了拉他，把你們之間的裂痕越拉越深。今晚到底可不可以出門做生意，不是看天氣，而是看他的心情。他有時候一整個月心情都不好。你呢，只能等著，等著他什麼時候心情才會好，才願意出去做生意，忍到不能忍，發頓脾氣，又被質疑不夠忍耐。

老早就想白天到菜市場找個攤位，但是他不要，你只好找離家近的碑子頭菜市場，因為離家近，他不動，你可以一個人分趟把貨載到市場，自己開張做生意。

碑子頭市場的位置一個禮拜兩天。其餘五天，你一早將貝貝送到幼稚園交給老師，然後在自家巷子口擺起攤子，自成一格。

你擺攤的位置正好面對蓮池潭——一片好山好水，山，雖不如五嶽，水，亦不比長江，就整個世界而言，蓮池潭只能算是迷你型的山水畫。

小時候老陳曾經帶你來春秋閣遊玩，那時蓮池潭全面水岸幾乎不設堤防，到現在我的腦海依稀記得幾個婦女在岸邊打水洗衣的畫面，充滿純樸的鄉村氣息，如今的蓮池潭已不復原始風貌，日月爭逐，年歲漸往，若干年來幾經人工雕琢，高樹，矮叢，木棧道，一切清新景象，就像一個整形成功的美女，充滿現代感，但猶絲毫不減山水本色，隨著四季陰晴變化，該有的山水風情，她一樣也不虧待遊客。

蓮池潭面，風和煦的吹著，不遠處幾片落葉輕輕飄下，偶爾還能看見幾隻爬蟲物爬過草皮，幸運的話，還能看見松鼠在樹上跳躍。

風大時，心中詩意頓起，有時你會觀浪，潭不比海，潭裡的浪很規則，像有人在左右搖晃一桶水，力道大時，浪的波度就一樣大，力道小時，浪的波度就一樣小，與大海裡的大浪湧到沙灘變小浪，最後鋪成一灘水，同樣是水，落在不同地方，就有不同結果。

你站在擺攤的位置，眺望水的娑婆之姿，內心的感覺卻是無望的。

客人不上門，鄰居或村梅也不來聊天的時候，你一個人靜靜坐在沙灘椅上，風，不斷在水平面以及你的臉頰之間來回撥弄，卻無論風怎麼攪和，你的心情始終和這場美麗隔開……，偶爾，抬眼望向蓮池潭上方這片天空，會想這片天空是連結到恆春的那片天空，也是連結到淡水，甚至連結到美國的那片天空，這世界到底有多大呢？……

想到恆春，會連帶想起在墾丁青年活動中心邂逅的那群學生，想到那群學生，就會看見自己的生命一直以來除了經濟問題，還有另一個好大的缺口。也會想起在台中的時候插花課的陳瀅潔老師好善良，知道你是出外人，一群學生裡，她對你最好，常常找理由把你喚進廚房，然後叫你把桌上那碗四物湯或紅豆湯喝了。還有讀高職夜間部（你高職讀過半學期）的楊淑芬老師，為了讓你繼續讀書她曾經幫你繳過學費，誰叫你不成材，為了逃避泰子，一頭栽進婚姻，辜負楊老師一片苦心。

離開兩位恩師以後，因為始終不如意，不知道拿什麼去見她們，於是漸漸沒有和她們連絡，然而她倆的恩澤，即使到了我今天仍然惦記著。

緣於對現實的特殊敏感度，無論想的多遠，思緒總是很快被拉回眼前，眼前的難關怎麼過？阿江每天都睡到過午，一起來就叫你把攤子收起來，因為午後陽光太烈會把衣服曬壞。你再怎麼不甘心，也要照做，因為他臉上的瓦斯臭味比紫外線更可怕。

紫外線真的很可怕，你在此曝曬多年，臉上的黑色素就是長期在太陽底下烘焙出來的成果，怎麼會不知道，然而只會發現問題，卻從不想辦法解決問題，是永遠脫離不了困境的。

買了一部中古車，攤子越擺越大，貨越堆越多，人脈也越來越廣。你們賣的是中性休閒服。正好上游中盤要頂讓，問你的意願。

為了鼓勵阿江，你接了。希望他當老闆以後能夠振奮起來，相反地，當上老闆以後給他更多要錢的理由。最讓你難過的是他的臉還是很臭，脾氣還是很大，你們根本無法和諧共處。

他真的很難相處，沒人招惹他，一天到晚臉那麼臭，根本無法親近，但是沒有人相信你沒有招惹他，因為一個巴掌拍不響，所以他不高興，你的個性也要被檢視。

誰說一個巴掌拍不響，你在泰子和政元父母身上早就見識過一個巴掌拍牆壁會響，拍桌子會響，連單手在空氣中煽，都能撩起絲絲微風……

沒有錢，夫妻感情不好，心情難免低落，但除了村梅，你在任何人面前都盡量忍耐，深怕情緒突然來不及藏，被發現了，又得捱一頓規勸，沒有同理心的規勸，說透了，是一種壓抑。

本來還有個何蓮可以談心，現在不行了，以前你不必開口，何蓮罵完她自己的老公，會接著罵政元，現在跟她講阿江的不是，就像在怪罪她，所以聊天不暢快了。

村梅是個敦厚的人，可惜也遇人不淑，同是天涯淪落人，在彼此面前你們從不隱藏任何情緒，你們都覺得遇到這種男人，心情不好是正常的。

夜市一個禮拜最多擺一到兩天，逢雨季，兩三個月都不出門。你試著跟他說想自己開車，他不但不同意，還發脾氣說了狠話，沒有修養或個性暴躁的人，一點小事到他們那裡都變成大事，簡直和政元他媽一個樣！

基本上，無論你想做什麼，他都是反對的，包括看書。

自己不出門，又不讓你開車，你只好在蓮池潭邊繼續守著……。

縮小朋友圈以減少情緒外洩的機會，放大心靈空間以容納更多的無奈與不公，在這日復一日，年復一年不斷重複拿捏在「縮小」與「放大」之間擺盪，重力不斷把你的心情往下壓成一片黑暗，暗到找不到台中那五年的風光在你身上的蛛絲馬跡……

然而，你總覺得不對勁，一直有想掙脫的感覺，讓我告訴你，這種不對勁就是你意識到現實已佔據你大部分靈魂，這讓你感到莫名焦慮，為什麼自己老在原地踏步，永遠陷在同一個窠臼裡，難道就像阿母說的你只配過苦日子？

夢想，你再沒水準也知道這兩個字的意思。從小在貧困的家庭中長大的孩子，你比誰都知道夢想餵不飽肚子，但生活沒有夢想，心靈就會漸漸枯竭。

你是有夢想的人，是命運把你惡整了。每天大車小車在你眼前呼嘯來去，留下滾滾狼煙，即使戴上口罩，還是難以避免空氣中的灰塵嗆入你的鼻腔，一如始終無法扭轉自身命運的羅盤，你想，總不能老是對命運那麼無能為力，於是，你拿起書本。

告訴你，拿起書本是你這輩子最明智的抉擇。想想看身邊的人除了勸你忍耐，還能給你甚麼？所以關於自己的事情，還是得自己看著辦。看書吧，書將給你不一樣的東西。

也早被女子無才便是德的框架框住的阿江不喜你讀書，更反對你寫書，所以讀書和寫書的過程，對你就像跑障礙賽那樣充滿險阻，但是不要怕，堅持下去，你會發現讀書就像吃菠菜，越讀越有力量。

申玲回來了

某天，電話鈴響，接起，那頭傳來申玲的聲音。

說到申玲，在台中的時候其實有來找過你一次，我知道她是想來看你過的多糜爛，住了兩晚，F哥熱情的款待她，你沒有瞞她F哥有妻室的事，之後她回去就再次斷訊——我替她下了結論：和有婦之夫在一起，你徹底墮落了。

這個結論她應該會滿意。回去她又可以在時民面前走路有風，然後再大聲嗆：「我要學三妹那樣豁出去！」

曾經在你最困難的時候離開你的朋友，再回來，你一如以往。

你們開始約會逛街聊天吃東西，就像少女時期那樣。分別多年，各自風霜洗禮，使你暗自期待這份失而復得的友誼，能擦出有別於以往的火花。

可是，時民不是不讓她和你做朋友嗎？後來她帶時民到家裡來選休閒服，之後時民就對你越來越友善，大概是看你家有公婆，大伯小叔，妯娌，儼然過著正常人家的生活，應該有教化可能，於是過去一切既往不咎，真是謝謝他的寬宏大量！

你其實一直都是這樣，只是他們一直把你看成不一樣，所以他們現在覺得你改變了，你從良了，但時民好像沒有改變，申玲每次提到他還是咬牙切齒。以前只知道暴力，沒見識過冷漠的人，所以時民不動如山帶給申玲的痛苦你只能想像，現在嫁給阿江，已經完全能體會。肢體暴力跟精神暴力我都見識過，但若現在有人問我兩者何者為甚，我的回答是：兩面都是刃。

沒錯，兩種都是不正確的對待方式。

夫妻長期冷戰，生活上會有很多不方便，申玲是過來人，看出你和阿江的關係以後，教條式的勸你要溝通，你聽了很想哭。甭說那時候的你很想哭，就連現在的我想到那時候跟他之間的溝通，還是會禁不住發抖——怎麼會有這麼冷酷的人。

千萬不要勸你忍耐，你已經很忍耐了，再勸你忍耐，就太殘忍，也不要勸你跟阿江溝通，因為他的起床氣是一整天的，叫你和他溝通，如同叫你去撞牆！

申玲和時民關係亙久困擾，難道都是因為沒溝通？她不能溝通，憑什麼認為你可以？她的痛苦都是別人給她造成的，而別人的痛苦，都是因為別人不會處理事情才自己造成的，何不食肉糜！如果能溝通，你會不溝通嗎？所以別期待了，這個申玲還是十幾年前那個申玲！

高雄某大學有位教授在自家裡幫人排紫微斗數，申玲去過說超神準的，要帶你去。可是約好出門那天婆婆發高燒不能幫你帶小孩，加上天氣寒冷，你打電話給申玲說不想去。但申玲誘你帶孩子一起出來，說孩子不是喜歡去麥當勞嗎，順便帶她們去麥當勞啊。看你還在猶豫，她半強迫說已經替你跟教授約好，不好意思爽人家的約。為了這「不好意思爽人家的約」，你於是硬撐著帶兩個孩子前去。可是，一到教授家，教授禮貌性跟你寒喧幾句，遞給你一張紙，叫你自己看，之後就沒有再理你，儘顧著跟申玲講話。

你本來也想自己看，豈奈所學有限，很多內容看不懂，因此她們聊天當中你不時的打岔，還有兩個活潑好動的孩子不停的吵鬧，申玲跟教授臉上已經顯出不耐的表情，你為了掩飾尷尬假裝沒看到。後來教授「禮貌」的將你們母女「請」到客廳，獨留申玲在他的辦公室裡。

心裡不是滋味，可能因為你的涵養不夠好，可是，她們一個是國內知名大學的教授，一個是你的好朋友，這般待客，教你如何是好。

今天要排紫微斗數的人不是你嗎，怎麼主客變成申玲？你還參考她的建議包了一千六百元的紅包，在那麼寒冷的夜裡，從左營一路騎車到她住在大順路的家，再和她一起騎到教授家，來回大約騎了五十公里的路程，還不好意思跟她說你有多麼心疼兩個孩子跟你一起吹冷風……

你花了一千六百元，只得到一張紙和兩個孩子手上的幾塊糖，以及一顆跟外頭的天氣一樣冰冷的心，直到我現在回想起來都還覺得好貴！

申玲跟教授聊天的興致已經被你們母女破壞，所以並沒有讓你們等太久。但是她一路綳著臉，才到麥當勞門口，就按耐不住劈頭指責你讓她在教授面前丟臉（意思是說你一直打岔，很沒禮貌）！還說真後悔讓你帶孩子一起來，申玲說這話時，擺在她臉上那抹看似無奈又似嫌惡的表情，讓你頓時發現自己錯了，錯在不夠堅持，那麼容易就被她說服，和她一起出來。

照理今天是她懇請你帶孩子出來，理應幫你看顧孩子，好讓你跟教授交談，但是你任憑她一路數落，始終保持緘默，雖然心裡不舒服，不想讓孩子失望，還是進了麥當勞。

拿了餐點，坐定，申玲的氣還沒消，繼續說：「我不愧多長你幾歲，果然比你懂事多了！」此話一落，一群烏鴉從你眼前倏忽而過，害你一時失措，差點被吞到一半的薯條噎死……。

「自我感覺良好」，闊別多年再回來的申玲仍然是十幾年前那個申玲，而不反駁申玲，是從少女時期就養成的一種習慣，即使到了現在，這種習慣仍然沒改。嗯，所以別五十步笑百步，這個你，也還是十幾年前那個你……

很明顯的，教授今晚等的人是她，不是你，你只是掩護她出門的「煙幕彈」。

這個「煙幕彈」同時把你們兩人的臉都炸花了！可惜你知道她的臉花，但她不知道，因為她從不反觀自己？而你呢，你知道自己也很花嗎，不花，怎麼能容忍這種人在你身邊那麼久……

跑市場

按照阿江這種工作態度，生活是不會有轉機的。

都是為了錢。真落了貧賤夫妻百事哀的窠臼。問題是好手好腳的人為什麼貧賤，這當中肯定有蹊蹺。

再度行到山窮水盡，有錢，夫妻感情都不好了，何況沒錢。

你恨自己為什麼總是那麼清醒，為什麼不突然失去記憶；或是學學杜十娘千金散盡就慨然往水裡跳；不然也可以搞個憂鬱症或來個借酒澆愁，把自己縮進溫室裡，外面的風雨都留給更堅強的人去擋，不過像你那麼忙，忙得連負責任的時間都沒有了，哪裡還有多餘時間再去另外學習不負責任◎※○●……

甭說紫外線，衣服這種東西固定在一個地方賣本來就弱勢，且一到換季，生意遭到一天賣不到兩件是常有的事。加上這個男人不可靠，早已萌生和他分道揚鑣的想法。你很清楚，這條長征之路，精疲力盡的只有你自己——但是沒有他你一個女人如何賺很多錢養活一家子，其實心裡已經有底。之前曾在哈囉市場遇到歷嬅，她在兜售蓮藕茶。她夫妻倆專門熬蓮藕茶批發，旗下有十幾個販仔腳。

和她談過以後，內心很掙扎，一旦決定賣蓮藕茶，以後每天四點就得起床，婚前婚後你都是個夜貓子——因為沒工作，公婆也不管人，每天都和孩子睡到自然醒，跟著擺夜市就更不用說了。即使後來每天早上都在蓮池潭邊擺攤，也是將貝貝送到幼稚園以後的事了。不過，你沒有掙扎太久，很快就給歷嬅答案。

沒有藉口了。好手好腳的人墮入貧賤，其中最大的蹊蹺就是懶惰，好逸惡勞，藉口太多，夢做太久，自欺欺人。

從此，你每天凌晨四點半就到哈囉市場口等歷嬅老公開車把蓮藕茶送過來，接過蓮藕茶，開始遊走於市場內外。第一天緊張的邊走邊四下張望，不是因為不好意思，而是阿江嗆如果你敢到哈囉市場丟人現眼，他要來掀你的攤子。

休市以後算算霹靂包裡面的錢，扣掉成本，賺了四千元。嘿嘿，一個早上賺四千元，你真的很會賺錢耶！

有一天在市場遇見霈君。

還沒開始擺夜市以前，那陣子很流行不用拿本錢，只要有車就把貨交給你做生意，做完生意再結帳。你當然覺得沒本錢生意很好，但是你不會開車，而且對方要求一定要雙人組，阿江拉不動，你馬上想到霈君，求她先開車幫你載貨，等你賺到錢，才有立場拉阿江出來幫忙，而且料想時間不會太久，太久你自己也會放棄。

你知道這樣要求霈君，自己的臉皮算很厚，但是，你想到她過去對你那麼有義氣，或許肯幫這個忙。

但是在電話裡說的明明是先幫忙卡位，而且會補她油資，可是她車開到一半就問你如何拆帳，你的心立即涼半截，拆帳就表示合夥，而你一心只想拉自己的丈夫出來……。

到目的地以後，她看到貨色說不喜歡，明明是你要做的，她幹麻不喜歡，然而你沒有反駁，因為已經看穿她根本不願幫忙，所以故意找「碴」。

後來阿江答應跟你出來擺夜市，第一天人生地不熟，以為心疼你一路匍匐的朋友，看你有機會爬起來，應該很樂意拉你一把，沒想到只是請她找個攤位，都那麼困難。

你本來很感念霈君這個朋友，照顧阿母那段時間，還好有她陪你。她是個有愛心的人，好幾次你出門交貨以前會先盛一碗粥放在旁邊等涼，想說回來就可以餵阿母吃，可是幾次回來霈君已經在幫阿母餵食。阿母嘴巴歪一邊，東西邊吃會邊從嘴角流出來，她卻一點都不在意；有時候也會拿夜壺給阿母小便，不是看護或親人，很難做這樣的事情，因此霈君這種舉動讓你很感心。她婆家知道你離婚，同樣給她相當程度的壓力，她大娘姑為了阻止她和你做朋友，兩人大吵一架，但是她和申玲不一樣，她不被影響，始終在你身邊，這樣的朋友，你怎麼可能想到有一天也會背離你？

富國路的夜市位於大馬路邊，每個禮拜五聚市一天，攤位屬先佔先贏的制度，不用繳租金，只需付給當地廟宇二十元清潔費。

比你早出道十幾年的霈君已經在此立足一段時間，因人煙不多，攤位稀疏，人氣難以聚集，而她禮拜五在別處尚有攤位，一時難以分身，因此先把位置借你擺，順便幫她顧位置，以免被別人佔據，而你當時因為禮拜五還是空窗期，於是答應，經過一段時間，與隔攤混熟以後，聽說前面透天店面前的位置尚無人佔據，提點你趕快去佔，你立即告訴霈君，霈君卻希望你繼續幫她佔位置，並保證她的位置會繼續借你很久很久，有可能久到數年之後，因為她目前在別處的攤位短暫時間還走不開。你相信她，於是放棄佔領店面前的位置，不多久，那攤位就被別人捷足先登了，但是你還悠哉悠哉，心想沒關係，霈君說她的位置會借你很久很久……，結果，一個月都不到，霈君就來要位置了，她好像忘了說過位置會借你很久很久的話！

阿江又開始埋怨人性險惡。你當然也很沮喪，很心急，畢竟你們在這裡的生意越來越好，不想離開。接下來，該怎麼辦？還好，你很幸運，當初指點你的那位隔攤的朋友又指點你富國路與裕誠路路口電線桿下的位置是空的。哇塞，十字路口，三角窗耶，這下還不好好把握！

轉到三角窗以後，沒多久，當初搶佔對面店面前的攤位都被屋主趕走。而你在三角窗的位置生意卻越來越好，好到有點意想不到，不只你意想不到，大概連霈君也覺得不可思議，後來，看你生意越來越好，她索性也學你賣起休閒服，但是賣不好，不久就放棄，徒落人議論。

說來反倒要感謝霈君，若不是她當初無意中「成全」，你怎麼可能轉到三角窗來。後來，不是因為別人扯後腿，而是阿江自己賴在地上不起來，你才放棄夜市這塊，跑來賣蓮藕茶。

那天在市場遇見霈君，她知道你直到現在仍然跌跌撞撞，感慨的說：「你的遭遇可以寫成一本書（呵呵，謝謝，你正有此意）」，她說這話時的眼神充滿同情，你不禁感慨，為什麼她只肯在你倒下時同情你，卻不願在你想要爬起來的時候拉你一把，不但不願拉你一把，還千方百計想要把你踹下去。——雖然這事在後面，但我可以提前告訴你。你後來開了早餐店，前一年阿江沒有跟你一起經營，霈君時常來探望你，一年後阿江來了，一開始她的想法可能跟你一樣，都以為阿江不會跟你待太久，沒想到一年後，她看阿江還是跟你在店裡，大概認為你幸福了，成功離你不遠了，就漸漸少來找你了。

你看得穿她的心態，你本來想趁聊天中故意跟她說你跟阿江還是時常吵架，讓她知道她看到的未必是她想的那樣，但最後想想還是算了，你本來就不是個愛節外生枝的人，後來你們真的就淡了。

再後來早餐店搬新家了，幾次在新店的路口遇到霈君，因為你一直想跟人家結善緣，因此招呼她到你店裡坐坐，她都推說沒空，後來有一次她又到你店對面那家書局被你遇見，你指著店面說：「那家就是我的早餐店，進來坐啦。」這次她無可閃躲必須跟你走，但也只站在店門外看看就走了，看著她轉身的背影，你頓時懷疑，你們當初那一場要好，是你在作夢，你們根本從來沒有要好過，她為了你跟她大娘姑吵架，幫你阿母餵食，拿尿壺，這些都你自己的幻想，根本沒有那回事……

幾天後她又來了，但人家不是來跟你敘舊的，人家是有產品想放在你店裡寄賣，被你拒絕，但你也不是故意拒絕，而是那種產品之前就有人寄賣過，可是銷售成績不優。她臨走時好奇問你：「這間店租金多少？」你本來不想讓她知道店是你的，但她既然問了，你只好坦白：「這是我自己的店。」你以為她至少會假裝替你高興一下，但她只淡淡的「哦」了一聲，比跟一個不相干的人說「借過」更平淡，然後就把她的機車掉轉頭，看她離去的背影，你知道你們之間的友誼到此真的結束了。

唉，世上有申玲這種看你落魄就想離開的朋友，也有霈君這種只想看你失敗，不想看你站起來的朋友，所謂社會的多樣，原來是從身邊人開始的。

歷辦不斷幫你擴點，很快的，一個星期七天，你早中午每天都有市場了。

其中一個市場是政元家旁邊的黃昏市場，有人認出你是那些年他們一起追的八卦女主角，有人走過去時死盯著你看，有人走過來給你買蓮藕茶，表情欲言又止，有人試探性的問你：「你阿母身體好否？」。有人直接往深處戳：「你現在住在哪裡？」，「左營」，「跟誰住？」，你也不好意思不回答，只好坦白：「跟我老公啊！」，你本來以為那人接下來會問你老公是誰，但是最後支吾一下，沒問，走開了。

他走開以後，你對著鋪在蓮藕茶上面那層因為遇著熱氣而冒煙的冰塊發笑，笑你曾經在這裡活過的一切……

古老傳統市場的地上不是這裡一堆菜屑跟魚骨魚皮，就是那處一窪腥水，很難有一處乾爽，瞧瞧你鞋底下那片泥濘，以及繫滿腰圍上那串一斤兩斤的塑膠袋，一身邋遢，想當年在八大行業，怎麼說也算混得不錯！

做移動式的攤子生意有其困難度，首先必須躲警察，你就曾經為了閃躲，沒注意周邊環境，壓傷了腳指頭，忍痛跛了幾天；其二為了閃躲或搶位難免與其他攤子摩擦。有一次為了躲警察，跟一個大男人吵架。

不過吵的人只有他，你只是表現的不卑不亢，除了不喜歡與人結怨，還因為這架吵的沒意思，大家當下的處境是一樣的，都是為了躲警察，你不小心擋了他一下，他實在沒必要反應那麼過度，更因為他的身旁還依偎著一個小女孩，你擔心在小女孩面前跟她的爸爸吵架，會傷了她幼小的心靈，因此你的態度很冷靜，在與男人一來一往的對話當中，還不時朝那小女孩拋個媚眼，讓她知道沒事的，不要害怕。

男人覺得和你鬥不起來，倒像吃了悶虧似的離去，望著男人離去的背影，你心想，如果他回去搬救兵，你也回去找阿江，阿江會理你嗎？想到這裡，眼前立刻浮起一張冷峻的臉孔，一陣酸楚溢了上來……

每天不停的追趕，如果阿江那天心血來潮，想要出去擺夜市，你還得趕過去和他交接，而他從不體諒你已經奔波了一整天，還是你人一到他就離開，直到收攤才出現，而你隔天四點又得起床，一天將近二十小時在外面，和孩子們聚少離多，夫妻長期冷戰，家庭生活沉悶的壓力、體力的透支，總是覺得不必多，只要再多加一粒米的重量，就可以將你壓垮！

你需要睡覺。蕭美人一天只睡一個小時還是那麼漂亮，你一天睡四個小時，眼窩就凹陷進去，當年那個不化妝也清麗的女子哪裡去了？鏡中那個飽經風霜，臉上因長期曝曬黑色素像樹的年輪一層一層裹上去，看起來比實際年齡老十歲的女人又是誰？然而你追錢都來不及了，哪來的時間顧影自憐！

每天凌晨四點半的早市連著八九點的中午市，回到家最早也要一兩點，再洗個澡，小憩片刻，四點以前又要到黃昏市場等貨，所以每天中午都覺得好累，總希望能多睡一下。

這天下午，是排鹽埕區沙仔地的日子，你一早就到市場口等候，奇怪，已經超過約定時間很久，貨還沒到？雖然肯定自己沒有遲到，還是忍不住想會不會今天老闆更早到，可是以往老闆早到，一定會把貨寄放在附近熟悉的店家或攤位，但是今天並沒有。

眼看時間一分一秒過去，市場人潮開始鑽動，只好打電話給老闆，歷嬅在電話那頭略顯不耐的說：「我不是已經打電話跟你老公說，下午沒貨，叫你休息嗎？」歷嬅掛上電話之後，你想到剛才要出門的時候，他明明就在客廳，卻沒阻止你出門，急怒攻心……

打電話回去問阿江：「你既然接到電話，為什麼不跟我說」，他不覺得對不起你，反在電話裡咆哮：「我怎麼知道你要去哪裡啊！」呵，真是鬼話，你能去哪裡，腰間掛滿大大小小的塑膠袋和霹靂包，不是做生意，難道去吃西餐？

他明知道你出門就是做生意，為何還要這樣對你！

為什麼婚姻給你的感覺，都像跟瘋子生活在一起……

他接到電話的時候，無論是告訴正在午睡的你今天不用上工，可以多睡一下（你等這個機會，等很久了），還是在你踏出門檻前阻止一下，就算不想跟你說話，也可以請其他家人轉告你一聲，不必讓你多跑這一趟冤枉路，你都會很感激——這在其他夫妻間是很平常的事，在你，真的就是感激——偏他就是不願意，明知這趟是白跑，還是冷眼看你頂著那麼烈的太陽，從左營一路騎到鹽埕區，想到夫妻關係冰冷至此，你無力的癱軟在路邊，經過你眼底的每輛車一下子都成了泡水車……

心，好酸好痛，你就那麼不值得他好好對待嗎？大海就在不遠處……，但你沒有往大海方向走去，眼淚擦一擦，鼻子吸一吸，你選擇回家，家裡有你的孩子……。

滿腔的委屈和憤怒在胸口迴盪，可是你決定回家的時候不跟他吵架，你知道吵不贏他的，有誰看過秀才吵得過兵的？

跟兵鬥，只能智取。你不是秀才，沒有智慧，但是你知道從古至今象徵性的女子除了王寶釧，還有另一個叫邢速蘭！

六月雪

夫妻關係冰冷至此，辛酸只能自己吸收，除非想放棄，不然就得像阿母說的那樣，再大的委屈也是「哭哭就算了」。最讓你難過的是旁人總認為你應該有做錯事，他才會對你不好，希望你多檢討！就像在對孩子說話：「你如果沒有不乖，媽媽怎麼會打你！」。為什麼這種思想邏輯，總是存在，而有這種想法的人，又總以為自己的想法是對的？

星期五晚上，是擺富國路的日子，當晚，村梅到夜市來，確定阿江不在身邊，緊張兮兮的附到你耳邊說：「你老公吸毒，你知道嗎？」你嚇一跳，卻不相信。村梅不放棄，強力說服你一定要相信她的消息來源絕對正確。她以過來人的經驗教你回去如何搜查證據。你還是不相信，反而暗地譏笑她是被她那個吸毒的老公搞得神經質了。

你回去還是搜了。可是，該從哪裡開始，環視整個房間，不假思索，就從那裡——那裡，一直是他嚴禁你和孩子碰觸的地方，為了不讓你靠近那個地方，他叮嚀你整理房間的時候，那個地方不要動，有時為了安全起見，他甚至會自動幫你整理房間，平常對你冷淡，因此這份貼心常讓你感到詭異，但除了詭異，沒有更多想法——也沒什麼，就一張他平時抄寫的矮凳和一個拿來堆放雜物的矮櫃。那裡，是他專屬的世界，他叫你不要亂動那裡的東西，而你單純的以為他不過是怕你把那些六合彩和股票的走勢圖弄亂罷了。結果，你才打開第一個抽屜就看見一罐插了兩支吸管的飲料——一罐在超商就買得到的平常飲料，卻足以讓你眼冒金星！因為你知道一罐飲料插兩支吸管的用途是什麼，在理容院的時候，曾經有客人毫不避諱的在你面前使用過。你全身開始發抖，他——在吸食安非他命……

你把那些東西放到他面前，這就是隔在你和他之間的障礙嗎？他無言以對，這是他第一次不是因為不想跟你說話，而是真的無言以對！

原來，他還沒有結婚以前就開始吸毒。臭臉和冷漠是他故意塗抹起來的保護色，用來驅開你和他之間，因為裏頭有一個不能讓你進去的世界……。

崩潰……回想結婚到現在，他因為逃避工作，每天都擺出一副受盡委屈的樣子，有人問及，他便企圖把不去工作的過錯推到你身上，可是真的要他說出你究竟做錯了什麼，他又說不出一個所以然，找不到理由就說你有錢驕擺，這點很中招，仗著有錢就驕擺的人，真的很討厭，看政元他媽就知道。

因為他的冷漠所造成你心情上的壓力，已經不是一句「他的個性本來就這樣」可以扯平。不給你答案，不給你說法，故意讓你拿他沒辦法，心情已經很慌亂了，還得忍受旁人對你的曉以大義，好像一切真的都是你的錯，那種咬著牙根過日子的痛苦心情，你平白忍受了那麼多年，結果，只是因為他在吸毒，怕你知道，故意跟你劃清界線，叫他去工作，還得讓他羞辱。兩次婚姻都把你折磨成狗娘養的，這個世界怎麼了？你的人生一直以來又怎麼了？

男人設下圈套，卻要女人背負夫妻失和的原罪，六月真的會下雪……

吸毒是於情於理皆有據的錯誤，所以這次吵架，應該站得住腳了吧。然而，正因為站得住腳，身邊的人怕你得理不饒人，又開始打壓。一向以來你的情緒就像打地鼠機一樣，只要一探出頭來，就有人急著把它打下去。然而，說是得理不饒人，毋寧說是覺悟！

你其實知道整個社會傳統延續下來的邏輯，以及身邊的人告訴你委曲求全的道理，很多都是謬論。會不會有些事情其實非關命運，而真的是自己的個性造成的。然而，就像曾參殺人的故事一樣，太多人這樣告訴你，猛虎難敵猴群，無奈你最後依然選擇閉嘴！知道嗎，村梅也可謂是你生命中的貴人之一，直到今天，我都還非常感謝她，倘不是她當年義勇揭發這件事，你不會重新去思考一些事情。你這一生如果說有戰友，村梅應該是第一個。

錯的人不是你，從泰子以及政元和他的父母那時候開始，錯的人就都不是你。

不，你或許也有錯，錯在太認命。

有些命，根本不必認。有時候認命，還不如認養一隻狗！

「忍」這個從小到大受到的教育，已經讓你養成一種習氣，使之變成一種個性。然而，和過去不一樣的是，最近，每回想到認命這回事，你的內心會開始起伏不定了，這是過去未曾有過的現象，彷彿體內正在醞釀過去欠缺的一種不知學名的新成份！

很多事情是真的唯有錢才可以解決的。

你的工作又遇到了瓶頸。秋雨連綿數日，樹葉刷新了，紅磚地上之前貓狗的糞便也被天水洗滌得一乾二淨。你推著推車像蚯蚓出洞那樣鑽出巷口，雨後，秋陽更烈，連空氣中都呼吸得到太陽的味道，然而一向對現實感知能力特別強的你，此刻唯一嗅到的徵兆是趕走最後一隻秋老虎，誰還要買你的蓮藕茶。

你又回到蓮池潭邊，這條左營人的生命母河，灌溉一代又一代，可惜掏盡千年也瀝不盡子孫優劣。你擺攤的位置右方是供奉　關聖帝君的「啟明堂」，還有象徵左營地標的「龍虎塔」，左方是「孔子廟」跟「元帝廟」。元帝廟的主神　玄天上帝巨大挺拔的神威矗立蓮池潭中護佑黎民，更成為遊覽景點。

左營這塊地方大小宮廟實在多，不說立於大通衢的大廟宇，光說小巷弄裡的宮壇就多到數不清，阿江家就自設宮壇，裡頭供奉五尊神像。

每天一早將攤子推出巷子口，這時候風已經差不多把霧吹化了，但是草上的露珠還未乾，你每次與它們對望，都會想到「一枝草，一點露」這句話。腳下艱難，卻是直指明天，坐而言，不如起而行，無論天地間存在多少諸佛神祇，很多事情還是得自己來——為了多賺一點錢，除了休閒服還兼賣糖炒栗子、毛豆和麻花捲，但收入跟賣蓮藕茶差很多。

「丈夫不能靠，就靠孩子」這種說法其實也沒有錯，只是你的孩子還那麼小，要等到什麼時候才能靠啊，還是先靠自己吧！

歷嬅的販仔腳都是打工性質的家庭主婦，可以做半年休息半年，你和她們不一樣，你等不及明年夏天的到來，看來又得重新找出路了。

某天，陪村梅到博愛路辦點事，正待轉彎時，右邊有家店吸住你的眼睛。只看店裡人山人海，還沒搞清楚裡面賣什麼，就豪氣的跟村梅說：「有一天我要開一家這種店」。說完當場笑笑，回家就忘了這件事。

天氣越來越寒了。冷空氣籠罩下，潭水光用眼睛看就覺得很冰。冷風刮得眼睛生痛，依舊戮力在報紙上尋找所有可能。最吸引你的其實是早餐店的招商廣告。賣了兩季的蓮藕茶，當年的夜貓子已蛻變成早起鳥，所以早起已經不是問題。評估現代人普遍外食，然而，始終沒有撥出電話是因為開早餐店不比兜售蓮藕茶和賣休閒服，怎麼說也要兩個人才能成事。

兩個人？你怎麼算，都只有自己一個人……

雖然覺得不太可能，但是心裡癢癢的，因此還是撥了電話過去，對方給你的地址是博愛路某棟大樓的某號一樓。循著地址找到時發現竟然是上次豪氣的對村梅說：「有一天我要開一家這種店」的那家店——「口口早餐店」，好巧，又是命運安排的嗎？……

原來是賣早餐的。當下沒有決定，餐點試吃完（好吃），屁股拍拍就走人，可是，L總已經在你身上聞到血腥味，從此三不五時碰巧在蓮池潭邊遇到你。

其實你的心早就在動搖，想要又不敢要，獨自在心裡悶騷，主要原因除了人員，還有資金。

原來你是個賭癡，一坐上賭桌，就忘了設停損點。曾經有幾桶金的你，如今連開一家早餐店的錢也不足。然而，或許是有心吧，表面上沒有答應L總，心裡已經在偷偷想辦法了。

幸好你有偷偷藏一個會，不夠的部分，由姪女阿水資助，資金問題總算解決。

另外如何清洗「前朝」留下來的滿是油垢汙穢的店面，也是一個問題，還好這時候阿森正好從軍中休假回來，知道你的苦惱，主動去幫你洗。有時候，某種情況下，沒有男人是不行的，還好，即使沒有阿江，你身邊也不乏男人。

人員呢？萬事俱備，只欠東風，這時候，明里的火鍋店也在換季，她說年後正想另尋一份工作捱過夏天。

耶，及時東風拂面而來，好清涼喔！

好耶，你要開早餐店當老闆娘了！但是阿江說：「你好膽開，我若無甲你卡店，你卡試看麥！」齁，氣死人！細數這個男人，真夠讓人痛心，自己不去賺錢，你想賺錢，他卻每樣都說「不行」，他不知道查鋪人不可以說：「不行」嗎！

看樣子，除了掀你的攤跟卡你的店，他不會有更好的建議了！

你果真好膽。店如期開幕。

男人，請你能有多遠就滾多遠吧，這陣子你體內醞釀的那股新成份，學名叫做邢速蘭！

從此，他對外的說法是你不願協助他經營休閒服的「事業」，執意跑去開早餐店。夜市賣珠寶的阿桑同情他，跑來對你說了一番女人不要太強勢，要懂得順服丈夫，以求家和萬事興的大道理，你當時就很懷疑阿桑到底有沒有在看歌仔戲，這樣亂點鴛鴦譜。

你沒有給阿桑面子，也不知道怎樣才算給她面子，難不成要你把剛開幕的早餐店收起來，再回到夜市跟他有這餐沒下頓的。好在你也很忙，沒空聽阿桑多說，阿桑自覺無趣的走了，希望她回去好好看看歌仔戲，不要再亂把王寶釧配給陳世美了！

走了也好，阿桑可曾知道女人強勢的背後究竟流下多少淚水。都怪你自己把他包裝的太漂亮，當什麼中盤商老闆！

或許是你誤解了，冷漠和臭臉不是他用來隔開你們之間的保護色，而是他的個性真的本來就這樣，既如此，你還期待什麼？

工作已經很累了，回家還要面對他的臭臉，更累！

他就像政元的父母，隨時面對你態度都是僵硬的！五尺開外就感受得到他周遭的空氣是凝固不流動的，光用想的就感到窒息，何況與他共處一室。

阿江的家很小，和他共有的房間是你唯一的私人空間，與其被那張臭臉熏死，不如在外面多累一下，故意加長營業時間，從早上五點半做到中午兩點，明里離開以後，拉下鐵門，在店內休息兩個小時，下午四點再拉上鐵門，繼續營業到晚上九點，對外說是想多賺一點錢，事實上，是想讓心情得到更多舒緩時間，然而只要七點過後，你的心就開始隨著順時針往下沉，一面想回家看孩子，一邊不願面對他，為什麼婚姻之於你，總是折磨⋯⋯

每天都把自己搞得很累，一回家就撲向床上。阿江意識到你有意疏離他，於是，又吵架——我說這天底下就有這麼自私的人，他對你冷淡你必須忍，你對他疏離他卻受不了，這世界難道是他一個人說了算！？

反正，什麼都能吵。演變到這裡，你已經不只因為錢，而是一個什麼都不是的女人了！

一開始就知道明里入冬以前會離開，依然雇她，是因為凡事起頭難，只要有人幫你步入軌道，相信你就有能力繼續做下去，除此也另外抱一個希望，只要早餐店成形了，阿江就會靠過來。時間過的好快，早餐店一月開幕，現在都九月了，明里離開在即，阿江卻還在劍拔弩張。

明里是東風，奈何你不是孔明。

入冬以前，一定要放明里走，但是人員並非那麼好找，尤其是像明里這種既認真又負責的人更是萬中選一。

明里離開以後，來了一個叫小倩的。小倩的工作能力也很強，明里臨走以前千拜萬託小倩一定要好好協助你。小倩來了以後，生意還是跟明里在時一樣好，但是奇怪扣掉成本卻賺不到錢，旁人叫你提防小倩，甚至大姊有一次回高雄到店裡來，也發現小倩「手腳」怪怪的，叫你謹慎。

東風吹走，換一陣陰風吹來……

你知道售貨量和營收不符，然而心想，小倩明白你過的是什麼樣的日子，她幾次看你每到該給錢的時候是多麼焦頭爛額，更數度親自見證你被阿江在電話裡如何逼迫要錢，人心是肉做的，同樣是女人，她不至於那麼狠的，何況你從來沒有親眼證實什麼，加上心思紊亂，怎麼也提不起勁去解決。

你的心思長久以來，已經被阿江攪的集中不起來了……

你們一開始就像兩隻鬥雞，無法並存在同一個籠子裡，開早餐店以後更水火不容，有人嘲笑你不懂得跟男人撒嬌，通常你聽到這種話，只會把一口氣深深吞進去，無奈地想要怎麼跟一個劍拔弩張的人撒嬌，以前你會跟阿母撒嬌，是因為阿母平易近人，對你溫柔，讓你感覺到她在愛你，可是阿江不一樣，他感覺隨時會放狗咬人。

長期的僵持，有一天他警告你說：「離婚，孩子一個也不會給你！」。

他習慣性耍流氓式的先「警告」你一聲，但可能又不是真心希望你走，於是就像政元他媽一面像趕野狗那樣趕你，一面又像抓野兔那樣把你誘進捕獸器，如此反覆折磨已經夠痛苦了，再想起阿母那句歷代千千萬萬的女人，哪一個不是這樣忍過來的話，更是不寒而慄……，所以說你沒用，有什麼好不寒而慄的，照我說，被逆來順受、委曲求全、無才便是德，等等鬼思想教笨的女人，應該集體起來申請國賠！

你已經給他太多時間，太多機會，儘管在他以及旁人眼裡，你的忍耐和付出永遠不夠，但是，你覺得夠了！已經厭惡極了養一個活死人，也厭惡極了忍氣吞聲的日子，這種生存之道根本不正確，對嘛，這樣想就對了，這樣想就表示你離我越來越近了！

某個爭執的晚上你終於把體內的邢速蘭放出來了，你說：「從今以後再也不會給你一毛錢，連一個便當也不會再買給你吃，從現在開始，我賺的錢只會養我自己和孩子！」

你真的做到了，好幾天沒買飯給他吃。應該說，你這個人很少對別人下「狠心」的決定，一旦下了，就非做到不可，所以幾天沒有吃到你買的便當的某個晚上，他的瓦斯也爆炸了，狠狠地對你吼：「甲恁北死死出去！」……。

他這一吼提你的神、醒你的腦，讓你瞬間大澈大悟：也許他真是為了錢才娶你，而後發現你不如傳言中那麼有錢，或你是真的有錢，只是捨不得分給他花，所以他早就想離開了，是你比較自私，為了讓自己在社會上好作人，硬把他框在同一個生命共同體裡。所以囉，當什麼狗屁好女人了！離就離吧，這種堅持太痛、太痛了！終於你說：「離婚，兩個孩子都給你」。冷不防你來這招，他有點失措，急著跳起來罵你：「欺人太甚」！

離婚，孩子一個也不會給你，這話是他自己說的，現在你同意了，他卻跳起來罵你：「欺人太甚！」。這又讓我想起當年政元他媽拼死趕你，卻在你欲走出他家那道紅色鐵門時，猛地從沙發上跳起來朝你背後喊：「欸，等你要生的時候，可是會呼爹喊娘耶……」的情景，忍不住感嘆這世上瘋子怎麼那麼多……

最後一根稻草

大姊知道你又鬧婚變，立刻回高雄。

你這一生最大的幸運，就是阿母離開以後，還留兩個姊姊給你。

雖然，你一個人負擔阿母，表面上很犧牲，但是飄流異鄉那些年，每當生病，還有逢年過節，或人生旅途遇到逆風而行，需要找個港灣停泊的時候，比如現在，阿江叫你死出去，倘沒有這兩個姊姊，你要死到哪裡去……

在二姊家，你不知道拿什麼臉見大姊，一直以來，你總是叫二姊配合你一起瞞大姊說你很好、阿江很好、孩子很好，一切都很好。以前大姊回高雄，無論是到你家還是到二姊家，都讓你很有壓力。

到你家，你必須想好怎麼解釋阿江沒上班在家裡擺張臭臉的理由，通常你的說法是他生病了；到二姊家，平常日子就說他上班，遇到假日，就說他加班，不然就正好有朋自遠方來。謊話一說再說，就是不想讓大姊知道你又嫁得不好——若不是為了替阿江解套，你還沒發現自己原來也有說謊天分——但這次大姊發怒了：「你以為我都看不出來嗎？我只是不想戳破，怕你難過而已！」。

你不想給自己回頭路，你逼自己隔天立刻登報決定把店頂讓出去。有一位少婦來看，表明很喜歡，你一時心急，催促對方：「如果你有意願，就請速決定，因為我急著離婚」——這種男人，任憑哪個女人都會急著跟他離婚吧！然而就因為這話說得太快，對方怕成為你離婚的最後一根稻草，不敢接手。但是你心意已決，就算店盤不出去，一樣要離開。

律師寄出存證信函，約阿江星期五晚上七點到律師樓見面。據你所瞭解的阿江，是不會去面對律師的，而且算準那天不論刮多大的風、下多大的雨，他都會堅持去擺夜市，讓大家看看他是個多麼打拼的男人，以證明真正胡鬧的人是你。

果不其然，星期五晚上，兩個姊姊一起陪你要到律師樓，你們的車子行經富國路的時候，還經過阿江的身邊。

結婚那麼多年，無論怎麼吵，從來沒有離開過，所以一旦出走，阿江的家人有點小緊張，特別是你又寄出存證信函。

小姑一向是個明白人，不會偏坦自己的哥哥，每次你和阿江吵架，她說的話都讓你感到窩心；還有大娘姑，每次你和阿江吵架，她都會急著介入調和，阿江不怕失去你這個老婆，反倒是大娘姑不願丟了你這個弟媳婦，像這次離家出走，她一直和大姊通電話，也和你通電話，還說大伯想來接你回去。

要不是颱風天，相信大娘姑和大伯一定會來接你，雖然你未必會跟他們回去，因為你嫁的人是阿江，不是他們。但至少你知道這家人是接納你的。自從進這個家門，你最感激這家人的地方就是他們對你娘家人的友善。每次你娘家人來訪，阿江都表現得很冷淡，但公婆、大伯大姆和小叔小嬸，還有大娘姑和小姑，都對他們笑咪咪，陪伴談天，他們對你的娘家人好，讓你感到安心，而且你發現每次住院，連大姑丈都會來看你，也許是第一次婚姻給你的傷害太強烈，所以你這次覺得受到的是天王級的待遇。還記得有次公公和你聊天，說他們家的小黃每有生人靠近，都會狂吠對方，唯獨你第一次到他家，小黃沒有吠你，是不是靈性中感應到你即將成為牠的新主人。

總而言之，除了阿江，他們家上至公婆，下至小狗都接受你。

大姊打電話給婆婆（大姊也不願放棄），貝貝在幼稚園，婆婆故意叫樂樂聽，大姊一聽樂樂的聲音，便把話筒遞給你，你想拒絕，又忍不住，電話那頭傳來樂樂稚嫩的童音：「媽媽，我們到三樓睡覺……」（平時樂樂和婆婆睡二樓，偶爾，你會拐騙她陪你到三樓睡覺）。大姊耳朵靠過來，聽見樂樂說要找媽媽到三樓睡覺，眼眶立即氾濫……

同樣是婆婆，過去那個婆婆習慣使用分裂政策，現在這個婆婆則用親情攻勢，兩者同樣把你難以平復的心扯的更痛……，然而你告訴自己，要忍住那份痛，要忍……

颱風來了，染上風寒，加上婚變的雙重打擊，讓你這一病不輕——想到你有可能再度失去自己的親生孩子，這一病，能輕嗎？不斷決堤的淚水，可能流淨你對孩子的思念？

想問申玲，無情的人，心會痛嗎？你總是心痛，她知道嗎？……

卡在喉管的痰咕嚕咕嚕作響，擾得你一夜難眠。

一早看過醫生也打過針，照以往經驗，躺一下，就算假寐也會好一點。但這次一覺醒來，感覺好像有人在床底下用火烤你，而且是火速的烤。再換第二家診所，回來又歇上幾個小時，醒來身體依然灼熱，全身痛苦指數不斷上升，又換第三家診所——痛苦指數依然持續飆高，你快撐不住了，覺得隨時會因為太難受而死掉！但是，無論能不能擁有，在這個世界上，你千真萬確存在三個女兒，所以，再大的風雨也要出去看醫生，二姊要做生意，還好有大姊陪你。

大姊早就知道阿江對你不好，不是把他臭罵一頓，而是打電話給他，說你一天跑三趟醫院，以為他會心軟來看你，然後一家團圓，呵呵，真不愧是堅持傳統婦德的第一把交椅！

風雨稍息，阿江真的來了！打電話叫你出去，你心底竟也升起一股莫名興奮，不只大姊不放棄，這時候心力體力都處在最低狀況的你，又何嘗不是偷偷懷抱一絲希望阿江能看在一夜夫妻百日恩的分上，摸摸你的額頭，順順你的髮絲，輕聲安慰一句。如果可以，你也很希望能繼續擁有丈夫，擁有孩子，擁有家庭，但是，他劈哩啪啦撂幾句狠話以後掉頭就走了……

你望著他絕然離去的背影，想像他的內心一直都像飄打在他身上的雨滴那樣冰冷，你用手掌搓搓臉，發現自己臉上的淚水竟然是熱的，旋即抹去。

把你們的婚姻推向離婚一途的最後一根稻草，不是別的，正是他的薄情絕義！

傳統婦德的「第一把交椅」，你是坐不起的！

兩段婚姻，都讓你失去親生孩子……，社會輕薄謾罵的聲音絕對大於同情的。但此時真正讓你痛苦的已經不是名聲，而是孩子。然而，你告訴自己，真的為了孩子就一定要堅強。申玲看不見你的堅強，只會揣測你的無情，她或許根本就不知道堅強和無情之間可是隔著很高很高的分水嶺——這就是你和她之間最大的心靈距離。

風雨交加，身心靈雙重打擊，你難受到完全下不了床，已經兩天沒去早餐店，懇求小倩無論如何自己撐一下，因為你真的很需要錢。小倩做了，一人獨撐。結果第一天營業額四千，第二天二千，你嘴巴沒說什麼，周身已感到一陣陰風慘慘……

過去的經驗是風雨越大，因為路邊攤不能做，開店的生意只會越好，不可能越差，就算只有小倩一個人在做，也不可能是這種數字。小倩果然「奴欺主」，你再也無法欺騙自己，但是，你人不在現場，又能說什麼，身體不舒服，加上心煩意亂，不知如何作為，只好又默默忍下這記悶棍。那天正好是月底，小倩在電話裡才剛跟你報告完業績，就說她要做到今天！

是的，你沒聽錯，她竟然選在你婚姻瀕臨破碎人又生病的重要關頭要離開你，唉，又一個申玲！不過卻在這一刻，你突然堅強起來，連一秒鐘的考慮也沒有，很乾脆的說：「好！」。

你雖然不會看人，但並非那麼不懂人性，她選在你六神無主的時候離職，是想趁火打劫。想想這段期間，你一直放任自己耽溺在落寞情緒的象牙塔裡出不來，才讓小倩有機可趁。她這一請辭，好像一桶清涼水澆過來，讓你意識到不能再擺爛了，該振作了。

隔天燒退了，勉強拖著虛弱的身子到店裡，把薪水交到她手裡的同時本來想問她，你在這裡「賺」那麼多，怎麼捨得離開，然而退一步想，離開就好，好聚好散，無須再添恩怨了。

小倩走了，以為你無助之際會求她留下，她好趁機要求加薪，沒想到你那麼爽快放她走，我敢打賭她的心裡一定後悔。但是，你面臨的問題是她走了，你一個人怎麼撐。想小倩也真是的，雖然她在一天你就多虧一天，但無論如何，她選在你最虛弱的時候離開，而且連一天緩衝的時間也不給你，都表示她夠絕情！正在苦惱時，阿江來了。為什麼他每次出現，都來勢「凶凶」，把你們之間的關係弄得很緊張，看見他，你打自心底覺得煩！

只要你忍一時，就能輕易避開人際恩怨，唯有夫妻恩怨，怎麼也躲不過。

好好鱉，殺到屎流

這個男人從來不知道什麼叫做「好好講話」，講不到三句，就打翻你擺在櫃臺上，朋友寄放的裡頭養著幾隻迷你烏龜的玻璃器皿，那幾隻無辜的迷你烏龜，隨著玻璃撞擊地面碎裂的聲響嚇得四處逃竄，你一邊尋找牠們，一邊拭淚水，結果只找到幾隻，另幾隻不見了，可能掉進屋外排水溝，怕是凶多吉少了……

飆過以後，他坐在椅子上大口喘氣，你沒有說話，你不知道怎麼跟假瘋子說話，冷不防被他一把抱起來往外托，拖到他的機車旁邊才放開，你被這突如其來的動作嚇一跳，知道旁邊有人在看，不敢掙扎，怕引來圍觀。

為什麼世界上，總是存在那麼多喜歡使用暴力解決問題的人！！！

阿江其實想帶你回家，然而，強力帶你回家是一種方式，溫柔帶你回家也是一種方式，比如那天在二姊家他當下好言幾句帶你回家，兩個姊姊也會很安慰，但他選擇前者最差勁，也最低級的暴力方式，把本來應該很溫馨「帶離家出走的妻子回家」的單純事件搞得像抓姦，不但沒有加分，反而多添加了一次傷害你的不良紀錄，真可謂把一隻好好的鱉，殺到屎流出來！

回家以後，大姊急著問你阿江的家人看見你的反應，她很怕他的家人因為你這次離家出走，就覺得你不是好女人。當然你不會因為一次離家出走，就變成壞女人，因為阿江家人的頭殼跟政元家人的頭殼不一樣。

你告訴大姊，回到家的時候，家裡只有婆婆、樂樂和大嫂。本來大嫂在逗樂樂玩，樂樂看見你回來，高興的跳到你身邊說：「媽媽回來了！」大嫂假裝吃醋的虧樂樂：「哦，媽媽回來就驍擺了！」，大姊很高興說：「這是好話！」。你說婆婆沒說話，但你看見她嘴角浮起一抹很燦爛很燦爛的微笑，大姊放心地說：「這樣就好、這樣就好……」。

申玲知道你回來了，在電話裡問：「還好吧？」你才遲個兩秒鐘回答而已，她就自己下結論：「當然了，剛回來，感情一定很好，小別勝新婚嘛」。你好不好，她決定就好，反正你也懶得說，當你不想說話的時候，有這種願意替你下結論，讓你少說點話的朋友，還真是不錯。

事實上，阿江帶你回家以後就躲進房裡，完全沒理你。如果他也像政元他媽一樣心裡愛你，卻在個性上容不下你，你們之間的相處注定是痛苦的！

你離家十天，第十一天回來——無論如何，能回到孩子身邊就好，你可以不認命，但不能不認孩子。離開親生兒的心情著實難捱，難怪申玲總以再辛苦也留在孩子身邊自豪、也難怪阿母和大姊即使活得那麼窩囊，也要守著孩子，確實失去親骨肉的痛苦天底下沒有幾個女人承受得起……

想想政元他媽當年說的那句「把孩子帶大一點再離開」的話，也有幾分道理——不是為了靠孩子讓自己的命運逆轉勝，而是不想再留下遺憾。

決定把你接回來，阿江的心裡也準備好了，所以隔天就跟你到早餐店。他很聰明，很快就學會煮飲料，做料理，學習能力很強，而且每樣都做的比你好。不過你也不要高興的太早，因為這是你另一場災難的開始！

以前說是一起擺夜市，事實上，他只負責擺攤和收攤，生意只有你一個人在做，而且賣衣服單純，只靠一張嘴，何況買衣服的人多半不趕時間，你可以一人支撐全場。但是做早餐就不一樣了！做早餐，太多時候需要兩個以上的人互相配合。但是他不會跟你配合，他恨你入骨，他到現在還認為你有錢，卻故意刁難他出來做事，所以做的不情不願，一直把脾氣帶到店裡！

先說，以前和小倩配合的時候，無論生意多好，營業額永遠不會超過五千，她離開以後，你和阿江第一天上工營業額就破七千，真是見鬼了；再說，每天早上因為阿江爬不起來，所以到店以前，你們都在家裡先戰過一回——他無奈被你叫到非醒不可，射幾支飛鏢，到店裡因為情緒不好，什麼都不想做，已經一堆客人進來點一堆餐了，他還坐著擺臭臉，不然就乾脆窩在冰箱後面的躺椅繼續睡，再不，就直接甩頭回家，把你一個人丟在店裡面對「戰局」。

有時候，他真的堅持不起床，你只好一個人到店裡。到店裡，鐵門不敢拉開，第一，怕搶匪，第二，怕一早就有客人進來，你一個人應付不來，所以先在裡面把三明治，玉米濃湯，咖啡、奶茶，一些離離叩叩的前置工作先完成，再拉上鐵門，這時候，日光微明，路上已有行人走動（不知道已經錯過多少生意了），感覺才沒有那麼可怖。但是不久後就會看你漸漸被人群淹沒，大家你一嘴我一言：漢堡、香雞堡、熱狗、火腿蛋餅，肉鬆蛋餅、蘿蔔糕、鍋燒麵、蛋吐司加火腿或培根，飲料幾杯冰的，幾杯熱的，又要算錢、又要收錢找錢，已經分身乏術，突然電話又響……，直想尖叫！早餐業真不是人幹的！只恨自己沒有三頭六臂，而他，或許乾脆不來，亦或許十點多或十一點多才出現，出現後，一張臉繼續發臭，還是一動也不想動，所以，這家早餐店，還是只有你一個人在經營，甚至又多背負了他的情緒帶給你的壓力。你也算過過好日子的人，那種像玻璃一樣被小心翼翼捧在手掌心的日子你不過，如今只好把自己活成任摔不破的美奈米。

你的工作 EQ 一向很高的，和阿江共事以後突然變低。和明里共事那段時間，你們從來沒有因為工作上的問題發生過任何摩擦；就算小倩「手腳很髒，不愛乾淨」，你們之間工作上的相處仍然是愉快的。

阿江最可怕的地方是擺臭臉，他擺臭臉不看時間，不看地點，不看場合，甚至不看有誰在場，說擺就擺，一擺起來，八風吹不動，問他什麼都不應，這很麻煩，比如他烤完吐司就去忙其他的，你從烤箱內取出他烤好的吐司，到底要抹花生醬還是巧克力醬……

最怕不在現場，或忙得沒聽清楚客人點什麼餐，問客人，客人卻說跟老闆講過了。跟老闆講過不等於你就會知道，因為他不會告訴你，你也不敢問，問了，他不一定會回答，再問，只會惹他發脾氣，讓旁人知道你們之間不對勁（超尷尬）。漸漸的，就算手上已經有很多事在做，還是盡量搶在他的前面招呼客人。當客人跟你點餐，換你轉告他時，他有時不應，有時應了，聲音卻比蚊子叫聲還小，再重複一次，他當著客人的面就狠瞪著你，把整個場面搞的很難堪，你有時真的忍不住了就會跟他吵架，但吵一次架之前，你可能已經忍十次了，問題是忍十次大家沒看到，飆一次，大家都看到了，也就針對這一次，斷定你是個不會忍耐的女人！

常常跟老公吵架，都是因為你有錢驕擺，這是大家對你普遍的「了解」。不錯，你誓言為孩子留下來，但並不保證不會和他吵架。從結婚那天起，這個男人每天都在惹你生氣，偏偏大家都叫你不要生氣！但是，你已經不再接受任何人的勸告，打從被他「強擄」回家那天起，你就決定想生氣的時候就生氣，假設阿母那套凡事忍耐的邏輯是對的，那麼請問一直欺負別人，讓別人受委屈的人算甚麼？

你很寂寞，我知道，但我相信你一定撐得過來，別忘了女人是水，既是水，無論落在大海、還是落在溝渠，都可以舞出屬於自己的娑婆之姿。

浮木

扮豬吃老虎

賣蓮藕茶的時候，某天在市場口看見小學同學章慧。她很早婚。想起她結婚以後變得很搖擺，在路上遇到都裝做不認識，所以遠遠見到她，沒打算跟她打招呼，但她卻熱切把你叫住。

你們坐在一家麵店聊天。你責怪她婚後變現實，她說婚後婆家人嚴禁她跟以前的朋友聯繫，所以連跟你打招呼都不敢。你知道婚姻有時候對女人很苛刻，所以接受她的解釋，原諒她。她說她老公拋棄她，跟外面的女人同居，她一個女人帶四個孩子，一個月才賺一萬多塊錢，生活陷入絕對困境。她娓娓道出，聽得你心頭一陣好熟悉的痛楚不斷冒出頭來……

忘了幫她繳過幾次水電費，也忘了拿過幾次錢給她帶孩子去看病，有次皮皮挫跑來說她幾期會錢沒繳，會頭揚言要砍她，而會事實上是她老公標走的，她現在根本找不到她老公。你看她一個弱女子實在可憐，拿錢幫她解圍。

老是釣魚給她吃也不是辦法，你自己也要養兩個孩子外加一個男人，不說別的，光說養這個男人，就比人家養十個孩子還要累。

決定開早餐店，所以將她推薦給歷嬞，你原來的點還可以讓給她，賣蓮藕茶那段時間，在市場也認識了一些人，所以除了蓮藕茶還可以幫她介紹其他的。但是其中賣蓮藕茶最好，雖然有季節性，不過怎樣都不會比她在工廠當作業員差。但是！她膽子小！不敢接受挑戰！所以選擇賣枝子冰！會用那麼多「！」是因為一瓶蓮藕茶八十元，而一枝枝子冰才幾塊錢，要賣幾支枝子冰才能抵得過一瓶蓮藕茶？

不說她不敢接受，其實歷嬅也不想用她，因為她看起來畏畏縮縮的。歷嬅的立場還能理解，畢竟沒有一個統帥願意用弱兵，你比較無法理解的是何以章慧寧願當弱兵，也不願打頭陣多賺一點錢，她不想好好養育四個孩子嗎？所謂不入虎穴，焉得虎子，她既入虎穴，總不會只想抓兩隻老鼠就好了吧，然而，任憑你說破嘴，她就是聽不進去，除了蓮藕茶，還有那麼多東西可選，她偏選最沒利潤，銷量也不可能太大的枝子冰。

賣枝子冰就賣枝子冰，等膽子練大一點再說吧。她連賣枝子冰的本錢也沒有，所以第一次進貨和買推車的錢你全部幫她出。好不容易把她推上前線，她卻像個小媳婦躲在暗暗角落，看起來十分惹人同情。

第一天回來跟你報告業績，扣掉成本淨賺二百，夠，賣蓮藕茶起碼賺兩千，真不知道她怎麼想的！後來才知道，惹人同情正是她的目的——賣蓮藕茶一瓶八十元太招搖，賣枝子冰一支幾塊錢，要賣多少支才夠養四個孩子，當然，養不起孩子才讓人覺得可憐。唉，存心不想站起來的人，就算諸葛再世也扶他不起！

教她釣魚的原意只為讓她養活四個孩子，沒想到將她推向市場如同將她推「下海」，她越遊幅員越廣，認識的人越來越多，到處向人借錢的風聲不斷傳到你耳裡，氣人的是她的招數如出一轍——

沒錢繳水電費，沒錢繳午餐費、沒錢繳健保費、孩子正在發燒沒錢看病、明天就要被斷水斷電……

一開始你還忍著，畢竟水電費是真的每期都要繳，而憑她的收入要負擔以上這些的確是有某種程度的困難，是直到聽說她又向人哭訴幾期會錢沒繳，會頭找人要砍她，而會事實上是她老公標走的，你才整個爆炸，把她叫來罵了一頓，她一臉心虛把頭垂的低低。你說：「從今以後不會再借錢給你了，過去借你的錢（應該說被你騙去的錢），請你儘快還給我，如果不還我，我就去找你公婆要，這話把她嚇住。

借她的錢，原本就沒想拿回來，所以借她多少錢根本忘了，她倒一分一毫都有記，算算有五萬，呵，從你這裡拿走的錢從五百到一千，竟也給她拿走五萬。不知道她怎麼會那麼厲害，平時說沒錢，老裝一副苦哈哈的模樣，被你一嚇，一次一次分期，很快就還一半，剩下的另一半，就隨她的人一起消失了……

其實也沒有消失，她取貨的工廠後來搬到你早餐店後方的巷子，過去每天章慧總要經過你的店，跟你哈拉幾句再到工廠取貨，東窗事發後，為了閃避你，她寧願繞好大一段路，幾次看到她背對你漸行漸遠的背影，被拋在身後的你都會聯想到被丟棄海邊一隅的輪胎、木材、寶麗龍，那些曾經渡人一時的浮木，心頭整個荒涼起來……

虎口

從小窮到大，你比任何人都更瞭解貧窮的悲哀。但貧窮可以是一種際遇，萬不能像章慧那樣變成一種態度。照理剛發生過章慧的事，你應該有所警惕，不再隨便幫助人，但幾年下來，你看到的是同樣身受金錢困擾，小T和章慧不一樣的是：小T一直像狡兔那樣拼命往前衝，而章慧則畏畏縮縮，像鼠輩那樣討生活。

你們在夜市結緣，她和大T一起在夜市賣T恤，你們一個禮拜至少四天同場，整晚聽他們么喝大T三百九，小T兩百九，於是你個別稱呼他們大T和小T。和小T很要好，即使後來開店仍常來往。小你好幾歲，卻很懂事，太早背負現實壓力的關係，使她提早擁有一顆超乎年齡的成熟腦袋。

不論夫妻或情侶，只要不同步調都是很累人的事。大T的個性恰似阿江，很難拉。每次小T想多做幾場，大T就使性子不要。可是小T家裡負擔重，不得不多趕幾場，於是就自己一個人開車，從早趕到晚，你看在眼哩，疼在心裡，彷彿見到一路的自己。

他們分手了，你和阿江是夾心餅乾。

大T非常痛苦，日夜借酒遁。常常很晚了還在蓮池潭邊喝酒。你跟阿江怕他想不開投身入潭，無論多晚都會出去陪他。然而，只願陪他，不願替他說話，你知道大T對你有怨言，但你不能幫他是因為他給小T的痛苦，同樣也是阿江給你的痛苦，明知山有虎，你何忍說服別人去往虎山行。

離開大T後的小T繼續努力做生意，無論多麼困難也要站起來的人，才值得人們幫幫她，因此你常在金錢上幫她，而她總說要給利息，只是你從沒接受。

從貧困中走出一條康莊大道的人很多，以小T的幹勁，料是其中一個。直到你早餐店開將近四年，某日，她和她的新男友春雄來找你開口借二十萬，照理以她努力的程度，幾百萬也該還清了，何以多年後依舊債台高築？因此這次你遲疑了，但，劫數難逃，阿江這時說話了。阿江大概平時看小T很勤奮，加上過去你幫助小T也幫習慣了，所以沒什麼心眼，當著小T的面「提醒」你：「去找你大姊借啦」，氣得你差點暈倒，果然此話一出，小T就用哀求的眼神望著你……

好朋友一場，再想想她真的很努力，於是勉為其難替她向大姊借了二十萬，約好一個月後歸還。一個月的時間還沒到，小T和春雄就來求你看能不能再延一個月，說只要再延一個月，她所有的難關就此解決了。

但是大姊借錢給小T這一個月裡難吃難睡的，只希望趕快把錢拿回來，你也沒繼續說服大姊，因為你也覺得小T怪怪的，錢還是拿回來比較妥當！

小T還錢以後才說出原委：為了維持在銀行的信用，她不斷找朋友，為了不失信於朋友，她轉向地下錢莊，才搞到這步田地……她說一開始不過借二十萬，結果還了幾年還是維持二十萬，過去還的只是利息，這幾年都為養地下錢莊而努力！

你聽了不知該罵她還是該心疼她，這傻女孩啊……然而，即使方法錯了，但勇於承擔，才不愧是你所認識的小T。

豈能眼睜睜看一個好好的女孩被摧殘。

大姊不斷打長途電話阻止你再幫小T，她說人心難測，但是你聽不進去，覺得是大姊不瞭解小T。

你分別向許多朋友調度，其中碰了不少釘子，東挪西籌，好不容易湊齊二十萬，將小T的負債全部扛起來，才鬆了一口氣。

以小T的幹勁，二十萬一年內肯定能還清，但是她說夜市越來越難做，而你這幾年早餐生意做的還不錯，因此建議她開早餐店，她當然沒錢，送佛送到西，大姊那裡行不通，把腦筋轉到二姊身上，拿她的舊公寓抵押二十萬幫小T開了一家早餐店。結果生意不如預期，兩個月後宣告做不下去。

你實在佩服小T的口才，很快的說服她的朋友以同樣二十萬元頂下早餐店。你安了心，打算拿到頂讓金馬上還給二姊。但是從早晨到黃昏就是不見小T的蹤影，手機也不通。打電話給她那位頂下早餐店的朋友，她說二十萬一早就交給小T了。你急扣小T，還是不通；奪命連環扣春雄，也沒接。錢不見，小T也不見，煞那間，天旋地轉……

你知道情況不妙，但未證實以前，不想下任何斷言。幾天後，小T接了電話，她說欠地下錢莊的錢至少兩百萬……，也就是說你的錢已經被攪進去一併粉碎了！

她在電話裡哭的很悽慘，言語間卻沒有一句道歉，你怒不可抑指責她騙你的錢，她一聽你說「騙」字，惱羞成怒，大聲吼：「你太離譜了，是你心甘情願借我的！」。對，沒錯，可是她沒說她是怎麼騙你，你才會心甘情願把錢借給她的……

小T知道接下來除了她丟給你的債務，你還要面對什麼嗎？你還要面對阿江，雖然幫助她的事阿江也有份，甚至如果他當時不多嘴提議你向大姊借錢，她失望而回，從此不再找你，你不了解內幕，不起同情心，也許就能逃過此劫。

你救她離虎口，她卻推你入火坑！好個小T啊……

大姊什麼都不知道，打電話來問小T有沒有還你錢、有沒有跟你要好，你都說有，大姊很高興小T沒有辜負你：「當然要跟你要好，你那麼幫她，你是她的大恩人，不跟你好怎麼行。」是啊，你也一度相信小T就算負盡天下人，也絕對不會負你，因為你和她是同一國的，當全世界都棄她而去，只有你替她擋在前面！

你在電話裡努力聽，希望至少聽她說句道歉或感激的話得到幾分安慰，也好有個理由再原諒她，但是，她沒有，這時候還在逞強，還敢大聲對你說話，簡直要你再承受她的第二次傷害，就連春雄也對你撂兄弟話，說他是個闖蕩南北的人，什麼場面沒見過，想當初那副求你的鳥樣，較之今日恩將仇報的惡嘴臉，實在讓人嚥不下這口氣！

不求原諒，那就毋需原諒！

真是倒楣透了，章慧的事剛過，又連接著小T，就連申玲也無故在電話裡對你咆哮，還怒甩你的電話（你哪裡得罪她？）——你難過到想去死，但你為什麼要去死，該死的是小T，該死的是章慧，該給你一個解釋的是申玲！

章慧怕公婆，小T怕流氓，那你就使流氓，有錢都能使鬼推磨了，還怕使不動流氓。一聽你要找流氓對付她，她在電話裡尖叫：「喝，沒想到你是那麼可怕的人！」什麼？可怕的人！由小T的口裡罵你是個可怕的人，只會讓你更想殺了她！

流氓真的去找她。第一次，在她家客廳，流氓故意當著她家人面前逼她還錢，她妹妹無奈替她還了兩萬；第二次，如法泡製，第三次，她落跑了，流氓找不到人，回來要你簽債權讓渡書。這債權讓渡書一簽，小T不是斷一隻手，就是斷一條腿，好耶，這叫罪有應得，活該！

最勁爆的是同時大T也跑來懇求你把小T的債權讓給他。想不到小T的債權那麼搶手？

你故意將大T想買她債權的訊息轉告小T，她在電話裡強烈哭喊：「不要！……」，雖然沒有看到她的表情，但透過電話線傳來那無助的嚎啕與哀求，足以想像她兩腿已經癱軟！

該轉讓給誰？流氓？還是大T？手握小T的生殺大權，你不想搖擺都不行了。

轉讓給大T，不必給流氓抽成，可以拿全額。而且對小T而言，下場一樣悲慘！耶，太棒了，尖，叫，聲！

你沒有將債權轉讓給任何人。不是原諒小T，而是太可怕，當初就是不忍心看她被追殺才解救她，現在怎麼忍心再親手把她毀了。而且冷靜下來想一想自己也有錯，錯在太盲目，太固執，大姊一天好幾通電話苦諫，你卻一個字也聽不進去——這是不是傳說中的「鬼在拖」。

狡兔一朝變成狼！

這叫「狗急跳牆」，無論狗還是兔，遇到威脅一急起來，想要保命，心腸都必須學的跟狼一樣狠。

沒有人在離開水面以後，還會把浮木帶在身上的。甩乾身上的水珠，和章慧一樣，小T也走了，瀟灑的揮一揮衣袖，不帶走一片雲彩，只留給你許多債務和一身傷痛……

一直當別人的浮木，現在自己快要淹死了，誰來拉你一把……

除了兩個姊姊如母，阿建也可說是老天爺暗地裡塞給你的厚愛！

未等你開口說借錢，阿建聽你哭訴完，就立刻拿出二十萬，叫你先保住二姊的房子。這二十萬是他的最後一筆家產，他二話不說借給你，不要利息，沒有歸還日。

阿建一直是你生命中的貴人，幾度救你於水火。

倘當年沒有阿建，你跟阿母欲何方寄命，所以明明是你欠他人情，他卻老反過來說是他欠你一份人情。原因是年輕時，有次他和小哥以及一群朋友玩機車抽鑰匙到山地門郊遊，出門沒注意氣象，半路狂風暴雨驟起，到山地門水位已經漲出路面，小哥和一群朋友平安度橋，唯阿建連車帶人掉進水裡！

阿建攀住水草保住一命，但是被他載的女生卻不幸溺斃。這件事鬧的很大，還上了報。這是意外，誰也不想發生這種事，但是女方家長卻緊咬阿建不放，要求巨額賠償。你聽了非常憤怒，嚷著要陪阿建去理論，阿建怕你被打死，不敢讓你出面，然而這份情他已刻在心底。

沒有幫到阿建什麼，僅是搖旗吶喊，替他說幾句公道話，就令他感動不已，覺得欠你一份人情，你除了汗顏，亦不得不感慨有人受人點滴，即報以湧泉，卻也有人船過水無痕，甚至過河拆橋，同樣是人，心性為何差那麼多……

先把二姊的房子保住，其他就好說了。

如果人生真的是一場賭局，和阿建賭到這裡，每把都是你贏。

吃錯藥

「人若在衰，種胡瓜會生絲瓜」這句話好像是真的耶，連續被騙兩次錢，接著沉默已久的肝又有話要說了！

大約兩年前開完刀沒幾天肝指數無預警突然上升，這次上升可不是坐電梯，而是像噴射機短時間就衝到兩千（比第一次衝得更快），身體的不適自不在話下，還好又給之前灣子內那位中醫師醫好了。

常聽人家說皮膚病是因果病，你上輩子到底造了什麼孽，這輩子皮膚一直鬧狀況——什麼原因使你的身體一直長癬，一抓就破皮，一開始範圍小不以為意，後來越來越嚴重，到藥局詢問，一位年輕又漂亮的女藥劑師說有一種藥很有效，只是不能常吃。

你吃了，身上的乾癬果然改善，只是，某天半夜，突然發高燒，以為感冒，到附近診所就醫，醫生幫你檢查喉嚨又看看鼻腔說不是感冒。醫生納悶，不是感冒卻莫名高燒，表示你身體一定有某個器官在發炎，他催你趕緊去驗血。你立即到檢驗所抽血，結果報告一出來——你的肝臟又再抗議了！

它在抗議什麼？你又做了什麼對不起它的事？

很明顯你又吃錯藥，吃了和上次治療灰指甲一樣很有效，但卻會使沉默的肝臟變的很愛「說話」的藥。其實，你沒有很擔心，反正灣子內那家中醫診所很厲害，很快就會幫你醫治好了。但是，這次好像沒有那麼幸運。

同一家中醫診所前兩次每吃一次藥指數就下降一次，而且每次下降的幅度都很大，第三次幸運之神已經懶得理你，GOT和GPT的指數不降反升，最後衝到三千多，維持居高不下之勢。

食慾不振、嘔吐、疲累，眩暈，吵死了，你的肝！白眼球變成黃眼球，全身像剛從黃色染缸撈起來一樣！你懷疑如果把你整個人抓起來擰，擰出來的血搞不好也是黃色的。

又乾又黃又癟的身體走在路上的確很吸睛。但是，你每天依然天未亮就出門做生意，沒辦法，誰叫你需要錢。怎麼辦？全家都急了！老天不會讓你連續幸運，如果指數再不降下來，汝命休矣！

慶幸的是，這時候的老陳老眼昏花，每次給他送滷肉，都沒有發現你的異狀。這樣也好，少一個人操心。

本來堅持讓你看中醫的阿江，眼見你的肝指數一直上升，只好聽取建議改讓你接受西醫治療，先把肝指數壓下來再做打算。在醫院看診間，醫師嚴峻問你：「你有長期喝酒齁？」，這時的你雖已病厭厭，仍努力吐出一口正氣回答：「沒有！」這醫師怎麼回事，只有喝酒才會引發肝病嗎？命運的脈絡有那麼規則就好了！

住院那一個禮拜，請從客人變成朋友的小玲到店裡幫忙。工作拋諸腦後，安心住院，負債、公婆、貝貝樂樂和曉琪，因為生命裡有這些人，所以你不能死……

不想讓老陳知道你生死攸關，怕他承受不住。在醫院的一個禮拜，阿江代你送滷肉和換洗衣服給他的時候，騙他說你出國去玩了，他很高興，直誇你好命。

對啊，還有老陳，你死了，他怎麼辦？所以，你有太多理由必須活下去……。

指數確實有下降，但阿江依然堅持相信中醫，夫妻感情再不好，遇到生死關頭他也不得不慎重起來。一個禮拜時間你在醫院修養，全家則在自家神壇為你開壇問事，祈求神明指點迷津。神明真的指出一條通往阿蓮的明路。第一天阿江手裡拿著地址一路開車一路問，好久才問到目的地。

那處原來也是一間神壇，兼賣中藥，在村間巷弄裡，沒有指點，很難找到的。裡頭有位師姐，對她說明來意，她即為你細心調藥，你們拿了藥，付了錢，道了謝，轉回家，這來回一路阿江的神情是嚴肅的，但那嚴肅和他平常的瓦斯漏氣是不一樣的。

吃了一個禮拜的藥，指數終於下降，連神明都願意幫你，可見你這個人還不壞嘛，是不是！第二次再去，阿江已經熟門熟路，臉上表情鬆弛多了，他說第一天來因為路不熟，覺得車開好久，今天就覺得好快。其實你知道，他是把心放下了，因為你不會死了，現在的他，大概覺得你這個老婆比錢更重要了吧！

看見一個全身蠟黃黃的人站在面前，年輕漂亮的女藥劑師嚇了一跳，旋即知道發生什麼事。你說話她始終把臉垂的很低，一副自責很深的樣子，這樣的態度反讓你於心不忍。

事實上你也沒有生氣，因為她不是故意的，她只是沒有解釋清楚，所以你此刻現身說法來提醒她以後說明藥物功能要告知清楚，民眾一般都是無知的，會影響肝臟就直接說明會影響肝臟，不要只模糊的說不能常吃，把「影響肝臟」關鍵字眼強調出來，或許會喚醒你的記憶，算算你十年前吃一次，十年後吃一次，應該不算常吃吧！

指數逐漸恢復安全值。經過一連串的打擊，整個人好像又被命運重新翻攪過，有種重生後的隔世感，可是難關還在前面等著……

誰對你做了什麼已經不重要，重要的是接下來要如何收拾殘局。本來還想靠早餐店扳回一城，卻在這時候房東說要賣房子。是怎樣？你的人生……

但是，乖，別怕，挺起你的脊梁骨，我正準備要寫你了，雖然我書讀不多，文筆不好，然而，只要你好好活著，不讓鬥志闕翦，有種幫別人，也有種幫自己，你的故事絕對比我的文筆更出色！

一條繩子

老陳的酒品

想再開一家早餐店，還沒找到地點，歷嬅叫你再回去賣蓮藕茶，冬天他們已經找到替代方案，而且經營模式業已改變，以前是用推車沿著市場內外兜售，現在則租固定攤位，聽說業績是用推車的好幾倍。

雖然以前賣蓮藕茶曾經享受過賺錢的快感，但是賣了四年半的早餐，覺得也不錯，一下子陷入苦思，該回去賣蓮藕茶，還是再找一家店繼續賣早餐？跟阿江討論，本來還擔心他經過一連串的打擊會失去前進的勇氣，結果他說賣蓮藕茶可以省去開店成本，這時你打自心底歡呼起來，就由他決定吧，無論選哪一條路，他願意走，你就願意跟。

如果還有幾分猶豫，就是為了伍淑滿，她是你失散多年的舊同事，你忘記她，她卻記得你，這些年她一遇到你們共同認識的朋友就一直打聽你，你們當年在合板公司相處的經過，她一點一滴告訴你，慢慢敲醒你對她的記憶。多年前移居溫哥華，三個月來回台灣一次。她留給你台灣的電話，從來沒有打通過，你現在突然離開，她三個月後回國，肯定找不到你……。

做市場生意可以省去開店的成本，但卻必須買一部車。以前歷嬅多用娘子軍，經營模式轉變以後改用夫妻檔，也就不再幫人送貨。

一開始歷嬅先把他們的貨車借你，後來你們就向銀行貸款買了一部價值十五萬的中古箱型車，算算也沒比開店省多少。這個時候阿江才相信你真的沒錢了，所以他也甘願買中古車。

跑菜市場的模式和開店不一樣，有時一天三場，偏偏這時候老陳狀況連連，他老了！

根據老陳自己的說法是有天夜晚站在路邊尿尿，被路過正準備撤退到台灣的國民黨軍隊「逮個正著」，接著連向家人交代一聲的時間也不給，就被強制加入軍隊一路跟到台灣，那年他才十七歲。十七歲，半生不熟的年紀，在非自願的情況下被迫離開家鄉，離開自己的父母、兄弟姊妹，到台灣一待經年。

生性固執的老陳跟隨部隊到台灣，後來與長官鬧不合負氣離開軍隊。離開前，當著長官的面發誓永遠不會再回來，即使將來老了，亦無需榮家收留，就這樣正式踏入台灣社會。他跟你的父母是在台灣水泥公司當搬運石頭工人結識，因阿爸好客熱情的個性，便由同事變成鄰居，進而在你家搭伙。

阿母常說老陳沒喝酒的時候安靜的像供桌上的土地公，一旦幾杯「狗尿」（阿母生氣起來，常把酒比喻成狗尿）下肚，即刻搖身變成一隻亂咬人的瘋狗。

小時候看過老陳和人廝殺的場面，那「廝殺」兩個字絕對不是誇飾法，而是真的親眼看他與人纏鬥一陣，跟著全身血流汩汩……但別因此誤以為老陳勇敢，他最多只是藉酒壯膽，酒醒之後，就真的像土地公一動也不動了。

老陳的酒品無人敢恭維，連你那一向脾氣極好的阿爸，也曾被他氣得從矮凳上跳起來狠狠踹他一腳。然而無論前個晚上怎麼吵，隔天晚餐時間一到，老陳依舊會揣一瓶老米酒出現在你家飯桌上。

阿爸和老陳的情誼及恩怨在杯酒中毀損，也在杯酒中建立。而你們幾個小孩則每次都在配酒的小菜裡暫時忘掉恐懼。老陳的酒品不改是非就不斷，以前還好有阿爸在，阿爸雖然沒有家庭責任，但酒品好，且平時為人圓滑，大家看在老鄰居份上，多少會賞他一個老臉，讓老陳少挨幾記拳頭。後來阿爸不在了，替老陳圍事的人換成阿母。阿母是一介女流，斡旋能力終究不如阿爸，甭說在一群大男人面前「威信」盡失，就連老陳她也架不住。

老陳沒喝酒的時候挺安分，偏偏對阿母說話習慣用吼的。阿母總是隱忍，她說阿爸沒有責任感，而老陳一個人給的伙食費，就足以供應你們全家一個月的菜錢。

小時候最喜歡老陳的朋友來訪，他的朋友多半和他一樣來自大陸。每當那些「說外省話」的人來，老陳的家裡就會和麵糰，他們最擅長以麵粉為食材做各式麵食類的東西。生平第一次見到「水餃」這種東西就是在老陳的家裡。那薄薄的白麵粉皮裡有個潘朵拉的盒子藏在裡面，讓你充滿期待。眼看一顆顆白裡透綠的「小精靈」在熱滾滾的湯水裡翻來滾去，再等它們一一被撈起、涼卻，到阿母認為你可以吃以前，不知道已經吞進多少口水，等送到你的嘴裡一口咬下去，高麗菜、蔥花、碎肉混合而成鹹鹹香香的湯汁溢滿唇齒，那是你貧瘠的童年難得一觸的人間美味！

阿母說老陳剛來的時候，你還在繈褓中，可能因為小的關係，家裡的孩子，老陳最疼你。可是印象中老陳也疼過小哥，也給過小哥零用錢。只是後來不知道為什麼只疼你，不疼小哥，小哥打你，他就打小哥。

從小到大老陳買給你吃的餅乾絕對比阿爸多。家裡第一台電視機，新力牌，是老陳買的；每到過年，唯一會包紅包給你的只有老陳。

上小學時穿的用的是二姊穿過用過，那時也不知道阿母是打哪家弄來的舊制服和舊書包。腳上穿的是一雙過大，還有破洞，可以讓腳趾頭探出來呼吸新鮮空氣的舊布鞋。約莫二或三年級的時候，終於有了第一雙新皮鞋和第一套新制服，當然也是老陳買的。

因為家裡窮，阿母不得不縮衣節食，連一包王子麵也要哭老半天才能要得到。可是因為老陳，你小四那年就擁有一部哭死阿母也不會買給你的迷你腳踏車。因為有了這台迷你腳踏車，你在小哥和鄰居孩子面前狠狠給他驍擺了一陣子。

心裡知道老陳好，但是和家裡其他人一樣開口閉口喊他「老陳」，沒有人糾正你，直到你都和政元離婚了，某天老陳才對你抱怨直接以姓氏當名字叫，讓他在人前沒面子，他認為你至少該喚他一聲「叔叔」。面對他的「控訴」你嘻哈帶過，畢竟那是自有記憶以來根深蒂固的習慣，然而，即使沒有改口，卻已放在心裡……。

印象中除了早早遠嫁的大姊，老陳和家裡每個人都吵過架，但是怎麼吵還是留在你們身邊。阿爸去世以後，隔幾年你們搬家了。

因為始終租賃而居，像寄居蟹一樣老是在「換殼」。然而就像冥冥中有條繩子綁著，每當你們搬到一個新地方，阿母叨念搬這麼遠，老陳應該不會再來找你們的時候，不久，就發現老陳也在附近找到了房子。

說起來，老陳清醒時為你們做的，比家裡任何一個男人多。雖不至於將全部薪水交給阿母，但家裡缺錢，他會幫忙。阿母說大姊剛結婚，大姊夫事業剛起步之初，夫妻一年至少回來一兩次，可是家裡沒錢，所以每次都請老陳作陪，因為老陳會花錢替他們請女婿。

雖然喝酒愛耍酒瘋的人很煩，但知道他不會傷害你，所以不會怕他。一樣愛喝酒，大哥給你的感覺不一樣，阿爸過世以後他回來奔喪，之後就一直留在家裡不再回工廠，跟著似乎變了一個人，和阿爸一樣染上酒癮，糟的是他沒有阿爸的好酒品，也沒有老陳清醒時的可親，反而脾氣越來越壞，壞到近乎邪惡，無論醉著或醒著，都讓你感到害怕！

漂浪

大哥對酒的的愛勝過對你們，這讓你們在他身邊活的很沒安全感。

除了他的酒伴，他沒有一個喜歡的人，包含遠近親戚，他見一個「咬」一個，已經出閣卻嫁的近的二姊三不五時回來，也忍不住要和他吵一架再回去，最無助的是你和阿母，沒得逃，永遠被迫面對！

他存心不讓家裡安寧，每晚呼朋引伴，吆喝聲此起彼落直到深夜！而你白天上班，晚上讀夜間部，阿母則每天天未亮就必須出門做生意，你們都亟需一個寧靜的空間和充足的睡眠，這樣的熱鬧對你們而言不是助興而是摧殘。但是不用工作，每天都睡到自然醒的大哥說你跟阿母是一群無用之徒，儘管他吃的、用的、花的，都是你跟阿母的付出，你們還是不敢反駁，因為老虎會吃人。

阿母說老陳醉時像瘋狗，你覺得大哥時時刻刻都像老虎，而他身邊死皮賴臉，硬要賴在你家喝酒要鬧的酒伴，各個像河馬，豪豬、大蟒蛇，台灣黑熊，總而言之，你家像動物園，沒有一個活得像人，連你跟阿母都被逼到快要變成鬼！

嚴格說起來老陳是有點不一樣的，他雖然也是酒鬼一個，但個性偏執，看大哥那夥人遊手好閒只顧喝酒，早不順眼，加上喝酒鬧聲喧天，阿爸過世以後已習慣一個人安靜喝酒的老陳間雜其中顯然格格不入，兩人對槓是常有的事。最可憐的是阿母一個女人周旋在兩個好強鬥狠的男人中間，流的淚水恐怕比他們喝下肚子裡的酒還要多。

可以說還沒有嫁給政元以前，你就已經知道什麼叫做「沒有一天平靜的日子」了。這就是你成長過程生活的真實面，你跟阿母雖然苦惱，卻不得不接受。以為日子就這樣過，卻在那一次不知何故，大哥和老陳吵的特別兇，老陳挨了大哥的拳頭之後，心灰意冷離開了你們，搬到哪裡沒有人知道。

沒有老陳，日子照常過，因為你們已經長大，阿母也開始做生意，雖然只是小小的流動攤販，然而生活有望，對老陳早已脫離現實需要的依賴，他不在，身邊少個鬧事的，反倒落的清淨！只是，每回與阿母聊起，感懷他一路對你們的照顧，以及生活互動上的點滴，還是有一份不捨。原來老陳在你們心目中存在的價值，已經超越那份可觀的伙食費……。

這次「事件」一定讓老陳非常痛心，否則緊繫你們之間那條繩子，不會那麼輕易斷掉！

光陰悄然而逝，老陳畢竟孤家寡人，對他的牽掛始終盈滿心頭。

某年清明節，阿母領你們幾個小孩上山掃墓，到阿爸墳前，即發現有人比你們更早一步在阿爸墓碑前供上三牲酒品。大家錯愕之餘，立即福至心靈，放眼梭巡，果然發現老陳的身影，就出現在離阿爸墳墓不遠處的另一座小山頭。

老陳已經不在你家搭伙，不過，人的習性沒有變，日子只好繼續照著以往的模式重複運轉。雖然在自個兒家裡吃飯喝酒，但和大哥的關係一樣讓人感到緊張，沒辦法，他們已經製造太多恩怨，永遠無法預測酒過三巡，他們之間是相安無事，還是上演全武行。

以為斷掉的繩子又再度接起來。看似尋常的歲月裡，你們家卻因為有愛喝酒的男人，使日子無法一勁兒地平靜無波，總要跋渡幾波驚險才算得上生活。所幸你在阿母的守護下，得以安然成長，不致「淹死」在家暴的驚濤駭浪中。

老陳不再疼小哥，僅獨厚於你，除了小哥開始學壞，也因為你比較小，好培養。

有次老陳突發奇想告訴你一個天大的秘密，說他是你的親生父親，他的說法被阿母斥為無稽。除了阿母的證詞，你往鏡子裡一瞧，自己的小鼻子小眼睛和巴掌臉，怎麼也和他的濃眼粗眉大餅臉劃不上等號，不過，你因此明瞭他的孤獨，羈旅異地半生，總盼能擁有一點什麼，所以他這一把想押在你身上，你雖小小年紀，已懂。

但是，你能給他什麼？漸漸步入成人的世界，你也有自己的人生要面對。成長的過程因為沒有好的學習環境，沒有好的模仿對象，心思很容易隨著外界負面引力往外移。那段叛逆期間你學過抽煙、喝酒、飆車，只是沒有一樣學的起來，大概是骨子裡少了反叛因子；但是不愛讀書，太早交男朋友，家裡待不住，一天到晚只想和朋友在外面瘋，老陳每次在街頭巷尾見到你，總以他獨特的鄉音高八度地對你吼：「丫頭，你瓦（越）變瓦（越）壞囉……」。然而，對外面世界充滿好奇與嚮往的初生之犢，除了外頭世界的聲音，什麼都沒聽到。一心只想朝外頭展翅高飛，飛過一段懵懂無知的青春、越過一段短暫的婚姻、烙下一塊無可抹滅的印記，再回頭時，發現為你心疼的除了阿母，兩個姊姊，還有老陳……

人在這個世界上有條繩子綁著，就算行腳不定，內心也會有寄託，就像當年阿母雖然在高雄安養院，你在台中，人各一方，但你想到世界上還有一個阿母，心就比較踏實，所以沒有了母親，你就想成為別人的母親，好像沒有這樣的角色扮演，生命就會失去作用。

隨著政治型態變遷，老陳也陸續接獲來自家鄉的消息，知道他的父母和幾位兄長都已經辭世，唯一的弟弟也戰死越南，大陸老家如今只剩下姪孫輩，你問他想不想返鄉探親，老陳回應你的是一陣唏噓……

老陳心繫何方？台灣還是大陸，到他死後，你都沒弄明白，只知道他對蔣公沒啥好印象，堂而皇之解救苦難同胞脫離鐵幕，可是他只是想出來尿個尿而已……

六十年過去了，家鄉依舊在夢裡，記憶中父母的臉都模糊了，民族救星不是救他離鐵幕，而是害他天倫夢碎……，所以他對黨國一點也不忠心，領了牙膏跟新台幣，卻不肯去投票，台灣現在誰當家，他根本不在乎，他關心的只有他的月退俸下來了沒，每個月固定時間逼問你「錢領了沒？」，遲一天，他就跟你賭氣一天，好像這個國家這個黨，完全不值得他的信任與依靠，遲一天領，錢就會被吞回去，有時真的忙，就騙他說領了，然後先墊出自己的錢幫他繳房租和買三層肉。

老陳無法用很細膩的語言貼切的說出自己的心情，但你知道人總有心情，特別是異鄉遊子。那幾年在台中，雖然是在自己的國境內，交通也方便，然而離鄉背井的心情仍不時在心中觸動，尤其當太陽偏向西邊的時候，會特別感傷——那輪夕陽沉落的方向，正是你的家鄉，小時候你家住在山腳下，天氣好的黃昏，有時阿母會在家門口餵你吃飯，慈愛的阿母背後正是這輪溫暖的夕陽，那時你的世界是溫馨可口的紅橙色。那時候大哥還在親戚家做事，家還是家，還沒有變成動物園。

來自大陸福建的老陳，常用他那厚重的閩南口音說：「現在歐匪囉」，你是直到很大了才知道「歐匪」就是「後悔」的意思。老陳在後悔什麼呢？以他魯莽的個性，要做出令自己後悔的事可多了。世事多變，唯一不變的是老陳的個性。生命逐漸喪失機能，脾氣卻依然彆扭固執的老人，不是別人不願親近他，而是他的個性很難讓人親近。

在心裡練習叫老陳「叔叔」很久了，終於鼓起「勇氣」叫出來，目的也是為了方便介紹，畢竟現在老陳已經歸你管轄，總該有個名目，但「叔叔」是什麼意思啊，是阿爸的弟弟，還是阿母的後夫？於是為了更方便介紹，你叫他叔叔，卻對外介紹陳叔是你的乾爹，這「乾爹」兩字一擺上檯面，他更樂了。

也許，無關大陸或台灣，只要有個名份，有個值得的理由，象徵認同與接納。

可憐陳叔不想想自己耳不聽、目不明，垂垂老矣，正是需要別人照顧的時候，還動不動就轟你滾蛋！呵，好意見，他的老友認識你的，多半陰陽兩路，現在除了歐吉桑，根本沒有人知道你跟他的關係，你丟下他，歐吉桑就算要批評你，你也聽不到，所以此時不丟下他，更待何時？有時候認命不如認一個乾爹，但是乾爹要認就要認有錢的，萬一認到像陳叔這種沒錢又一身老病的，聰明的話，還是趕快溜之大吉！

可是，你真的可以這麼做嗎？三天前他還叫你滾蛋，三天後當你如常提著一鍋滷肉外加他換洗的衣服出現在他面前時，他那副雀躍的模樣，就知道你如果真的滾蛋，就會變成不折不扣的混蛋，人們不說你，天地也饒不了你！

陳叔很好養，不吃菜，只一鍋滷肉可以吃三天，但他偶而會奪命連環叩，有次急急把你叫來只為了讓你看看他家旁邊那支電線桿上頭掛的是啥東西。他懷疑那是歐吉桑惡意擺放想要陷害他的玩意兒，他怕自己睡到一半，會有什麼不測。你既好哭又好笑，為了安他的心，還是得詢問，詢問的結果是電力公司的人放的不知什麼用途的一個小四方形盒子。

老陳在這條舊巷子裡的三合院住了二十幾年，唯一的鄰居是歐吉桑。阿母生前說過陳叔的個性連鬼都怕他，這在輪到你替他「圍事」以後證實無誤。一點小事就興風作浪，簡直跟政元他媽一個樣。

儘管時常哭訴歐吉桑欺負他，但他被欺負的事由，沒有一件讓你同情。記得歐吉桑跟他交惡的原因是從他門口經過，不小心踢翻狗吃飯的碗，他非得說人家是故意的，從此視人家為眼中釘，還不准你跟他說話。可是你不能不和歐吉桑說話，他是你派來埋伏在陳叔身邊的間諜，暗中監視陳叔的一舉一動，因為陳叔已經老了，你不能時刻在他身邊，這當中仰賴人家的地方可多了。果然，某天你的機車剛在巷子口停好，歐吉桑就急急跑過來跟你說：「正要打電話給你，你乾爹兩天沒出門了。」雖然陳叔整個很好，沒有事，可是，你看這效果不就出來了。

陳叔不能理解，每次看見你和歐吉桑說話，就會生氣，你哭笑不得，又拗不過他，從此和歐吉桑說話只好躲在陳叔看不見的地方，結果因為這樣躲躲藏藏，歐吉桑反而誇你孝順。

歐吉桑由衷地說，雖然陳叔對他的敵意讓他很困擾，但因為陳叔還會餵養流浪貓，所以他肯定陳叔這個人還有後福。他對你說這話時眼神透露的愛戴，似乎意指你就是陳叔的後福。

雖在鬧市，偏頗的個性卻導致他過的一如離群索居的老人！還好婚姻這條繩子並未將你拋離陳叔太遠。不知道是陳叔生逢貴人，還是你運氣好，他這次遇到的歐吉桑是個單純善良的人，他們之間的恩怨，你調停起來相當容易。

老陳的歸處

這時的陳叔健康狀況越來越不穩定，也在這關頭，團管區的X主任依陳叔寄居在你這裡的戶籍找到你。

陳叔單身，計數年資，這時候應該是需要被照顧的年紀，他們有權過濾他身邊所有「閒雜人等」。X主任嚴謹盤問你，還從陳叔的住處明查暗訪你和陳叔之間的來龍去脈，怕的是有想圖利於他的人。

就你所知，陳叔住的三合院只有三戶人家，一戶是陳叔，一戶是你只見過兩次面的一對年輕夫妻，另一個就是守住三合院這片共業祖產的歐吉桑了，所以團管區唯一能查訪的對象也只有歐吉桑，而歐吉桑別的不會說，只會說你很孝順，他常常說是親生的就算了，不是親生的，能做到你這樣，真是不容易。

孝順是好名，可惜歐吉桑不會到處幫你宣傳，因此你這個好名聲最多也只能在這個三合院內無聲打轉，不像過去的壞名聲，因為有人急於發洩仇恨，所以可以撼動整個菜市啊！真所謂好事不出門，壞事傳千里。

X主任是誰？他有吃過陳叔包的水餃嗎？你跟陳叔這四十幾年，他在哪裡？現在突然冒出來，誰才是閒雜人等？

陳叔是退伍軍人，「團管區」是他名份上的監護人，有權利和義務照顧陳叔，但礙於你跟陳叔之間的干係，後來也給了你一分禮貌性的尊重，一起商量著陳叔的未來。而你眼前的狀況是既沒錢又沒時間，唯一能堅持的是陳叔的叮嚀：情願放他在外頭冷死、餓死，也不要把他送進榮民之家。而，既不用在外頭冷死餓死，也不用去榮民之家的方法有兩個，一個是你自己照顧，另一個是團管區在民間特約的安養院，收費可以陳叔每個月的月退俸如數扣抵，但另外健康食品和衛生用品你必須自行負擔——然而依你的現況，每個月就算叫你拿二千塊出來，也是沉重負擔。為什麼老天爺那麼瞧得起你，一直拋責任給你擔，但，請想清楚，當初陳叔叫你滾蛋你不滾，所以這份責任好像不是老天爺叫你擔的，而是你自己搶去擔的。

今天的安養院素質比阿母當年好，尤其多了團管區的監督，更令你安心不少。難題是你既是「自告奮勇」的家屬，除了健康食品和生活用品開銷，安養院以外的事情也必須承擔。譬如，陳叔生病住院的時候你要陪同，這很讓你傷腦筋，畢竟，現在你跟阿江加起來四隻腳光是用來追錢都嫌慢。

以陳叔後來的狀況，住院是常有的事，而市場生意是機動式的，有時候必須跑外縣市，光是來回往返就耗費多時，當陳叔必須住院的時候，你和阿江加起來兩根蠟燭也不夠燒！

我想你那次真是天真的可愛，為了順利「脫身」，送陳叔到醫院時天真的向護士小姐耍了一個心機，說你們跟這老人完全沒關係，你們只是路人甲和路人乙，好心送他過來而已。說謊原是希望護士小姐能夠同情陳叔孤苦無依，在你們做生意的幾個小時特別關照他一下，反正你們中午休市後就會立刻趕回來。誰知道，當天你們午後趕回時，陳叔的病房內已空無一人，連早上新買的一大串衛生紙也不翼而飛！不敢問護士，因為你們只是路人甲和路人乙，憑什麼立場向護士小姐討人。

心情又急又亂，遍尋每一個房間，不敢聲張，只是默默的找，心裡不安的想：他突然死了，被送去殯儀館了嗎？你開始抽泣了……

沒道理人會不見，偷偷去翻病房名單，怎麼也找不著「陳敷就」三個字！最後沒辦法，只好硬著頭皮向護士小姐開口，護士小姐狐疑的問：「你們不是說跟他沒關係嗎？」，好糗齁，巴不得挖個地洞鑽進去……，忽想起老陳那句「歐匪」，想你牙牙學語的時候，他曾用他那雙厚實的羽翼守護過你，現在他老到羽毛掉光飛不起來了，反而是你的翅膀正硬，但是你並沒有背起他，一樣把他交給安養院，眼睜睜看他跟阿母那樣一寸寸接近死亡，陡地一陣心虛，不知道自己這一路走來，有沒有成為陳叔生命中的後悔……

護士小姐說他沒有家屬又是榮民，只好將他送往屏東榮民醫院。曾經聽聞這家醫院環境很糟，被送到這裡的老人不會受到很好的照顧，每一個都在無奈等死。這下你和阿江再多錢也不敢賺了，聯絡好安養院派車，立馬直奔屏東……

車是老舊的救護車，開不快，足足顛簸了好幾個小時才到屏東。

到了醫院，發現醫院格局不小，映入眼簾的環境非常清幽，全然不像外傳那麼可怖，如果不是路途遙遠，探視不方便，讓陳叔住在這裡頤養天年也不錯。

一路上都在擔心等一下見到陳叔如何招架他的脾氣。突然腦筋一轉，心生一計，一見面，就先發制人：「齁，誰叫你亂跑來這裡的！」本來想破口大罵的陳叔轉而一臉無辜，渾重的口音嘟噥半天也迸不出半句話，那蠢樣多好笑！你是對的，以陳叔的個性，你真的必須先壓制他，你不壓制他，就會被他壓制，一旦被他壓制，事情就會沒完沒了，所以我這次就好佩服你的聰明，可是俗話說天公疼傻人，你是不是太聰明了，所以天公才不疼你？

司機和阿江兩人合力將陳叔抬進後車廂，然後，車調轉頭，回高雄的路上，又得再顛簸幾個小時，陳叔躺在擔架上動彈不得，一路上你邊忙著安撫時而發脾氣，時而哀嚎的陳叔，一邊偷瞄阿江的臉上瓦斯有沒有漏氣，結果他一路上跟司機聊靈異故事聊得很起勁。

他應該常笑，他很帥，笑起來很好看的……。

市場生意並沒有想像中的好，不是不好，而是根本就爛到爆，因為你們遇到了 SARS。菜市場人潮稀疏，即使有人，買氣也不強，每個人的嘴巴都包覆一個口罩，口罩上面的那對眼睛看人的眼神充滿遲疑與恐懼，拒絕空氣，也拒絕人。

偶爾遇到強市生意好，扣掉租金也只賺個千把塊，且連這機會也不多，最常見的是賺的錢不夠付攤位租金。撐了三個月，算算扣掉攤位租金和冰塊以及油錢，截長補短，三個月平均下來，收支打平，沒有賺到半毛錢！

這三個月你整整貼了二十萬在生活所需和負債裡。你不是富有人，家底不夠厚實，實在經不起這連番折騰，股票能賣的已經賣完了，想當初萬丈雄心雖千萬人吾往矣，如今被 SARS 這個超級強敵打得落花流水！怎樣，天真的要滅你麼？就在這時候二姊說她知道有一家早餐店要頂讓。

這家早餐店也是口口，大概比你原來的店晚開一年。想想也好，你們已經沒有更好的選擇，又同是口口，應該是緣分未盡，你和阿江一口答應。

這裡是左營新興社區，道路規劃後，這一帶大樓如雨後春筍般爭相林立，看樣子人口蠻多的。只不過……，不知道是不是空間使人的心間閉塞，後崛起的新社區，大樓崢嶸，讓人看不見天空，社區雖新穎，一部分的人心卻仍像還沒有經過都更的老舊部落，好似永遠有兩片紅色鐵門杵在那兒，但是，不要怕，走過去，一切老天都安排好了，這十里紅塵，再坎坷，你也非走一遭不可了。

到新社區三個月，陳叔走了。

在安養院半年，陳叔的葬儀細節團管會誠懇邀你參與討論，結果依然按照團管會的意思辦理。不知道該聯絡誰，說起來，你的家人是陳叔在台灣唯一的親人。大姊早婚又嫁的遠，跟陳叔少有交集，大哥比陳叔先走一步，小哥還是來無影去無蹤，二姊賺錢壓力始終大過一切，所以這幾十年，陳叔的世界裡只有你……，因此他人生走到最後這一刻，除了離你比較近的二姊，你不知道該通知誰，或有誰該被通知，他的告別式很冷清，主要在場人有一個司儀、X主任、幾位官方人士代表和工作人員，以及當時身為里長的公公，因和陳叔全無淵源，所以放眼全場，只有你一個人在哭……

陳叔的葬禮，雖然簡單，因是官方辦理，倒也極盡肅穆哀榮。運送陳叔大體的加長形凱迪拉克往火葬場的方向龜速前進，你和阿江在後頭慢慢跟著，陪伴一縷飄洋過海的孤魂，家鄉不遠，一路好走……。

X主任始終夾在人群中，X主任在陳叔生命末途出現，陳叔在安養院，他也時常去探望，雖然這是他的分內職責，然而想到雖然陳叔的生命裡一直有你，但就算沒有你，還有他，油然生出一股感激之情，或許，對陳叔的人生而言，你和X主任都不是「閒雜人等」，你們都有存在的必要性。

陳叔離鄉背井自大陸拉到台灣交給父母，再從父母手裡轉交到你手裡這條繩子，被你拉到這裡不是斷，而是到了盡頭……

一場不得不的賭局

苦媳婦熬成好婆婆

人們可以選擇另一半，卻無法選擇另一半的父母親，所以要遇到好公婆還是壞公婆，亦如生命中的一場超強豪賭！

何蓮第一次將你推到婆婆面前，她笑咪咪對你說：「嫁乎阮江仔啦！」公公也笑著說：「乎我做媳婦啦！」。想政元的父母一開始也是這般親切的。而你不但過去的歷史沒有改變，還更添許多不良紀錄！

阿江的家面積不大，地坪三十三，公公是土水師父，自己會蓋房子，將它蓋成兩棟三樓透天的房子。兩棟房子客廳中間開一個小門，可讓兩邊自由出入，你戰戰兢兢成為這個小房子卻是大家庭中的一份子。第一年生下貝貝。雖然不是頭一回當母親，卻因為和曉琪聚少離多，所以還是像個「生手」，連尿布都包不好，搞得婆婆忍不住半責備的問：「你以前是怎麼帶的？」。沒想到婆婆會這樣「責問」，太突然，有點嚇到，一時語塞，但隨之而起的是一股暖意，因為這表示婆婆已經默認你的過去。這不多久，某天在客廳裡閒坐，公公又突然問：「那孩子多大了」，這一大哉問，也差點讓你從椅子上摔下來，打自心底引起一陣鼻酸（感動）。

過去政元父母把和你那常年酗酒的大哥做親戚，有辱他家門楣的帳算在你頭上，可是，何蓮跟婆婆說你兩個哥哥只顧喝酒打牌，讓你一肩挑起照養阿母的責任，婆婆卻說你「足感心」，看來他們決定接納你這個媳婦的同時，也一併接納了你的過去。

「阿江的父母人很好」，何蓮說的話只有這句是真的。這對公婆讓你很放心，你身上的不良標籤在他們寬大的胸襟裡，根本不算汙點。這把你贏定了！

阿江的兄弟姊妹叫婆婆「母啊」，你則習慣叫自己的母親「阿母」，起初很不習慣，後來也跟著一起叫「母啊」，再想想雖然阿母已經不在，但是以「母啊」和「阿母」來區別婆婆和母親也是一絕。

十六歲嫁給公公，一進門就接手照顧長年臥病的婆婆和年老的太婆（公公的奶奶），以及阿江的阿公三個老人。這位阿公不是公公的親生父親，他是公公的大伯。公公幼年失怙，母親臥床不起，奶奶年老，這位阿公沒有結婚，一肩挑起養育老母、弟媳以及公公和他妹妹的責任——這麼好的人，可惜你未嫁給阿江以前就過世，無緣與他一會。

十六歲，花樣年華！後來孩子一個接著一個生，隨著人口增多，似乎永遠有做不完的家事。母啊的婆婆雖然長年躺在床榻上，但肺活量飽足，就像阿母當年那樣哭叫起來震天價響！

好像……都是那個受盡委屈的人在被罵！什麼道理？

聽說母啊的婆婆嘴巴很壞，老愛詛咒人，被詛咒和被罵最多的是每天為她晨昏定省，把屎把尿的母啊。然而家族人口眾多，又多是長輩，母啊不敢吭聲，含著眼淚，日出而作，日落還未必能息。

這讓你想起當年照顧阿母時，不管任何人什麼時間來看阿母，阿母都向人哭訴你虐待她，你已經三天沒給她吃飯了。有一次四嬸氣不過，罵她：「不知好歹！我明明剛剛才看她餵你吃過飯，有無？還細心的把虱目魚沒有魚刺的魚肚部分切成一塊一塊的送進你的嘴裡，你唷，還好是自己的女兒在照顧，換做媳婦的早不理你了」。四嬸是好人，她明白事理；母啊是好媳婦，她無怨無尤……

到孩子稍大一點，母啊便跟在公公身邊做小工。做小工是粗重的工作，收工回到家，仍有一堆責備和一堆家務在等著她。母啊是苦媳婦，她吃苦的事蹟多到數不清，難能可貴的是她並沒有將那份委屈化作怨氣轉嫁到媳婦身上，因此你才能安然過關！

毫不避諱的在公婆面前跟阿江吵架，不煮飯，很少拿掃把，常常燒開水燒到忘記，每次都是母啊在背後幫你關火，換做政元他媽，早就把你推出午門斬首了！

飯吃完了，想說這齣電視劇看完上廣告再去洗碗，結果常常是一轉頭，碗已經被母啊收去洗了，嚇得你冷汗直流，結果母啊什麼也沒說，就像什麼事也沒發生過一樣。

印象最深刻的是那一次，你正氣急敗壞打貝貝，沒注意母啊突然冒出來用身體護住貝貝，說時遲，那時快，你一棍子紮紮實實打在母啊的手臂上，時間瞬間凝滯，地球停止轉動，整個世界都忘了呼吸——你嚇呆了，腦海立刻浮現政元母親張口要把你生吞活剝的嘴臉——打婆婆！還得了！這罪行你最好擔得起，這一棍下去，你的世界可能從此風雲變色，結果，當下，除了被母啊用身體護住的貝貝斷斷續續的抽搐聲以外，世界如常平靜……

你不是故意的，真的不是故意的，可是，當年在政元家裡犯的那麼多條過錯，請問又哪一件是你故意的！

還在擺地攤的時候，每天一早，你將貝貝送去幼稚園回來，開始整理貨物準備做生意，不必開口央她，母啊就會自動過來用推車幫你把貨物推出巷口，你則騎機車戴衣架、模特兒、鐵架，大洋傘，所有擺攤用的器具，而那本該是阿江的工作，或者說母啊做的本該是你做的，而你現在做的本該是阿江做的。

改賣早餐以後，知道你沒記性，早上母啊會先把你要帶去店裡的東西放在客廳桌上，你出門以前經過客廳就會看到。偶爾，工作一半會去菜市場買個東西回家給孩子吃，到家機車無須熄火，在門口和鄰居阿桑聊天的母啊會自動跑過來接過你手裡的東西，一切配合，天衣無縫。

遇到洗床單或被單的時候，你習慣晚間先將它浸泡在洗衣機裡，隔天一早要出門以前再轉動洗衣機，想說下午回來再晾就好，但每次一回來，床單或被單已經被晾在陽臺上迎風飛舞了……

有一次母啊看你身體所有關節部位皮膚都呈現潰爛，她以為可能是你肝不好，排毒功能欠佳造成的，在廚房悄悄對你說：「你去買中藥回來我幫你熬」，你當時真的有說不出的感動，後來越想越想眼眶就不禁紅了起來，世界上怎麼有這麼好的婆婆，害你不好意思坦白告訴她皮膚會潰爛，是因為你正在花大把鈔票在做體內排毒。

你是一個痛苦的妻子，卻是一個好命的媳婦。母啊從不編派你做任何家事，所有家事都被她一個人包了，連一個碗也輪不到你洗，這又讓你想起當年只是戴個手套洗碗，政元母親就哭的呼天搶地，好像你做了什麼十惡不赦的壞事，不禁萬千感慨，同樣苦媳婦熬成婆，有人熬成好婆婆，有人熬成壞婆婆。

這麼好的婆婆，你愛她都來不及了，豈忍惹她傷心，但又不知如何避免，因阿江是她的兒子。也許是你已經長大，長大到傳統枷鎖栓不住你，無法再像過去那樣忍氣吞聲，常常和阿江吵架。母啊心疼兒子，常常躲在房裡偷哭，可是，何止母啊會哭，如果讓阿母知道你嫁夫如此，相信她在天之靈也會哭，也會心疼，一場婚姻搞得「婆婆媽媽都在哭」，誰是始作俑者？不過，你自然心知肚明，換作政元他媽，才不管誰是始作俑者，先砍了你再說！

哭戲

政元他媽去世的時候，你沒有一丁點悲痛的感覺，如果這樣叫做不孝，這條罪，我覺得你乾脆笑著認了。

即使沒有名份，卻因為還和政元在一起，所以仍然以媳婦的身份披麻戴孝，並遵照「哭路頭」的傳統習俗從巷子口一路跪著爬進去。路上，有個歐巴桑走過來提醒你要哭（意思要哭出聲音），你說「哦」，卻仍然默默無聲，繼續往前匍匐……

雖然沒有名份，但從入殮到出殯那幾天所有章章節節，你一概遵照指令，該跪就跪，該拜就拜，該準備什麼就準備什麼，演得跟真的一樣，唯一美中不足的是禮儀師叫你哭的時候，你哭不出來。恨她嗎？沒有啊，只是沒有感情，也找不到為她哭泣的理由。這是自你懂事以來參加親友以及長輩的喪禮第一次沒有哀傷的感覺——你連朋友的父母過世，即使沒有掉眼淚，內心也會感到酸楚

——不過，相信政元他媽的靈魂死後有知，對關於你沒有為她哭泣這件事，應該不會感到太意外。不傷心怎麼哭得出來？（我倒覺得你那時很真）。奇怪的是連政元和玉姍這兩個從小被她領養大的孩子，就算沒有生恩，也有養恩，怎麼竟也流不出半滴眼淚，真搞不懂他們幾十年的親情是怎麼經營的。禮儀師急了，在耳邊催促：「哭啊～」！你想想也對，這樣的場面，做媳婦的不露個幾手給親朋好友瞧瞧怎麼好呢？話被說出去，你又難作人了！於是輕輕的假哭幾聲，政元和玉姍一聽到你哭也跟著一起哭，三個人哭成一團，那種乾嚎聲一聽就知道是假的，害你自己都覺得好笑（忍著）。

禮儀師不滿意，因為太小聲，就算假也要假的大聲一點，所以又在耳邊提點：「要大聲一點」。但是，沒有辦法再更大聲了，你的本事只到這裡！

其實肢體上的假裝，譬如：跪的爬的拜的這些都好裝，看你不是從巷子口一路爬到政元他媽的腳尾邊。但是哭真的不一樣，哭要有感情的成分和情緒的刺激，就算是三歲小孩，沒有這些元素，一樣哭不出來。除非是專業演員或職業孝女。

禮儀師大概沒有遇到過像你們那麼難搞的家屬。沒辦法，人內心的感覺騙得了別人，騙不了自己。

你索性不哭了，連假也懶得再假下去。反倒是政元卯起來一人撐起全場一路哭到底。你看他哭得那麼淒厲，掀起「蓋頭」來偷偷瞄他一眼，發現他整張臉都是乾的，這下再也忍不住笑了出來，政元自己也笑了，你們笑到連身體都顫抖起來，急忙把頭垂下，希望別人能誤以為你們之所以顫抖，是因為哭到不能自己……

後來，看你們真的不行，不知道誰請來一團唱哭調的。你傻眼看著一個披麻帶孝的女人手持麥克風，從門口一路唱一路爬進來：「唉唷，母親啊喂……」有人叫你們趕緊跟著孝女的後面爬，你照做，心裡暗自慶幸這下不會再有人逼你哭了，有些事，還是讓專業的來！

被撕裂的另一半

母啊在加護病房一個月，全家人的心情也整整被她時而好、時而壞的消息折磨了一個月，阿江的冷漠頓時轉成落寞——那一整個月，你一家人流的眼淚收集起來，足以使整個蓮池潭氾濫成災，但直到那天半夜她被送回來，面對她的大體，你的眼淚竟一滴也流不出來，待回神，才知道什麼叫做淚出痛腸……。

曾經「婆婆」兩個字對你而言是恐怖的象徵、惡夢的代名詞、是完全不可信任之物！但是，母啊這個婆婆不一樣，多年的婚姻生活，因為阿江總不在身為人夫應有的「位置」上，導致你和母啊之間角色的擺放有點錯亂——好像你是個在外打拼的男人，而母啊則是在你背後默默守候的那個女人。

賣蓮藕茶那段時間，有時跑遠一點的黃昏市場回到家已經很晚，每個人都各自回房，只有母啊還在樓下，心想她大概還有家事沒做完，可是每次總在你進門沒多久，她就緩緩上樓，這樣連續幾次，你才意會母啊是在等你，這種等，和過去政元他媽那種嚴陣以待是不同的，這種等，會讓你想起阿母……

母啊會跟你聊天，聊她十六歲踏進這個家門以及一次照顧癱瘓的婆婆、年邁的太婆，和公公的大伯三個老人，還有一群孩子，有歡笑有淚水的辛酸經過。她也會告訴你誰家被倒會，誰家的婆媳不和，誰家的女兒離婚回來了，誰家的誰要搬出去了，一開始和母啊聊天，你其實很不自在，因為你不相信世上有會和顏悅色跟媳婦聊天的婆婆，你甚至懷疑她是聊真的還是聊假的，會不會只是一開始假裝，慢慢就會露出獠牙，可是，後來發現每天跟你講孩子的點滴，以及鄰居的八卦已經是她樂趣的一部份，漸漸你也卸下防衛，安住在這份甜蜜的關係裡。

雖然是大家庭，卻因為每個人都有各自的生活要過，所以每天回到家，除了孩子，母啊是唯一會跟你互動的人，如果不是她每天不厭其煩告訴你今天孩子們又做了什麼可愛的舉動，又說了什麼可愛的童言童語，還有家裡其他人的動態以及左鄰右舍的八掛，你真的已經快要不知道什麼叫做「家庭生活」了。

你有點閃躲不想讓人家知道阿江是你的老公，因為他的臉很臭，會讓人家想像你們的關係不好，讓你丟臉，可是你好喜歡讓朋友認識母啊，因為幾乎見過她的人都會說你婆婆人好好喔，讓你很有面子。

因為急性肝炎住了一個禮拜的醫院，你告訴自己要有心裡準備回家將面對一室混亂，結果出院回到自己的房間，打開房門眼前為之一亮。衣物整齊，窗明几淨，進入浴室，馬桶跟牆壁的磁磚和地磚發射出來的光亮扎得你眼睛睜不開，這不是你離開以前的樣子，一開始你以為是阿江，但自從阿江戒毒以後，不再有秘密怕你知道，也就不再幫你整理房間，後來知道是母啊的傑作，你滿心感激地笑了，你知道母啊正用這一室的整潔迎接你出院回家，一如你那時離家十一天回來，她帶樂樂在埕裡嬉戲，一見你回來，雖然無語，卻用滿眼的笑，讓你看見她真心的接納。你好想抱住她，跟她說幾句感恩的話。其實已經好幾次了，你都好想從背後抱住她，就像以前抱你阿母那樣，你也好想跟她說你愛她，就像以前常常對阿母說：「阿母，我足愛你ㄟ」那樣，但是每次都因為害羞而作罷。

總有一天，你一定會這樣做的，來日方長，你每次都這樣把自己渴望要親近母啊的心情勸退……

阿母過世後，母啊就如一顆定心丸，擺在你心中一個任何人都無法取代的地方，默默安定著你的心靈，安定到讓你失去戒心，認為她的存在是必然，從沒有想過有一天也會失去她。

如果以身體的另一半來形容夫妻彼此，那麼，你身體的另一半早就癱瘓了，你不過像阿母那樣靠著另一邊還能動的手腳在生活中蹭呀蹭，所幸母啊就像一支枴杖，及時替你撐起另一邊。深知母啊在生活上以及情感上對你有多重要的二姊說，失去你婆婆，你就像斷了一隻手臂，二姊一語中的，令你悲從中來……

還來不及走出章慧跟小T帶給你的傷痛，母啊又來這招！過去的你無論面對多少挫折與打擊，仍然頑強的讓自己活得很好，但這樣好像招到老天爺忌妒，祂想探你的底線，所以給你的打擊一次比一次大，好像非把你打到趴不可！

母啊還在加護病房跟死神搏鬥的時候，舉家擺香案為母阿向上天祈福添壽，小叔說願意減壽二十年給母阿。你無語……

樂樂出生兩個月，你就將她交給母啊帶。本來是白天母啊帶，晚上你則抱回自己房間，後來母啊念及你白天要擺攤，晚上要趕夜市，怕你太累，才乾脆白天晚上都由她帶。而你起初想反正同住一個屋簷下應該無所謂，趁此晚上可以好好睡覺，白天才有精神做生意，而且白天偶爾母啊會用推車將樂樂推出巷子口，讓你們母女享受片刻溫存。不過，這種機會不多，因為母啊有很多家事要做，不能常常推樂樂出來。

樂樂長相可愛，全家人的愛全集中在她身上，到她會站立的時候，每天不是這個載就是那個載。賣蓮藕茶的時候，每天凌晨四點出門她還沒醒，中午回來，她可能又被家裡的某人載出去，晚上回來，她已經睡著。幾次為了等她，沒有睡午覺，可是常常等到要去黃昏市場了，她還沒有回來，就這樣，雖然同住一個屋簷下，卻經常連續好幾天沒有見到面，你在市場生龍活虎的吆喝著，誰知反過身，不是做別的，而是偷偷拭去思念樂樂的淚水……

幾次阿江難得早起，騎機車戴樂樂出巷口，你每次都抱著興奮之情期待他能朝你這邊靠近，偏偏他大搖大擺經過你的攤位，連停也不願停一下，他的個性本來就這樣，你能拿他怎樣！只能嚥著對孩子的思念，心酸自忍……

貝貝對你的依戀沒變，畢竟是你一手帶大的。樂樂就不一樣，聚少離多，因此她需要阿嬤遠遠超過需要你這個媽媽。難得和樂樂獨處的時候，不只一次故意逼問她比較愛阿嬤還是比較愛媽媽，而她，就算被你逼到哭，掛著兩行眼淚，依然堅持回答比較愛阿嬤！

在樂樂的心目中阿嬤永遠第一你第二，想得到她的青睞，必得等到阿嬤故意對她生氣，假裝不要她，或是阿嬤不在家的時候，你才有機會。有一次，母阿出門前，叮嚀你注意正在午睡的樂樂，你像逮到千載難逢的機會般，興奮的守在床邊望著可愛的臉龐垂涎三尺，等樂樂醒來要讓她第一眼看見媽媽。

樂樂醒來後果然哭了，你像個狗腿似的趕緊過去抱她親她，結果明明就在媽媽懷裡，她帶雨的雙眸仍在四落尋找阿嬤的身影，你難掩失落心情，噢，這一切難道都是你努力賺錢所該換來的……

阿母，母啊！

母啊被送進醫院那天，醫生說「不好」，你一個人躲進醫院的樓梯間用力扯開喉嚨放聲大哭（哭吧，這裡沒有人，你可以盡情嘶喊），忽有一隻小手搭在你的肩膀上，轉頭，樂樂就站在身後。從哪一刻起，她就一直跟在你身邊，你挪開一步她就緊跟一步。母阿「確定」走了，她原本放在母啊房間的衣服全部搬到你的房間，你知道從今以後，你將躍升為這個孩子心中的第一，然而，你並未因此欣喜，因為這是失去母啊才換來的，天哪，你不要這樣的交換、一千個一萬個不要這樣的交換……

母啊被送去醫院的那個晚上，貝貝紅著眼眶默默走向洗衣機，隨手抓起一件阿嬤穿過還來不及洗的衣服起來聞（慟）。太習慣阿嬤的愛，大雨傾盆，她躲在學校車棚老半天，心想奇怪阿嬤怎麼還不送傘來，驀然回神，想到阿嬤已經不在人世，從今以後無論刮再大的風下再大的雨，都不會再幫她送傘來了，忍不住在車棚裡痛哭起來……

這年貝貝甫上國中，新生入學必須填寫家庭資料，她回來含著眼淚告訴你，說她很不甘心將阿嬤填在「歿」那一欄……，樂樂還小，不懂得如何表達悲傷，只是每天放學回來都乖乖地待在你身邊，不吵不鬧的，直到那天戶外教學回來後告訴你，她坐在遊覽車內望向窗外，突然看到阿嬤騎著腳踏車，在車窗外向她微笑揮手，說著說著，眼淚不禁掙出眼眶……想到孩子們的心此刻正在承受和你一樣的痛，心就加倍痛！你沒把握能為她們撫平那份痛，你唯一能做的，就是每次只要和她們談論失去阿嬤的心情，就將她們緊緊摟入懷裡，心疼著為什麼那麼小就要讓她們承受與最親愛的人之間的生離死別……

沒有人知道母啊之於你的意義有多大，無法置信，這幾年失去阿母的缺口竟然無形中被母啊補回來（空虛感頓時沒了），沒有她，人生從此失去一半意義。如果不是還有三分理智，你想和母啊一起去，但是為了孩子，你知道不行，於是，你討厭那三分理智，因為那三分理智，讓你過得十分痛苦……

村梅的老公吸毒，她的經濟困難又生下腦性痲痺兒，命運對她的摧殘並不亞於世界上任何一個受苦受難的女人。好幾次母啊說村梅還好有她婆婆幫她帶孩子，讓她可以順利工作，一旦她婆婆走了，村梅就悽慘了。

每次母啊這麼說，你都會點頭如搗蒜，加上村梅的婆婆已經很老了，老到好像一口氣就能把她吹倒，村梅人善良又是你的好朋友，你不禁替她感到心疼，不忍想像她的未來。哪裡知道你在擔心村梅的婆婆死了她該怎麼辦，沒想到自己的婆婆卻比人家的婆婆先死，天哪，你又該怎麼辦？這是你第一次感到對天地有恨，恨其奪走你生命中一張難能可貴的「紅桃A」！

母啊的大體被送回來的那個半夜，你和大姑小姑以及大嫂為她做最後的沐浴更衣。輕輕撫觸母啊的身體，內心泣訴：「母啊，這個大家庭之所以維持，是因為有你，以及你的人生之所以再度充實，除了孩子，亦因有你，所以你不應該躺著，你應該站著……」然而，無論內心如何哭喊，母啊始終沒有回應，最後，你讓步了，心想，就算躺下也沒關係，只要能呼吸，即使像阿母那樣癱在床上，或直接變成植物人，你都願意為她把屎把尿，陪侍一輩子，只要還能讓你看見她的人，摸到她的身體，感受她確確實實的存在，但是，躺在大廳堂被一塊白布幔蓋著的那物，以它一動也不動之軀，無情且鐵定的告訴你，一切並不會因為你的讓步而有所改變……

到新地方約兩年後，母啊也走了……

你恨自己明明想過一百次想要抱住母啊，跟她說你愛她，卻為什麼直到她走了，你一次也沒說，一次也沒做……

幫母啊擦拭身體的時候，葬儀社的工作人員說你們很孝順。你們很孝順的「你們」有包括你嗎？不，母啊死後若有靈，一定知道你的孝順一點都不心甘情願！

日月可鑑，你絕對願意孝順母啊、照顧母啊，但是不要因為「這樣」……

關於殯葬禮儀細節各方大同小異，反正該哭的時候一定要哭。

同樣死了婆婆，我想你這次的配合度是高過頭了，該哭的時候哭，不該哭的時候也哭，不必找專業的代言，你一個人就可以哭倒一座長城……

有人請來一團電子花車，其中一個橋段是你們跟著白瓊小姐的屁股後面爬，爬到母啊腳尾邊的時候，白瓊小姐拿著麥克風輪流對著你們每個人的嘴，叫你們喊母啊，輪到你的時候，你竟不知不覺哭出「阿母」，你自己當下也很錯愕，平時「母啊」跟「阿母」分的很清楚，怎麼這節骨眼兒錯亂了……

燒開水還是常常忘記關火；到菜市場買個東西回家，母啊不在，你必須停好機車再開門；早上出門常常忘記冰箱裡的東西，工作一半又得折回家，這一切的一切在在都讓你生氣，氣母啊已經不在……。

突然很不喜歡看到常常來你們家找母啊聊天那幾個鄰居歐巴桑，她們會引起你更加痛恨母啊已經不在這件事；當人們習慣在親人去世時緬懷他們的愛時，你的心裡卻只有恨，恨天地不仁，恨自己的命為什麼那麼賤，難得擁有好東西，又被奪走了……

公公做了十幾年的里長，料想出殯那天來的人一定很多，於是告別式場由原本的規格決定再加大，隔不到幾天，發現可能還是太小，於是又決定再加大，加大再加大，你的痛苦也在無形中跟著加大又加大，好想咆哮：是在慶祝什麼啊！……。果然告別式那天，來人踴躍，除了地方士紳還來了好多立法委員和議員，過去這些人有事來家裡拜訪，你都感到很興奮（與有榮焉），而今，這些人都是為了母啊的死而來，讓你覺得好恨；還有棺木、輓聯、冥紙，親朋好友送來的花圈、花籃，以及法會上各種陣頭「丁丁咚咚」的聲音，所有象徵母啊已經死亡的一切，都令你感到憎恨！

「今夜風微微，窗外月當圓，雙人約束要相見，思君在床邊，未見君，親像野鳥啼，噯—唷，引阮心傷悲，害阮等歸暝……。」

夜晚在陽台上晾衣服，不知從哪戶人家的收音機裡傳來這首歌。怪，這首歌明明寫的是一個寂寞女子思念情人的心情，你聽著聽著，卻想起失去母啊的悲哀……天啊，這樣的你，到底該怎麼辦……

阿母去後，雖倍感寂寞，卻也沒到這麼悽慘的地步。四十幾年來，歷經父母雙亡，骨肉離散，朋友背叛，生命幾度風雲變色，卻直到今天，才真正體會到什麼叫做心情如喪考妣！

對你不好的人，是活著的時候讓你痛苦，對你好的人，是死了以後讓你痛苦，反正怎麼樣都痛苦，浩瀚天地，這心靈究竟哪裡才是皈依！

依照台灣習俗親人往生未滿一年，每月農曆初一和十五都必須早晚拜飯，每次大伯提早一天提醒你明天要準備給母啊拜飯，你都覺得很煩，因為每一拜，都像在逼自己承認母啊已經走了……

母啊不在的第一個年除夕，大伯代替她煮了一桌豐盛的年夜飯，有雞，有魚，有肉，唯獨沒有母啊，你一邊吃，一邊想哭！想你以前在政元家也是常常一邊吃飯，一邊想哭，但那時想哭是因為擁有而痛苦，現在想哭是因為失去而傷心……

奇怪，家裡一向人口多，空間小，可是，為什麼少了母啊一個人而已，就顯得那麼空盪，整座屋子，變得好沉悶，少了她吆喝孩子的聲音，彷彿連空氣都凝結了……

「身體好像某個部分被抽離」，這話原來不僅是文學用詞，而是真實如你現在的心情。然而當全家人聚在一起強調母啊死了誰最難過，唯你噤聲，不敢爭說。你又不是母啊的女兒，去爭說她死了你有多難過、多難過，會不會太矯情，可是你的身體真的有某個部分在流失，幾年過去了，還有人突然問你：「怎麼那麼久沒有看見你婆婆」或驚訝的問：「聽說你婆婆往生了」你都還像被人打中要害——天啊，這些人都是賣空心菜的，只要一提起母啊，就會讓你看見內心的空洞……

雙姝怨

過來人

某天，店裡的電話鈴響，以為是客人打來訂餐點的，趕緊拿起話筒，結果對方一開口就問：「你還在賣早餐哦？」你一時聽不出來那方是誰，只能客氣的請問你哪位？「聽不出我的聲音了嗎？我是申玲。」

申玲……，很近又似乎很遠的名字。幸得這幾年阿江沒有提起這個人，不然，還真不知道該怎麼圓說。她打電話到家裡，是公公跟她說你現在的電話。

申玲！就是那個常常自詡有情有義，卻動不動就棄你而去的人。你屏息等待她將說什麼。她語氣平靜道出當年為何怒甩你電話（喔，都幾年了！真佩服她的耐力，到現在才想解釋。）：「是因為你老公說了不尊重我的話，我才會那麼生氣，我想，你是過來人，應該能瞭解我當時的痛苦」。

申玲本來想得到你的體諒，沒想到你瞭解前因後果，只想開國罵，但是依然冷靜說：「我晚上再打給你」，但申玲似乎不願掛上電話。她想幹什麼，你那麼多年都等她了，她現在幾個小時都不能等嗎？當然，不習慣替別人立場著想的她，在乎的永遠只有自己的感覺——她頗不情願的掛上電話。

也沒有到晚上，打烊回到家，避開阿江就打電話給她了，結果她說「沒空」，你知道她在電話裡要你說話，你不說話，她又自以為得理了。

不想在店裡跟她多說，是怕阿江聽到，如果讓阿江知道她是因為他才跟你反目，不但會對她更反感，更會成為你日後交朋友的障礙。

被申玲甩電話後的確難過好長一段時間，幾年來雖然不是第一次被她絕情對待，但以前你至少知道自己做錯什麼，而這次做錯了什麼自己都不知道，所幸，時間的確是最好的療傷聖品，這幾年心情已漸漸平復，就算不小心想起她，引發些許痛楚，痛一下，也就過去了。誰知道幾年後她打電話來，卻並不是要為當年的失禮跟你道歉，而只是在說明，說明因為阿江說了不尊重她的話，她才會生氣，還說你是過來人，應該可以理解她的心情！

事情是這樣的：申玲的婚姻早就閃起黃燈，只是靠她的毅力撐著。她有一個很談得來的男同事，兩人時常來找你。你還好，可以理解他們只是同事關係，可是阿江不能理解，看她時常帶別的男人到家裡找你，兩人打扮就像一對情侶出遊，不說話才怪。

所謂「取友必須端，休將戲謔看」，所以因為當年自己的離經叛道，時民不許申玲跟你做朋友，而申玲聽時民的話選擇離開，你才不敢有一句怨言，只是悄然退出她的生活圈外，沒想到這時風水輪流轉，輪到她的行為也開始被檢視，冥冥中踏上你曾經走過的路時，你沒有捨棄她，也沒有讓她知道多少次為了她的事跟阿江爭得面紅耳赤，只是偷偷知會她不要常常帶老公以外的男人來找你。你如此保護她，以為她會將心比心，沒想到她惱羞成怒，反過來將怨氣一古腦的發洩在你身上！

她憑什麼拿你當出氣筒。相較於你們面對「相同」的遭遇，所展現出來迥然不同的反應，比她先「走過來」的你，雖然能體恤她的心情，卻無法理解她的為人，因此，這次你打電話給她，不是想復合，而是想告訴她，當年時民批評你的話，惡毒程度何止今日阿江對她的十倍，如果早知道在朋友老公身上受到的委屈，可以理所當然將怨氣發洩在朋友身上，當初就不應該輕易饒她！

都不想了解別人，只希望別人了解她，只有她是人生父母養的嗎？你其實可以衝去她家跟她大吵一架，然後轉身興奮地大喊「阿母，我出運啊，我已經學會跟別人吵架，不是為別人，而是為自己」。但是罷了，就讓她繼續活在自己的象牙塔裡吧。但願她的人生永遠都是對的。

醉翁之意

舊時代的女性只要負責吃苦，其他大概沒什麼別的事可以做，反觀現時代的女人要做要學的事可多了，既要進得了廚房，也要走得出廳堂；還不知道自己在哪裡，就急著要做自己；為了賺錢，不得不用點「心思」，有時候十八般武藝全拿出來，也未必夠用。

一次喜宴中認識郭佳佳，嗯，也姑且叫她郭佳佳吧，她是直銷人，她說她很欣賞你，想跟你做朋友，時常打電話約你，而你因為深知醉翁之意要的是什麼，因而以賣蓮藕茶一天趕三場為由敷衍她，想讓她知難而退。沒料她很有耐性，為了跟你喝一杯咖啡，足足等了三個月，不知道自己有什麼可取之處，值得她如此殷殷期盼。直到你又開店，生活作息穩定下來，心想再拒絕就不通人情了，於是答應她的邀約。但是見面以前你還是把「醜話」講在前面，請她切勿談直銷，你對這方面完全沒興趣，而她也一再保證和直銷無關，純粹想跟你做朋友。

約在一家咖啡館，你們聊人生際遇聊的很愉快，不久後，她的男人牽著一對兒女走過來。她說那對兒女是她與前夫生的。你本來就很佩服女人離開男人還能把孩子帶在身邊，而且教養很好，加上她娓娓說出她的受苦過程，讓你聽了心很酸，只是你不明白，為何像她事業那麼成功的女人，處理感情問題也是那麼無能，真落實了江蕙唱的：「女人真聰明，一愛就笨……」

漸漸放下心防，無論任何職業的人都有交朋友的渴望，你這小人之心，差點害自己錯失一次交到好朋友的機會。就那麼巧，郭佳佳就住在你新開的早餐店的大樓上，出入都會經過你的店門口。

你們開始交往，她來你家，你去她家，吃飯，喝咖啡，逛街，聊心事，所有好朋友會做的事你們都做了。

你們最喜歡聊的話題是「成長」。你認為一個人的成長要著重在「心智」。

一開始觸及「兩性作家」這個名詞，起初以為差不多就像瓊瑤那樣專寫純男女之間的愛情血淚故事，所以沒興趣看，因為已經看過太多了。後來在蓮池潭邊擺攤，為了打發時間，索性買幾本所謂知名兩性作家的書來看看。結果只看第一本就欲罷不能了。因為內容恰巧針對太多你的痛處，好多說出來會被朋友打槍的委屈，在書裡都紛紛被接納。

原來你的思想始終停留在瓊瑤時代，現代兩性作家寫的不只是談戀愛故事，更多的是告訴你怎麼談戀愛，亦即兩性該如何相處，還如何相處的有尊嚴。

守在蓮池潭邊那幾年，你每天抱著兩性作家寫的兩性書籍，還把它們分享出去。第一個分享的對象是村梅，可惜她說她沒時間看，其實她不是沒時間，而是被她那個吸毒的老公搞得心神不寧（就像你跟阿江的狀況），每天坐困愁城，無論你怎麼說服她，教她如何利用時間（即使利用上廁所，每天看個一頁兩頁，長期累積起來，看書量也很可觀），她就是聽不進去！你覺得好可惜，生活中的許多迷惑，也許就在書裡找到答案。

同樣的你鼓勵郭佳佳多讀兩性書籍，不可諱言，你們都曾在兩性關係裡遇到鬼打牆，如果早年有這種書可以讀，你們的人生鐵定會有不同風貌，可是，她說她沒興趣，叫你自己慢慢看。這倒奇怪，很少看到想成長的人不讀書的。

問她平常看什麼書，她說了兩本聽起來感覺滿有深度的書名把你唬住，你搭不上，還好她沒有為難你，後來發現她根本不想跟你談書。她只想跟你談她直銷做的多成功，聊天的時候，無論當時聊什麼，她都有辦法將話頭導入她如何從一個窮光蛋，搖身一變成鑽石級直銷領導的過程，化作一股暗勁往你這邊推；還帶你進公司，明則讓你參觀參觀，實則抬出最高級領導將你「鎮壓」一番，但是她既然沒有明講，你也就繼續裝傻，只是內心有了答案──醉翁之意真的不在酒。

郭佳佳對你的耐性和用心，足見她的成功不是偶然，只是幾個月過去了，你還是繼續裝傻，她縱有天大的耐性也要瓦解。終於……那天，在她的車上，她因為一邊要開車一邊要傳簡訊覺得很不方便，所以將她的手機遞給你，說：「拜託，幫我傳個訊。」

突然接過她的手機，你愣住了。曾經跟她說過你不會傳簡訊，甚至連一支手機也沒有，她為什麼還要你幫她傳簡訊，是忘了嗎？不管心裡多少疑問，還是趕快把手機遞還給她，再說一次：「不好意思，我不會傳簡訊……」當下的她像發現怪物一樣發出一聲好誇張的驚叫！

她說：「你太扯了，不會打電腦就算了，怎麼連簡訊也不會傳，還連一支手機都沒有。」她的無法置信，好像你是個沒有進化完成的人類。從此她的態度改變了（軟的不吃，就來硬的）——本來在你面前感性婉約的她突然搖身一變成救世主，如果不是從小被壞人嚇到大，她的態度真的會把你鎮住——她覺得你是人才，她要你做直銷，她自以為伯樂，要改變你的草根性，要把你改造成為一個和她一樣跟得上時代潮流的女人。

她醉了嗎？你可清醒得很！

那天，她態度很堅決的「逼問」你到底要不要成長、到底敢不敢接受經營直銷的挑戰，你當時內心的聲音是：「我幹嘛沒事去接受直銷的挑戰，我這輩子接受的挑戰還不夠多嗎，現在連交個朋友都像在過關斬將，還不夠嗎！而且我早就拒絕過你了不是嗎，所以從頭到尾，根本都是妳自己在跟妳自己挑戰」但是你沒有說出來，只是一如以往，笑著搖頭拒絕，說真的，我有時候覺得你的修養會不會好過頭，人家的牛腳都毫不客氣地露出來了，你還是除了笑，沒有別招了嗎？不過，這本來就是你，原來你也很會做自己。

看她似乎鐵了心，今天無論如何要你就範，態度越來越強硬，言詞機鋒可見，為了緩和氣氛，你幾度試著將內容導入以往你們所談的那些溫馨的話題（婚姻，感情），可是你越轉移話題她越生氣，眼見攻城不下，她的情緒開始出現變化，原本氣質美美的她，此刻就在你的店裡張牙舞爪的罵你：「不長進、幼稚、無知、短視、膚淺，有你這種母親，我真替你的孩子感到悲哀；你老公當初娶你真是瞎了眼睛！」

哇塞，好多標籤喔，彷彿看見政元他媽當年的風華再現！

原來不是你有什麼魅力，而是她在你身上看到了「商機」，只是你一開始的堅決，她認為此路不通，就繞個彎，想說先以朋友的方式跟你經營，以為朋友做了，你應該就不好意思再拒絕，沒想到你那麼不通情理，絲毫沒有看在朋友的份上給她面子。

你心裡有數，但還是不想改變什麼，你認為大家都是大人了，很多事情是可以不必放在心上的，所以她隔天再度經過你的店門口，你依然熱切叫喚她，結果，她竟回你一個恨的牙癢癢的臉部表情，這扭曲的表情當下讓你脊椎一陣涼麻！

昨天她的惡言相向，你勉強還可以視為批評指教，虛心接受，但今天的態度明顯是一種敵意，這時修養再好的你也在心底氣起來。連續一陣子，她都持續對你這種表情，但你始終維持著笑，不過你是對著空氣笑，你寧願對著空氣笑，也不願以同樣的表情回敬她，那種表情很邪——皮笑肉不笑，一種文明人很不文明的笑容。

不久，盧鎮長告訴你，郭佳佳向她哭訴你嘲笑她不堪的過去，哦，她是見到鬼嗎！

不過，盧鎮長不是好心告訴你郭佳佳在你背後說的言語，相反地，她是在發揮正義感，替郭佳佳出氣，指責你不該瞧不起人。

不跟盧鎮長解釋，也不找郭佳佳追究，主要是因為一般人都相信一個巴掌拍不響，吵架兩方都有錯，既如此，還是趕快停止，沒必要再繼續錯下去了。

接著，不斷反芻那日的談話內容，到底是哪句話足以被她解讀成你在嘲笑她的過去，然後想到了初交往時，她娓娓道出她面對不幸遭遇依然堅強面對的態度，深深感動你，於是你也忍不住對她說了當年如何變成「過街老鼠」，朋友一個個像躲瘟疫那樣離去的辛酸史，還把自己寫的文章給她看，很明顯這梗現在被她撿去用，哈哈，你的智慧財產被盜了。

搞了老半天，原來她一直強調的成長是「事業」，而你一直主張的成長是「心智」，難怪兜不到一塊。

即使今天仍舊潦倒，你還是相信要經營好人生，靠的不是財富，而是心智，郭佳佳不知道，敢只和她做朋友，卻不賣人情給她，是你這幾年來心智成長的結果，如果不是心智稍有成長，這幾年你可能花很多冤枉錢去買一堆用不到的直銷產品；或可能買一大堆保險，最後卻因為繳不起，而前功盡棄。

嘲笑她的過去？你自己的過去就多到笑不完，多到我想幫你寫書了，還有必要借她的來笑嗎！說不動你，你知道她有氣，但有氣一定要表現出來嗎？明明說好的不提直銷，她又提，你都還沒生氣呢！

每個人都想贏面子，殊不知裡子才是最可貴的。

你始終保持微笑，許是「以德報怨」的態度感化了她，幾個月後，她的氣漸漸消退，臉部表情稍顯柔和，還會走進店裡來買早餐，不過，你們已經不再像以往那麼要好，只是輕輕一笑，這應該就是所謂的「君子之交淡如水」吧，跟以前再忙也要跟你喝杯咖啡比起來，還是喝水好，喝水比較健康……。

來到新地方

樹大蔭就大

有句話說的貼切，樹有多大，蔭就有多大。就像你現在的處境，錢賺多少，就流失多少，長期照不到陽光，你快發霉了……

新社區的生意很好做。大概因為接手別人的店的關係，起初客人不習慣生面孔，剛來那兩個月是辛苦了點，兩個月後，業績即轉開紅盤！扣掉租金、水電、成本，林林總總開銷，你夫妻倆每個月還有六位數進帳。你很滿意。一個月十幾萬的收入對一般普通家庭應該很好過日子了，但你還是過不去！

剛開始所賺的錢因為要還債，無法存起來還有話說，後來負債還清了，錢還是留不住，好像哪處破了洞，錢一直往那洞流去……。

債務還清的那個月，你有多餘的錢為店裡添購一台兩萬元的封口機，第二個月又添購冰箱，接著又安裝排油煙機、炸油鍋等等離離扣扣……。把店裡該弄的弄、該增加的增加，生意再繼續這樣好下去，接下來就能存錢了。接著來的那個月，扣掉成本和租金水電，甚至家裡固定開銷，還剩五萬塊。你心竊喜，天啊，有多少年沒有存到錢了，結果：洗衣機壞了，你買了新的，而為了保護新的洗衣機，又請工人加蓋了遮雨棚，同一個月，因連續有幾戶鄰居家裡遭竊，家人擔心，建議裝鐵窗，你心想，你的房間雖然位居三樓，但是窗戶打開是條暗巷，與左鄰右舍相隔僅一步之距，難保小偷不會蛇攀而上，安全起見，同意加蓋鐵窗，算算那個月光這些費用花了五萬多塊，以為花完固定開銷，好不容易還能看見的五萬塊，就這樣沒了。

平白無故的，地方上一個令人聞風喪膽的地痞突然跑來跟你公公借錢，公公拒絕，他憤而提起一桶罐裝瓦斯丟進你家客廳，幸好，眾神保佑，瓦斯是空的，沒爆炸，但是那個人是地方上有名的假瘋子，難保哪天不會真的提一桶有瓦斯的來，於是家人商議裝了鐵門。

每次都以為這個月過完就沒事了，但是，接下來的每個月都還是會收到天上掉下的不知道是「禮物」還是「鳥屎」（無預警的開銷）：冰箱壞了、電視壞了、冷氣壞了、飲水機壞了，連熱水器那四年裡也換了三台。還有一次是一家四口牙齒都有問題，那個月，一家四口光做牙齒也花了四萬元。完全沒存款，因此每筆需要花用的錢，都是當月賺的，還好，做牙齒又拔又填又補的，而且每次間隔都一個禮拜，因此有充足時間積錢，將四萬元捧給牙醫師時，跟他開玩笑說：「這錢是剛出爐的，你小心燙……」。

牙齒還不是做了那次就好，後來，貝貝樂樂又做了幾顆，你也做了幾顆，每顆都要價五千。反正什麼倒楣事都來了！

孩子繳補習費的日期到了、學校要開學，這個月存的錢正好趕上繳學費。總之，一毛錢也不讓你剩餘，真是「樹有多大，蔭就有多大」，一切老天都安排好了，沒有雜七雜八花費的那個月，該繳稅囉……

原本個子只是小小隻的樂樂，打自小六下學期開始「突飛猛進」，像灌氣球那樣，長高的速度快到讓人措手不及，但是家裡連吃飯都困難了，哪來餘錢幫她添購新衣，就這樣眼巴巴看她每件衣褲都從長袖穿到變成七分袖，長褲穿到變成七分褲，你這個做媽媽的內心酸楚，說與誰聽……

這樣的日子過了四年。四年後，心想，該買的東西都買了，連馬桶都換過了，這下，總該找不到漏洞花錢了吧，呵呵，是沒有花錢的漏洞，問題是生意從此一落千丈……

你賺的錢完全不是自己能支配，活得很沒有安全感，不知道明天又會出什麼狀況。如果不是讓你自己遭遇到，實在無法相信一個月淨賺十幾萬的人，竟連孩子一個月幾百元的午餐費都繳不出來！每次，老師請午餐費還沒繳的同學站起來，一開始還有十幾個同學站著，站到最後兩個，你的孩子都還是其中一個……。

為了增加收入，你到牛肉麵店兼了一份洗碗的工作，不就還好，現在洗碗戴手套已經沒有人會罵你了，不然瞧你這雙不帶富貴命的富貴手該怎麼辦唷！

你風雨無阻，一年三百六十五天都在做生意，日子還是過在危險邊緣，一天沒有賺錢，那天的生活就會發生困難，真是中邪！

二姊相信你所謂的那種「邪」，因為她也中過那種「邪」，婚後的她經濟狀況同樣是挖這道牆補那道壁；賣檳榔生意正好的那幾年，她賺的錢扣掉家庭開銷，一個月還能支付六萬元的死會。會結束的時候，她以為不用繳會錢，那以後每個月這六萬塊就可以存起來了，誰知道會結束的隔月，她的生意突然掉一半，每個月賺得錢也就剛好生活，甚至有時候生意差一點，就要到處借錢。

二姊相信你，但是朋友不相信，他們都罵你死愛錢，在他們眼裡的你之所以那麼努力打拼，是因為對金錢強求，或想賺很多錢好留給孩子，因此他們都勸你心態要淡然，想開一點，錢生不帶來，死不帶去、兒孫自有兒孫福，把你想的深不可測……。

沒錯，他們都很達觀，他們以為你在求富，殊不知你只是在求活。他們不知道即使你每天賺錢，然而到了晚上，你一家明明有四口，但是你身上的錢卻只夠買三個便當。你常常買三個便當，外加一碗白飯，你就吃著白飯，然後分食他們便當裡的菜。

也有遇到同一天好幾個廠商來收貨款，這時可能連買一個便當的錢都沒有，還好自己賣吃的，可以從店裡帶食材回來煮著全家吃。天冷，想吃火鍋的時候，叫一份一百二十元的火鍋，四碗白飯，吃不夠，也不敢加料，就一直加湯（加湯不用錢），就這樣喝湯喝到飽。如果這時候還收到紅色炸彈，沒錢包紅包，你的作法是假裝忘記了，然後厚著臉皮跟對方說對不起……

一文錢逼死英雄漢！

顧佛祖之前要先顧肚子，所以要講這些大道理，等你一家吃飽了，基本生活無虞，卻依然見你馬不停蹄的時候，再來跟你講吧！

其實你不愛工作，你只是愛錢，但是除了工作，你不知道如何得到錢。

你好像又回到以前照顧阿母，買了米就不能買衛生紙，買了衛生紙就不能買青菜那種捉襟見肘的日子。可是以前為了照顧病中阿母，無法出門工作，沒錢，還有話說，現在你可是每天都在收現金，真不知道該拿什麼理由原諒自己了！

你有錢，你有錢，你有錢，只是捨不得花，儘管日子苦，可能因為天性樂觀，所以明明沒錢，大家看你仍一副有錢的嘴臉，所以讓你這種人沒錢，真是沒天理。

生活已經那麼困難，這時候隔壁房東美齡竟突然跑來問你要不要買他的店面，老天爺在搞什麼！這次祂準備掉什麼下來，禮物？還是鳥屎？

別人不了解你，你還不清楚自己有幾兩重，連人家的牆壁也不敢去摸一下。可是這次老天好像想幫你，祂讓心動的是阿江。祂知道只要阿江想要，你就一定會去盡力。過去的阿江只會敗家，難得現在想持家，斷無不成全的道理。

台灣的經濟型態真的很像泡沫，時而大，時而小。這時泡沫小，正是下手的好時機。而且算算只要銀行能夠貸到你們需要的金額，以後每個月房貸只比現在租金多幾千塊。

但是身無長物，自備款哪裡來，還好美齡誠意賣你，願意等你慢慢想辦法，老天也助你，銀行高估房價，你只要準備一成自備款即可。但是吃飯都成問題了，到哪兒去弄來這筆錢，喔，別忘了你是經過七磨八磨的羅三妹……

事情比想像中順利多了，二十年前跟何蓮買的保險再差幾個月就到期了，你提前解約，剩下的你想到你的那些壓箱寶，黃金。

回想那年，你曾經雙手把這些黃金捧到小T面前，已經殺紅了眼的小T看看那些項鍊戒指都是有紀念性的，竟不忍拿走，只拿走一顆半克拉的鑽戒，現在這些黃金轉換成現金加上保費，不多不少，就剛剛好湊足自備款，你不得不這麼想，當年小T那突發的良心，是老天爺故意為今日留一手。

買定離手，店面是你們的了，過去都是為別人，現在頭次為自己的利益著想，感覺還真不錯！另外有一點也很玄，是該說你的命格很特殊嗎，怎麼人生一路走來困難重重，沒想到買間店面竟那麼輕而易舉……

謝謝老天爺，這份禮物你收下了，你一路被打無討的，現在順利擁有一棟店面，所以別洩氣，傻人還是有傻福的。

儘管擁有自己的店面，你還是常常被多出來的那幾千塊房貸壓得抬不起頭……

手心向上，向下

生活已經暗無天日，這時老天爺還派這麼一對母女，同你擠進這顆摧枯拉朽的樹蔭下，盼望分一點細碎陽光……。

這對母女是你的客人，某天媽媽哭訴她生意失敗，現在房子被拍賣，窮到湊不齊錢給女兒買早餐，每天看女兒餓著肚子去學校，心好痛，你一邊聽一邊想，最後決定以五折優待。你本來想免費供應她女兒早餐，可是，你想到自己晚上可能又差個二三十塊，才夠買四個便當，收這五折的錢，等於把自己的一碗飯分半碗給她女兒吃了。

也沒多久，媽媽來說要帶女兒往別處另覓發展，你覺得這個媽媽很強，她知道逆境有時候只是假象，不勇敢突破，就無法得知未來還潛藏多少可能。

阿江問你自己都活得那麼辛苦了，到底哪來餘力一直樂此不疲，你倒覺得自己都活得那麼辛苦，還有能力幫助別人，這樣感覺自己好像也沒那麼慘。

接龍似的，母女離開後，大T出現了。自從和小T分手以後，他也過得很不好，現在更是有家歸不得。每次來找你跟阿江，都從老遠的地方徒步過來，他機車壞了，沒錢修理。不但沒錢修車，連吃飯都成問題，他說他每次餓到受不了，就趁旺市的時候跟隨人群混進自助餐店，舀免費的湯喝到飽……。可是，現在的你又能幫他什麼呢？勉強帶他去吃廉價自助餐，或早上沒賣完的三明治，給他拿去充飢，他開口借三百，你就只遞給他一百，對他跟小T出手差那麼多，大T心裡難免有OS。

擺夜市那幾年——記得那晚是擺莒光夜市，阿江照例攤子擺完就回家。那晚生意很好，你忙到無暇兼顧貝貝，又心想，她跟對面攤老闆的孩子玩得很高興也就安心了。突然一聲「碰」，旋即傳來貝貝的哇哇大哭聲，因為哭聲太淒厲，和同伴吵架的哭鬧聲調不一樣，母性驅使你立即拋下客人，衝過去抱起孩子定睛一看，發現貝貝眼尾一道好深的傷口（滲出血液），這道傷口雖不長，但它就裂到眼球邊，而且很深、很深，你心疼死了，哇……，原來她從高處往下跳，正中對面攤老闆座椅的鐵製處。怎麼辦，阿江不在，真是無語問蒼天，那時大T和小T就擺你斜對面，他見狀，二話不說，抱起貝貝立即衝往醫院……。

多年不見了，他突然提起這段往事，還把貝貝叫到跟前，仔細檢視她眼尾當年縫了兩針的傷口。前塵往事浮上心頭，事實上，你並沒有忘記那些年彼此有過多麼深厚的情誼，但是，你選擇裝傻，無論他開口借幾百，你都照常給他一百，然後在心裡這樣告訴他，大T啊大T，這一百給你，我自己晚上都不知道會不會捱餓！

懶得再談論他為何落魄至此，像你這麼積極工作的人，日子都過得如此艱苦了，何況他那麼消極！

當年，如果你只顧自己脫身，把心一橫，將小T的債務轉讓給他，則他不是回家啃他媽的老骨頭，就是去借貸，那麼今天他這麼落魄出現在你眼前，你一定又要良心不安了。同是天涯淪落人，彼此取取暖，沒問題，但是上半身趴在浮木上，下半身總還在水裡。你鼓勵大T振作起來，有時候人覺得自己無路可走了，通常只是第一步不願踏出去而已。後來他走了，輾轉聽說他在做苦力，不久又聽說他到台北找他媽媽，之後就沒消息了，所謂沒消息就是好消息，不再出現，表示他已經有路可走了，嗯，很好，大T加油！樹蔭再大也要跑給陽光追，只要堅持住，絕對有站在陽光下的一天。

無論你當時有沒有空，她都會把錢放在托盤上，不會直接交給你。有次你們聊天，她告訴你，拿錢給人家如果直接把錢放在對方的手心裡很沒禮貌，因為手心向下是給予，是施捨，手心向上是索取，是乞求，因此，她才會把錢放 在托盤上，讓對方自己取。

你覺得很有道理，就照著做，但是，事情好像無法如她說的那麼「非如此不可」。因為狀況很難預料，有時是當你想把找給客人的錢放在托盤上，客人的五根手指早就張開伸到你面前；有時是你跟客人站的位置都離托盤很遠，因此客人自然是直接把錢交給你，你也自然把找的錢交給客人；還有一種客人是無論你當時多麼忙，他都堅持把錢放在你的手心裡，才會覺得安心……。總而言之，完全都得視當時的情況而定。

你這輩子手心向上幾次，也向下幾次。

長期處在窘境裡的你，不可能完全沒有求助於人的時候，但你知道上半身趴在浮木上，下半身還在水裡，你不是耍賴型的人，像鴨子划水，浸在水裡的兩隻腳從來沒有停止划動過！

還有秋年，秋年來向你哭訴她兒子因工安意外，全身百分之九十灼傷，慘狀令人不忍卒睹！秋年的經濟本來就困頓，兒子的醫藥費以及未來的復健之路，對她而言簡直雪上加霜。令人難以吞忍的是工廠百分之百推卸責任，幾度協調皆徒勞無功。秋年的敘述一字一句有如鼓槌不斷敲打你體內經過章慧和小T事件，以為已經死掉的某種細胞。阿江知道你又想做什麼了，你看到他頭上有幾隻烏鴉飛過去……，呵呵，沒辦法，你的個性本來就這樣！

阿江的反應讓你思忖現在這個社會詐騙集團那麼多，被欺騙的人下至販夫走卒，上至達官貴人，高知識分子，比比皆是。你就曾經收過好幾張得獎信件，說你中二十萬、中五十萬、中高級轎車等等的，阿江還取笑你說，為什麼都是寄給你，沒有一封寄給他的，是不是你看起來比較笨，比較好騙！問題是，這種利益誘人的，你反而從來沒有被騙過，大概是你的罩門不在這裡，阿江的表情讓你看見自己的罩門在哪裡……

你已經無法放手，秋年的兒子未來需要長期照顧，可是你沒有錢，而他需要的正是錢，靈機一動在店裡發起募捐。你將他全身百分之九十灼傷的照片做成一張海報，配上「請救救這孩子」的文字稿貼在櫃檯客人點餐就能看到的地方。

客人捐款非常踴躍。你在做這些事情的同時不斷想起章慧和小T。你也不是那麼欠思慮的人，有過章慧事件的經驗，你非常嚴肅的問小T是不是真的只欠二十萬，會不會是怕把你嚇跑，才故意說只有二十萬。而小T非常肯定的說沒有騙你，真的只欠二十萬。你很怕她騙你，又怕不幫她，她真的會發生不幸，為了激發她內在的良知對你說實話，於是威嚇她：「我這麼信任妳，不求回報為妳賣命，如果最後證實妳騙我，我將對這個世界死心，從此不再幫助任何人，如果有人因為錯失我的幫助而造成遺憾，罪過由妳承擔」，結果，她大拍胸脯說：「好！」沒辦法，一個人一旦存心想騙你，什麼上刀山、下油鍋的誓都敢詛咒！

小T事件過後，你也一度以為自己的心真的死了，再也不會相信任何人了，沒想到遇到秋年的事會再度跳起來，你偷偷抹去眼底匯聚的淚氣，居然不是悲傷，而是慶幸，慶幸自己的心還活著！

募捐的過程也不是那麼順利，秋年在當地有房子，她老公還有一部營生用的貨車，從外表看生活也不差。鍾師姐想要幫忙募款，但去一趟秋年的家回來，便毫不客氣將募款資料當著客人面前用力甩在你的櫃檯上，說秋年根本沒有你說的那麼可憐，她家有房子，房子有裝潢，客廳還擺著一台超薄型液晶電視，儼然有錢人家，她不可能幫助這種人！她當著客人面前大聲嚷嚷，你眼冒金星！……。

鍾師姐如果明理，應該私下問你，給你留點顏面才對吧！

鍾師姐在你店裡的態度已經讓你火冒三丈，但你忍住怒氣想解釋，鍾師姐不聽，剛愎固執地離去，好像證據確鑿，她是站在正義的那方，那股正義凜然的態度，使你忍無可忍追出去和她吵了一架。你是O型血又是肖虎的人，脾氣其實很不好，只是過去被壓抑慣了，變成很不喜歡和人吵架，尤其是跟朋友，更尤其是跟鍾師姐這種表面上看來瘦骨嶙峋、柔弱不堪，又到處泣訴自己可憐遭遇的人，跟她吵架，就像邢速蘭在欺負王寶釧，實際上和她過招後，才知道這個王寶釧根本是政元他媽假裝的！

阿江傻眼了，這是他跟你結婚十幾年來，第一次看見你和他以外的人吵架。甭說十幾年來，脫離青少年以後，除了在泥巴坑跟經理吵架那次是為自己以外，其餘為某種理念跟人大聲爭辯是有，但翻臉吵架真的是沒有，有，都是為了別人，就像這次是為了秋年，為了無可救藥的「正義感」。

你很難理解鍾師姐，別瞧她一身邋遢落魄，她過去並非如此。

鍾師姐過去是大富豪的媳婦,身上穿著永遠光鮮亮麗,與今日寒酸靠撿回收度日不可同日而語。

怎麼說呢?人生本來就有太多未知，轉角可能遇到愛，也可能踩到狗屎！

一開始就有人說秋年有老公，她老公還有貨車，自己不去賺錢，憑什麼大家要捐錢給他們。

很多事情，因為不同的看法，就會發出不同的聲音。就你所知，秋年起初買屋的時候，身邊有些餘錢稍做裝潢（幾個簡單廚櫃而已），後來繳不出房貸，已經法拍，現在那房子不是他們的了。

秋年雖然有老公，也的確有一部貨車，但他和當年的阿江一樣，每天只想窩在家裡不想出去賺錢，讓生活陷入困境，她兒子出了事，一時情急，無處張羅——就像秋年有老公、有車一樣，你也有兩個哥哥，問題是他們只有兩顆雞蛋的功能，阿江本來就是個容易放棄的人，原本看大家捐款踴躍，還感到與有榮焉，經鍾師姐一鬧，就發怒叫你把募款箱收起來。你很不甘心，對的事，應該繼續堅持才對呀！但是在店裡吵鬧真的很難看，畢竟你還要做生意，你無奈把募款箱收起來。

唉，明明是美事一樁，被鍾師姐一鬧，一切都變不美，還差點背上斂財的罪名。

你跟秋年之間其實是有淵源的，你們在舊店時就認識，她公公和你公公是從小玩到大的好哥們，但不知為何你們兩個做媳婦的總走不到一塊，後來搬到新地方再度相遇，她也只是偶爾光顧，兩人關係還是維持在點頭之交，不過這你也不覺得什麼，誰規定她公公和你公公是朋友，她就有義務也要跟你做朋友？直到為了處理她兒子的事，你們才密集互動起來，她每天都來找你，說她很愛你，一天沒看到你就會想你，還說不知道你做人那麼好，後悔之前沒有把握和你做朋友的機會。要說她現實，你也不認為，本來不了解，後來發現對方不錯，因而走得近，也是人之常情，但是阿江不屑的說她還想利用你啦，不信你等著瞧！

她的問題的確如傾塌的骨牌猛向你這邊倒過來，首先就幫她找工作。房子被拍賣，為了幫她找房子，你又繼續忙。除了找工作跟找房子，還有戶籍問題。這時候秋年才告訴你，他們夫妻早已辦理離婚，現在房子被拍賣，戶籍放哪裡是一個問題。

這些對你而言，都是舉手之勞，問題是她如果一開始就一口氣說她夫妻倆的戶籍都沒著落，你就能視同一件事情來解決，偏她不，把她的戶籍安置在你家以後，又說她老公的戶籍原來的地方不能寄，因此又需要你幫忙。

阿江說她問題真多，遂增反感，更加強力禁止你再繼續幫她。你很無奈，為了她的事情已經跟阿江吵的好累！

阿江說，故意不幫她，看她還會不會繼續和你做朋友。

稜角

左營與鼓山算是鄰近，去台中以前，對新地方這塊大土地未開發以前的最後印象是禾青稻綠，杳無人跡，路旁蔓草與人齊高，一入夜，氣氛荒涼可怖，根本無人敢近，與若干年後的今日道路寬敞，車水馬龍，招牌林立，二十四小時霓虹燈閃爍，車潮如流的繁榮相比，兩者轉換皆與蓮池潭的變化一樣彷如蒙太奇的剪接手法，出生五十年代的你，算是有幸親眼見證這塊土地從蕭條走入繁榮，有一種跨越兩個世代的驚奇。

當然事情絕對不會突然發生，都有前因後果。

土地開發，是早在多年前就預定好的都市計畫，就像當年走進泥巴坑，也是命運既定的一樣，如果你相信命理，如果你相信真有「冥冥中早已註定」這回事的話。

土地開發，造就許多一夜致富的有錢人，從小到大，不是沒有見過有錢人，而是從來沒有一口氣身邊圍繞那麼多有錢人。

有錢人的臉上並沒有寫說他是有錢人，你要判斷對方是不是有錢人，方法有三種，一是你還沒有到新地方以前就認識這個人，知道他是有錢人、一是聽人家說他是有錢人、一是從談吐、舉止、行事作風看出他是有錢人，這種人攫取金錢的能力往往跑得比提升心靈的能力還要快，所以很輕易就讓人看出他們的自信是來自於他們的財富，「財大氣粗」，嗯，對，就是這個意思。

雖然驕傲不可取，但驕傲的「自信」至少該其來有自。要嘛有錢有勢、要嘛有學識或具備特殊才能，最低限度也要長得帥或生得美，不過那得帥到美到驚死人才可以！

倘以上條件皆無，還一副鼻翹嘴翹，盛氣凌人的樣子，其自信肯定來自無知。讓這種人掌控事件的「生殺」大權，其結果絕對是災難收場……，其中血淋淋的歷史教訓，古代有個慈禧太后，現代有個政元他媽！

一年三百六十五天都在做生意，生活範圍幾乎只侷限在店裡跟家裡兩點一線。所以你的朋友都是從客人當中培養起來的。

郭佳佳不算的話，甲乙丙丁和亞安是你在新地方認識的第一批朋友，本來她們彼此之間並不認識，來消費總是一人坐一個桌子，等你有空的時候，再像坐檯小姐那樣輪桌陪這邊坐坐，那邊聊聊。後來相處久了，覺得甲乙丙丁的個性都很 NICE，所以就將她們拉攏在一起，變成一群好朋友了。

本來也想把亞安拉進來成一夥，可是她太容易發現別人的缺點，因此融不進去，沒辦法，她的個性有稜角。

你是個生意人，她們來這裡消費，你有錢可以賺，自然很高興，但你有個更私心的想法，就是希望退休以後能繼續跟她們做朋友，因為生活固然需要賺錢，也需要朋友，所以雖是主客關係，你卻一直以朋友的方式跟她們經營。

有一天，甲乙丙丁突然沒來了，一下子四個人全不見，你嚇到了，趕快打電話給其中一人，結果得到的訊息是她們正在別家新開的早餐店。

「我們只是好奇來嘗鮮一下而已，明天就會去你那裏了」。

隔天她們來了，就像什麼事也沒發生過一樣，照常吃你店裡的早餐，照常聊天說笑。但是，接下來的日子漸漸不一樣了，她們不再對你獨鍾，開始像花蝴蝶那樣，三天兩頭跑到不一樣的早餐店嘗鮮，有認識她們的人跑來用替你難過的神情，告訴你說看見她們在某家和你同屬性的早餐店吃早餐，你承認當時雖然保持笑容，但內心有受傷，畢竟她們不是一般散客，也不只是單純每天來吃吃或買完就走的常客，而是已經升級成吃完早餐會留下來聊天聊很久，而且私下有互動的朋友。從此就好怕再被問到她們為什麼跑到別家去，因為你也不知道為什麼，好尷尬！

她們走的一派輕鬆，好像完全不用為你負責任。是啊，是不用為你負責任，留不住人，是你的問題，所以接下來的眼光，你唯有獨自面對，可是要說你哪裡得罪她們，她們偶爾聚餐還是會約你，只是她們依然像蝴蝶採花蜜那樣這家採採，那家沾沾。

無論她們之間是誰先提議到別家嘗鮮的，當一個人提議的時候，另外三個為什麼沒有反對，都沒人想到你嗎？

人是感情的動物，但在今天這個社會說感情好像會被笑，於是你默默把這份感情收了起來。沒關係的，還有亞安跟偵偵以及麗雲和燕子、小玲，和後來你幫她兒子募款的秋年，因此場面一點也沒受影響。

人就是喜歡錦上添花，看你身邊花團錦簇，圍過來的人越來越多，然而無論身邊圍繞多少人，你跟阿江和亞安以及分租你店面三樓房間的單身伯，才是私底下的固定玩咖。除了平常想唱歌，需要呼朋引伴，其餘時間你們四個都是私下出遊的。不過，唱歌的機會很多就是了。

為什麼是亞安，你跟她的個性超不合！

不只亞安，包括郭佳佳，你在這裡認識的朋友，幾乎每個都充滿挑戰，既是挑戰，當然結果不是你死就是我活了！

好像是定數，不會處理感情問題的人，就越容易遇到感情問題；越輕易相信別人的人，生命中就越有不值得相信的人出現，總之個性上缺少什麼，老天就會特別在那方面磨練你。

亞安第一天帶鄭怡來跟你們一起玩的時候，鄭怡趁她去洗手間時，悄悄附到你的耳邊說亞安這個人不隨便交朋友的，然而一旦她把你當朋友，就一定會對你很好。這時候，認識亞安也幾年了，因此鄭怡這番話，令你心有戚戚焉……

認識之初，亞安就坦承自己不隨便交朋友，更不諱言自己是個沒有包容力的人，某天還得意洋洋對你說她的個性上有很多稜角，你一聽「稜角」兩個字立即想到菜市場在賣的菱角，兩頭尖尖，你曾經被它的尖角刺傷過，很痛餒，既然會讓人感到痛，不就表示不好嗎？本來想問她既然知道自己的缺點，為什麼不改？但她神情上那抹自信，好像她這樣是對的，害你不好意思說什麼。

要跟一個有稜角的人安然走下去，就必須忍受它凸出來的角尖刺痛你。

因為領教過，你真的超怕為一點小事就搞得天翻地覆的人，因為小事無所不在，要計較真的計較不完。當然，沒有人敢承認自己是個會為小事與人生怨的人，所以通常都會故意把事件搞得雷聲很大，然而疑似海嘯，往深裡追究，不過海浪打到礁石激起的漣漪；看似刀光劍影，仔細推敲，不過勺子碰鍋沿！

有一次，亞安和麗雲、阿江、單身伯在打牌，你開玩笑地罵自己交到他們這群酒肉朋友，在場人都會心一笑，唯亞安嚴肅地看了你一眼，說：「什麼酒肉朋友，我們是好朋友！」哇塞，怎麼那麼嚴格啊，真無趣，還是跟燕子和小玲在一起比較自在，可以沒大沒小。

容我插播一段，有一次你和小玲以及幾個朋友去卡拉OK，趁男人停車，你跟小玲先走進去，不知怎地，很自然的一人坐一桌，各自翻著歌本，老闆娘認識你們，便親切的招呼你倆同坐，誰知你突然發起神經，說：「哦，不用啦，我們感情沒有很好，不用坐在一起沒關係」，小玲一聽，當場笑歪掉，你當時感慨的想，換作亞安，臉一定結霜……

亞安自信的背後條件是什麼？你和阿江一致認為是來自她坎坷的身世……亞安自小就像日本阿信那樣吃了不少苦，長大後，談戀愛結婚又遇人不淑，獨力買車買房，還一肩扛起養育一對雙胞胎的重擔，淒涼的遭遇令人鼻酸，堅強的個性也令人佩服，可是一點小事就跳腳，這樣實在不像日本阿信，這樣比較像政元他媽！

獨門暗器

想和亞安做朋友真的不容易，誠如她自己說的，她的個性有很多稜角，除了稜角，還有諸多地雷，其中一條不喜歡人家傳簡訊，在那個 Line 還沒開始的年代，她認為不打電話而傳簡訊，表示對方不喜歡跟她說話，所以她也不屑理會對方，這條讓你最傷腦筋，因為自從罹患眩暈症以後，你就很怕講電話……

除了地雷，亞安還有一套和阿江師出同門的獨門暗器——冷漠。她甚至不必開口說話，光是靜靜坐著，只要現場有個她不喜歡的人在，她連咀嚼食物，鼻息間都會流露一股傲氣，她和偵偵還沒那麼熟的時候，一人坐一桌，偵偵不笑，卻笑容可掬，她不笑，倒像有人欠她錢不還！

她憑什麼在你店裡撒野，沒辦法，是阿江先做給她看的。但有一點必須說明，若以「翻臉如翻書」來比擬，亞安翻臉的速度絕對比阿江更秒殺。阿江討厭一個人，會先有一段時間的醞釀，比如，阿江很忙，滿腦子記客人的餐點，已經記到快爆炸了，對方還硬要跟他瞎扯淡，害他分心，或阿江問對方要吃什麼，問了老半天對方一直扭捏作態不回應，時日一久，阿江肯定不會給這些人好臉色，嘿，奇了，原來他也不喜歡人家這樣，那他幹嘛一直對你這樣！——反之亞安完全不需要前奏，比如，她今日與你的某位客人相談甚歡，只要讓她發現某一個點的理念不和，隔天無論這位客人如何與她攀談，她都不會再理睬對方，故意把頭垂低低，像脖子被千斤頂壓著那樣抬不起來。

話說回來，阿江給客人臉色，並不表示她也可以給你的客人臉色，店是阿江的，他可以不賺他不喜歡的客人的錢，亞安呢？雖然不敢要求她替你照顧客人，但場子是你的，打狗也要看主人面，除非她把自己當老闆娘。

其實，有時候，你也蠻羨慕她這種個性，勇於把自己擺在最前面，不似你，永遠像個龜孫子！龜孫子？你只是不想當「三八鏘」，浪費心力去對付那些芝麻綠豆蒜皮事。

亞安曾不止一次對你強調：「我們是知心的好朋友」，然而每當她這麼說，你都只是笑笑，沒有熱切回應，畢竟你心裡有防患，她渾身上下殺氣騰騰，難保有一天你不會沖犯到，所以跟她做朋友，要隨時挫咧等。

要說一開始亞安的銳角只針對別人，還不敢針對你，畢竟她想成為你的入幕之賓。是後來識破你跟阿江的感情底細，才肆無忌憚戳過來了。

話說某次選舉，因為理念不合，你嘴快罵了她一句：「人們就是像你這樣不團結，才會被瞧不起」，她不是像小玲那樣笑歪掉，也不像燕子那樣遇到批評，顯現良好風度，而是旋即臉色大變，連續三天沒到店裡。你知道她生氣了。你也很生氣，說不得，碰不得，虧她說得出你們是知心好朋友！

因為人們善良的本性，所以勸和不勸離，單身伯就勸你去把她叫回來，他說：「亞安雖然驕了點，說話永遠想佔上風，但是附近都知道她是你店裡的客人，讓她走了，你的臉上也難收拾，所以，為了顧全大局，就忍耐一點，去把她叫回來吧。

事實上無須單身伯提醒，你也知道雖然甲乙丙丁離開不是因為你不好，但如果亞安也離開，不明究裡的人一樣會覺得你有問題，世之聽者，多有所尤，到時你將再次掉入曾參殺人的窠臼，大家對你又有閒話說了！

你怎麼那麼命苦，當人家的媳婦忍耐，當人家的老婆忍耐，如今連交個朋友都要忍耐，現在聽到「忍耐」兩個字，都不禁汗毛直豎……

還在蓮池潭邊擺攤的時候，就自認自己的人生可比八點檔，於是承諾為自己寫一本書，在內心醞釀多年始終未曾付諸行動，來新地方以後開始寫，並決意將結局安排成匹夫匹婦來到新地方以後，從此過著雖差強人意，但還算平穩踏實的人生，就此畫下句點，結果遇上郭佳佳略為耽擱，郭佳佳走了，你立即執筆，沒料才寫到八千字，又遇到亞安他們這群人，這一黏，你連看書的時間都沒有了，哪來的時間筆耕。我想，許是上天認為你過去的經歷再豐富，也算不上看盡洛陽花，於是特意安排這幾朵紅花綠葉，為你的人生再添顏色……

如果不是阿江接納亞安，亞安不會成為你貼身的朋友，不貼身，像一般客人那樣，早餐買買就走，保持一個安全間距，或許就不會有那麼多是是非非了，再或者，如果不是阿江挺她，你要不要跟她做朋友，阿江也不會干涉，事情自然好解決的多。亦或許真的是命運在牽扯，讓單身伯加進來也是促成這段際會的因緣之一。單身伯一開始也只是你的客人，因為喜歡喝你家的咖啡牛奶，每天都來消費，加上為人好相處，從此由常客變成好朋友，他和亞安兩人皆是單身，玩起來較自在，你們四人就此結下不解之緣。

你還是撥出了電話，退一步想，就算阿江不挺她，她是你店裡的招牌，讓她走了，也的確像甲乙丙丁那樣，會有承接不完的異樣眼光。何況真的要因為這樣而失去一個朋友嗎？完全違反你一向的處事作風。

話說回來，也怪你一直在乎別人的看法，不怪乎作繭自縛。

她一來擺出一副恰北北姿態對你嗆：「我是一個可以隨便讓人家『這樣』的人嗎？」，所謂的「這樣」是指你頂撞她，真的是惹熊惹虎，嘸倘惹到恰查某，這都怪大家平常對她太客氣，習慣性讓步，讓到最後，稍微前進，就變成侵犯。

她一邊說一邊哭，像個受盡委屈的孩子，印象中，政元他媽也常常這樣被你氣哭。

她說：「選舉的事跟我兩有直接關係嗎？你為什麼要因為這樣跟我槓。而且隔天我沒來你就應該知道我生氣了，怎麼沒馬上打電話給我！」，你心裡噗哧（忍著），她以為她是誰啊，然而，氣歸氣，還是勸自己算了，跟她道了歉。她倒也好哄，當場破涕為笑，說她驕也是，說她孩子氣也是！

多想趁這個機會告訴她個性改一改，但是阿江阻止，單身伯也不會站在你這邊，最多選擇中立。沒有人願意惹她，因為她可憐又可敬的不幸遭遇，你要綁白布條抗議，平平是女人，她吃苦就一直被肯定，你吃苦就一路被罵……

果然一驕天下無難事，會吵的孩子有糖吃，然而，儘管有那麼多人為了哄她，給她糖吃，她自己都沒發覺糖吃多了對身體不好嗎？還是她福報不夠，所以都沒有人願意跟她說實話，害她一直以為橫著走路是對的……

真的不是我愛說你，你完全可以不必在乎別人的看法，照自己的意思去做。要知道沒有人的個性是本來就「這樣」，都是被寵到變成習以為常的。然而現在的我這樣說當初的你，實在又有點於心不忍。那時候的你真的很兩難，這個女人是阿江罩的，真的得罪她，阿江會把情緒帶到工作，到時候難保你不會生不如死！

好吧，就當大家都是不小心踩到彼此的腳，過了就好，儘管心裡嘀咕：如果她只是一般來來去去的客人，或只是禮貌性點頭、貌合神離的鄰居街坊，的確沒必要，就像J男，一天到晚在你面前用極粗鄙的語言斥責離過婚的女人，特別是再婚或再墜入新戀情的女人，他的嘴巴更是饒不了人！

他這樣間接辱罵你，你一點也不生氣，只是笑笑回他：「不要這樣，給失婚的女人一條路走。」除了因為他不認識你的過去，所以想傷的不是你，你只是不小心被他說中；就算他想傷的是你，你也不知道該怎麼生氣，從小被壞人嚇到大，都嚇傻了，早就沒有亞安那種對傷害的敏銳度了——更因為他只是一般性來店裡坐坐聊聊的街坊鄰居，聊完，就會離開，不像亞安，她是每天貼在身邊，連下班後，都會緊扣在一起的朋友，可以說已經成為生活中的一份子，而且除非她的個性改了，不然讓一次，就要永遠讓下去，特別是道歉事件過後，她幾乎認為已經夠格帶領你，逮到機會就順勢教導你一些做人的「道理」，上次你為了秋年兒子的事，陪秋年去跟工廠討公道，亞安竟罵你怎麼那麼愛與人冤家。還有跟鍾師姐那一役，她完全沒弄清楚緣由，就直接很嚴厲的指責你：「鍾師姐那麼可憐，你何必這樣對待她！」。你聽了當下覺得自己的脖子又被三尺白綾勒住！

如果替秋年那因工受傷的的兒子跟工廠討公道，叫做愛與人冤家，那請問她平常為了一點塞牙縫的事就給人排頭吃，算什麼？

對事情沒有追根究柢的興致，卻在自己想像的世界裡自己快樂，是吃到申玲的口水嗎？

鍾師姐可憐的只是她的外表，過招後才知道她是個狠腳色。當時你不是沒有話反駁亞安，而是你知道她習慣把事情想成那樣，就是那樣，很難轉圜了——天曉得你有多希望亞安真的能夠成為你的知心，因為她是你最貼身的朋友，問題是，說是好朋友，你唯一感受過她友誼溫暖的只有那些有形的饋贈。

她或許不像申玲那麼愛搶白，但你和她說話，她會表現心不在焉，眼睛飄往四處，顯現對你的事情完全沒興趣，反之訴說自己的遭遇又總是出言咄咄，像磁盤那樣攫住你的目光。因此和亞安認識至今也有幾年，你對她過去的瞭解不敢說十，至少也在七八之譜，而她對你過去的了解還是只限在「結過婚、離過婚，在特種行業上過班」，就像有人看報紙只讀大標題，而不看小字內容，似乎別人的際遇跟她比起來都是小巫見大巫，不值一提。即便和她聊的是她感興趣的阿江，她也是漫不經心地東張西望，不然就是眼睛跟著阿江的身影跑，徒讓你自討沒趣，還好，早在N年前，你就已經學會不假他人之手，自己處理自己的情緒，不然交到這種知心朋友，人生只會更寂寞。

事實上和鍾師姐吵完的隔天，她嘴巴沒說對不起，但是手拿根竹叉插了一塊棗子就塞到你嘴邊，以示對你的歉意，你沒把這事告訴亞安，已經沒有對她解釋的FU了。

你的修養並沒有表面上那麼好，表面上沒發作，心裡卻悶了好幾天。忍不住硬要忍，是你個性上最強，同時也是最弱的地方。

也許正是這種個性上的缺失，所以上天才會派第二個申玲來驗收你。不只有第二個申玲，還有第二個政元他媽，甚至第二個阿江，不錯，亞安是這三巨頭的綜合體，一人分飾多角，高手中的高手，這下看你怎麼應付！……

她不像燕子那麼明白事理，和能細膩地看見你的辛酸，更不像小玲可以義無反顧地站在你這邊，她明明對你說「我們是知心的好朋友」，但你和阿江對峙，她憐憫的眼光每次都拋向阿江，沒有一次投給你。

某天亞安用完餐點走近櫃檯買單，當下你和阿江吵架，情緒正處於暴怒，於是把亞安擺放在櫃檯上的盤子拿起來用力「摔」進洗碗槽裡（那真的不是摔，只是放的力道稍微重，而且盤子還不是直接自她手裡接過，而是從櫃檯上拿起來）轉頭收下她付給你的一千元紙鈔的同時，眼淚已經滾出眼框，她也看到了，你相信換作燕子或小玲，就算隔著櫃檯，無法來個安慰的抱抱，至少也會給你個溫暖的眼神，但亞安什麼也沒做，把你找給她的錢安放進她的皮夾內便離開，轉頭的剎那，你瞥見她的嘴角噘起一抹輕視的笑，你當下心一凜，卻仍努力告訴自己看錯了，你相信再怎麼堅硬如鐵的女人，也不可能對一個和老公吵架，心情正陷入極端難受的朋友，再做出這麼冷酷的表情落井下石！

後來，你這樣告訴自己：她是急著去上班，才沒來得及安慰你，等會兒應該會傳個簡訊，就算不喜歡傳簡訊，隔天見面也一定會關心一下，會這麼想，是希望她能不能偶爾可以不要那麼冷，偶爾可以把身子矮下來與你齊高，把肩膀借給內心受傷的人靠一下，不要老是那麼高不可攀，可是，隔了好幾天，她都沒表示，而且雖然照常跟你說話，但就是感受到了她口鼻間發射出來的那股冷氣，像是站在很高的地方睥睨你這個沒有水準的女人！

其實你並沒有看錯那抹輕視的笑，不過我先不說，反正你等著看，故事峰迴路轉，又繞回起點——只要生命裡有那三巨頭「特質」的人存在，任誰的一生都有故事可以寫——這張戰帖就像「紅色鐵門」時代那樣，你接也得接，不接也得接，完全由不得你。那件塵封多年的戰袍再拿出來披上吧，記得這次馬步要跨穩一點，不要再像當年那麼落漆，三兩下就被打下來。

鄭怡好像已經被她三振了。只因一次朋友聚會，她說要買披薩，結果卻帶滷味出現，亞安有些不高興，記過一次。第二次大家相約再聚，卻苦等鄭怡一人未到，亞安的忍耐這樣就到了極限，說以後不要再約鄭怡了，因為這樣很麻煩。

你想到頭暈，也想不出鄭怡的失約究竟對大家造成什麼麻煩，聚會照常進行，不是嗎？

亞安將自己這種一翻兩瞪眼的個性解釋叫做「簡單」，她喜歡簡單，不喜歡玩心機，「簡單」兩個字被她詮釋成這樣，你的頭真的會暈死……

以容器來比擬人的心胸，亞安的心胸就像試喝杯，幾滴水就滿了，但往好處想，除了喜歡坐大，當她的朋友真的很幸福，她有好東西，一定算你一份。相約玩的時候，你跟阿江不參加，她也絕對不會去。無論身邊圍多少朋友，她依然以你為中心，因為你是她「欽定」的好朋友。然而因為她的心已經被兩片又臭又硬的紅色鐵門閂得緊緊緊，所以這個好朋友的「大位」你坐的有點重心不穩！

承認吧，已經越來越無法忍受，越來越怕有一天真的會忍不住朝她的銳角狠狠削下去！畢竟即使水缸，不斷的注入水也有滿溢的一天，到時候她會怎樣？再當場跟你翻一個大臉，還是虛心接受？我知道你很怕，無論她的銳角戳的是你還是別人，都讓你越來越受不了，每次都覺得好像只要再一滴、真的只要再一滴，水就會溢出來了……

麗雲和亞安那次的摩擦，是最後讓水缸溢出來的那滴小水滴。

這件事是麗雲的錯——不誇張，這是你自認識亞安幾年來，第一次同意她應該生氣，為什麼？因為麗雲只為了一點細故就對亞安擺酷。可是，只為一點細故就給人排頭吃，不是亞安的強項嗎？所以囉，沒有人喜歡被冷漠對待，他們自己也是。

好吧，就算這次是麗雲的錯，人家也已經認錯，平常像個男人婆，這次卻一再的下腰陪不是，你在旁邊看了都心軟，偏偏倔強的亞安始終不領情。

或許，合該爆發的時間到了！

雖說錯的是麗雲，但道歉一次，最多兩次，亞安不接受，也算仁至義盡，該打住了，則你心裡雖對亞安的不通人情反感，忍忍也就過了，偏偏這個麗雲已經被打了左臉，還不死心，一而再，再而三把右臉湊上去，還懇請你替她說好話的哀求狀，讓你看了難過，才忍不住又出手干涉——她不知道你見不得別人受傷嗎？……那麼厲害為什麼不學廖添丁去劫富濟貧、有種為什麼不跟里長伯一起去替秋年的兒子跟工廠討公道，槍桿子應該對外，在自己的朋友圈裏，何苦女人為難女人！

亞安這個女人一直像針插在你的心口上，然而你只知道她讓你感到痛，卻不知道痛的原因在哪裡，經過幾年的抽絲剝繭，我終於解析出了，為什麼過去那麼多朋友瞧不起你，都未曾見你發作，何以亞安會讓你那麼忍無可忍，是因為她一直想駕馭別人，然而她既不是別人的天，也不是別人的地，憑什麼老想騎到人家的頭上！

雖然這次的理在亞安這裡，然而無理爭三分，得理不饒人，這種銳角已經戳到你快要尖叫！溢出來了，真的溢出來了！終於忍不住勸亞安「得饒人處且饒人吧」，大概是忍得久了，話一出口，就像過滿的水不斷溢出來：「你自己也有缺點，平常看這個不順眼，看那個不喜歡，說話直接又愛傷人」、「超會發現別人的問題，跟挑剔別人的缺點，搞到最後，是你最難相處」，你本來還想跟她說：「你這種個性很麻煩，一點也不簡單」，但是你看她臉部表情因為錯愕而漸進式的變化，心裡開始後悔，但是潑出去的水如何收得回來。

這是你除了阿江以外，頭次這麼直接了當面對一個人一口氣說那麼多缺點。也許是太緊張了，也可能是話梗在喉頭太久了，有點欲罷不能，遂將你所認為她的「不是」再列舉幾條，其中一條是：某天，單身伯帶你們一起到他朋友開的夜店去玩，玩樂當中，有個坐檯小姐的衣服扯歪，露出半圓酥胸，坐她檯的男士虧她衣冠不整，亞安當場接說：「她如果不穿這樣，哪裡賺得到錢」，你當下心頭一縮……，瞄了那位坐檯小姐一眼，只見她臉色涮白（難為之情），你心裡不但替那位小姐難過，也替亞安感到不好意思，她到底知不知道她的話當時就像一根針，不偏不倚戳在別人的最痛處！

我相信被你這樣說，一般有修養的人一定會緊張：「對不起，我不是故意的，我是一時失言」，果如此，相信你便也不會再追究。可是亞安卻啟動自我保護機制，開始力辯——她的辯詞一聽就知道不是出於內心，而是出於腦子（思索詞彙），心口不一，其詞閃爍，怎麼聽都沒有說服力。雖然你依然沒有追究，但這個女人給你的感覺已經很 ※◎●§……

為什麼你一句「人們就是像你這樣不團結，才會被瞧不起」，就令她那麼生氣，而她語出傷人，卻死不認帳，最後還對你強調說這是「事實」為什麼不能說。

像做垂死的掙扎般：「就算我冷漠，可是有對你嗎？就算我說話直接又傷人，可是有傷到你嗎？如果傷的是別人，你為什麼要有意見？你為什麼老是要用跟我們沒有直接關係的事來破壞我們之間！」。怕真的吵起來，你笑著閉嘴不說了，但心底的 OS 是：妳確定沒有傷過我嗎，妳這個渾身都是刺的女人！

她接著又補充說：「你看，阿江也是這樣」，哦，這時候把阿江抬出來是死也要拉個作伴的嗎？好吧，就算她傷你的都不算，但光憑被她討厭的人那麼多，一天到晚就看她擺出一副晚娘面孔，就足讓人倒胃！

一個阿江已經夠了，真的！

不過亞安說了：「我有這些缺點，你以前為什麼不說！」你本來想回她：「你那麼恰，誰敢說，你看，現在跟你講了，你有虛心接受嗎，難怪連單身伯跟阿江都不願當面惹你！」但是你什麼也沒說，不可與言，而與之言，簡直自討苦吃！可是不說也說了，怎麼辦？真的是挫咧等……，果然，接下來的日子儘管你照常談笑風生，想當作什麼事也沒發生過一樣，她卻一直惦記著，好幾次逮到機會就忿忿的說：「你不只說我說話直接，會傷人，還說我自負，不夠內斂，」呵，她想追討什麼？

她知不知道她很好笑，內斂的人會這樣嗎？她如果夠內斂，應該把這口氣吞進去，而不是一直追著你打。你雖不想再激怒她，卻也不想讓步，只好笑笑不做正面回應，然後趕快藉故離開。

審判

不錯，那天你的態度雖溫和，但傷人、自負、不夠內斂等等字眼的確責人意味深重，因此，這次是你傷到她了，她沒有原諒別人的習慣，然而她搞不清楚，當她一次也不想原諒別人的時候，不知道別人已經默默原諒她多少次了。

她在等你的道歉，你知道，驕傲的人，永遠都認為別人應該跟他道歉，就算好朋友也一樣。可是，這次你大可不必了，她應該冷靜下來想想你說的話是不是事實，如果是「事實」，那就誠如她自己說的，既然是「事實」為什麼不能說？

等不到你的道歉，表面風平浪靜，實則內心已暗潮洶湧（她本來就不介意讓人看出她的情緒）。阿江想力挽狂瀾，不料你這次竟出乎意料的固執不願讓步，使他頗進退兩難——她可以和你這個正妻平起平坐讓阿江感到為難，夫復何言……

一年前，你們一起去紫南宮借發財金，一年後，當相約一起去還願的時候，正好你中部的親戚家裡同一天請吃喜酒，因和紫南宮同在中部，你希望一夥人能先陪你去吃喜酒，然後再繞去紫南宮，但是阿江不要，你心裡有忖，徵求亞安，亞安一答應，阿江便也同意，你內心苦笑，然而只要事情能臻圓滿，你也不願再生枝節，豈料正當要出發的前一天，亞安立即變卦，說繞來繞去回高雄怕太晚，聽亞安說不去，阿江便也跟著見風轉舵，這下你再也無法按耐內心的苦笑，而直接吶喊出來，阿江倒有理，他說「我本來就不想去啊！」是啊！他的確本來是不想去，是亞安說去，他也才願意去，現在亞安不去，他自然也不去了，果真讓親痛仇快了……

這個亞安，還沒有得罪她以前，大家一起玩到三更半夜，何曾聽她說過怕晚？

隔天你和二姊去親戚家吃喜酒，阿江則跟亞安坐上單身伯的車子前去紫南宮，雖然一向你跟阿江的感情談不上如膠似漆，但吃喝玩樂總還是在一起，像這樣捨棄你，跟別人走，他倒還是第一次。而且說是怕晚，從紫南宮回來以後，也沒見她急著回家，而是繼續留在單身伯的房間裡打麻將，阿江明知你不高興了，也不趕快回家，仍繼續留下來「伴君娛樂」，回到家已經快十二點了。難怪亞安有睥睨你的本錢……這下你心服口服了！

阿江理直氣壯的說發財金本來就應該還的。當然，借了本來就該還，只是一包六百塊的發財金還得起，一個妻子的心也傷得起嗎？阿江哦，別的不敢說，你的心他絕對傷得起！

才不久前而已，有個遠嫁雲林的朋友在長庚醫院照顧她的夫婿，沒有交通工具，又人生地不熟，某晚你拜託阿江開車去接她轉回她的娘家休養，阿江斷然拒絕你，理由是他視力不好，夜間開車不方便，你即使知道這是他的推託之詞，又奈他何，唯有獨自慚愧的面對那朋友。事情過沒幾天，亞安、偵偵大花小花一夥人相邀去小港吃土雞，同樣是夜間，他卻不在意自己的視力不好，開著你們當年為了賣蓮藕茶而買的那部麵包車，載著那群紅花綠葉，浩浩蕩蕩往小港方向奔馳。

不必探討如果你耍脾氣不去，結果會怎樣，反正你又沒有勇氣這樣做，你知道什麼叫做大局。

宴席中，你跟眾人有說有笑，實則一口佳餚拌著一漥淚水吃進肚子裡，眾人皆醉，唯你獨醒，可是你多麼希望是眾人皆醒，唯你獨醉，看醉了能不能短暫忘卻痛苦……

他無腦，不覺得自己太欺負人嗎？不是，他只是故意漠視。

他過去對你那麼多傷害，你總是一點輒也沒有，繼續跟他過日子，然後日子久了，他以為你自然就會忘了。事實上很難忘，因為他對你的傷害從不間斷的，根本還來不及遺忘，就又被提醒！你知道自己的心在痛，然而甭說阿江漠視你的痛苦，為了把日子過下去，你也努力著勸自己不要把這份痛苦看得太重要，就這樣清醒的遺忘著，日復一日，只盼著孩子長大的那天。

亞安的事還未告一段落，偵偵又來亂了！演龍捲風？還是「真煩傳」？都不是，是演「紅色鐵門」Part2！

偵偵和亞安的個性有些差異，偵偵平常話不多，不理她，她就靜靜坐在一邊，必須主動和她講話，她才會侃侃而談。亞安比較會主動找話題，因此雖然先認識偵偵，但交情最先進入狀況的卻是亞安。

你們最常去的地方是卡拉OK。和偵偵一起唱歌唱久了才發現偵偵雖然比較有親和力，不像亞安時時擺一副臭架子，但是唱歌的時候一直佔著麥克風，所有人早在背後說她，阿江更是忍不住想要當面指正她，是你一直阻止，雖然偵偵給你的感覺較溫和，但要當面說她的缺點，你還是覺得毛毛的，沒辦法，這個時代的人太愛做自己，而且常常做過頭，一個亞安還搞不定，萬一偵偵也跟亞安一樣是個摸不得、碰不得的人，一下子得罪兩個活招牌，會很累的！

阿江雖然打住，沒有對偵偵發砲，但是他把不滿轉而說給亞安聽，當時你在忙，沒時間插話，得空時，亞安已經離開，你心想，一定要找機會叮嚀亞安千萬不要告訴偵偵，但是還來不及叮嚀，亞安已經將話轉達給偵偵了。

亞安此舉害的是你。

每天都來的人，一下子將近一個禮拜沒來：一定有事，而且絕對不是好事。

開店做生意，就要有生意人的高度，於是硬著頭皮去她家把她找來。

和亞安三人圍坐一張桌子。偵偵一開口便劈哩啪啦提出你的罪狀有五條。而且未審先判，一口先咬你：「野蠻兼鴨霸」！

第一條說那天晚上大家一起坐船到旗津吃一盤一百塊的海鮮，你規定他們每人只能點一盤菜，為什麼，她也有付錢，憑什麼你限定她吃多少；第二條說那天在包廂，她和她的朋友遲到，她讓她的朋友先進包廂，結果她上個洗手間出來，她兩位朋友的披薩已經被你佔給自己的孩子了；第三條是她們人還沒到，你們就先開動，讓她有吃剩菜的感覺；第四條是聚餐完你要跟她兩位朋友收錢，害她很沒面子；第五條是你老說自己喉嚨不堪用，因此每次唱歌都唱兩首就不唱了，而那幾個男人總是窩在外面抽煙不進來點唱，她才一人撐全場，你怎麼可以在背後說她一個人把歌點滿，害別人都不能點。

聽她一一控訴，你的內心驚嚇不已，本來對她印象很好，覺得她甜甜的，慈眉善目，沒想到人家竟然對你累積那麼多怨恨。

其餘先不論，關於唱歌部分，不想替阿江頂罪，趕忙撇清：「唱歌的事情是阿江說的」，此話一落，只見偵偵立即轉頭對正在洗刷的阿江嬌笑的罵聲：「死阿江……」，同樣一句話是阿江說的，就嬌笑的罵聲：「死阿江」，是你說的，就想生吞活剝，根本就對人不對事！

唱歌你不在行，只是以陪公子讀書的心態跟他們交流，所以有人要撐全場，你還想感謝她，但是阿江和其他人不這麼想，唯偵偵不會看臉色，未察覺那些男人會窩在外面抽煙，是被她氣到不肯進包廂來。

你和阿江的想法常常南轅北轍，亞安的個性如此惱人，他卻認為你沒必要告訴她，而偵偵唱歌佔麥克風他卻一直忍不住想對她說，反而是你百般阻止——玩而已嘛。而且為偵偵氣結的人那麼多，別人不說，你們何苦枉做小人。何況搶唱歌有比個性傷人更值得端正嗎？因為你強烈阻止，無奈阿江才轉而對亞安抒發，而亞安未經斟酌就對偵偵「如實告發」，且告發也不說清楚是誰說的，害偵偵一來就針對你！

你心中沒有怪亞安，誰教自己的老公沉不住氣，你只是覺得心寒，明知唱歌的事是阿江說的，偵偵對你發砲的時候，她卻沒有跳出來擋，她不是很喜歡說事實嗎？現在這個事實，她可是唯一的見證人，為什麼不說，眼睜睜看你被偵偵怪罪，也許，你說她說話傷人，正好給了她藉口在你面前閉嘴，但是為人該有的良知和正義感還是該有，該說的公道話還是要說！

你擔心的事果然發生了，偵偵真的跟亞安一樣摸不得、碰不得。

這五條罪隨便想也知道一定是你先前不知道哪個環節得罪她，以致她懷恨在心，早就苦無機會修理你了。幾十年社會歷練，深諳人們情感之所以決裂，表面上的理由未必是真正的原因，就像政元他媽當年那樣，問題完全沒有正中紅心在處理，不然他們家電視也有了，冰箱也有了，洗衣機也有了，是在跟你計較什麼？

在這同時，亞安也發難了，她說你是一個不懂得道歉的人，到現在還沒有為那天「摔盤子」的舉止跟她道歉，嘚，看吧，我就說你那天看到的那抹「輕視的笑」不是你的錯覺，只是她原本可能不想說，現在才假借機會說出來。

她說你雖然不是針對她，但也不該在她面前做出「摔」盤子的舉動，畢竟她也是客人，因此你應該跟她道歉。這下頭不暈都不行了……

道歉?交往那麼久,她有想過應該為什麼事情跟你道歉嗎?沒有,她的眼睛天生是用來看別人，就是不會留點心眼看自己，因此自她嘴裡說你是個不會道歉的人，就像由小T的嘴裡說你是個可怕的人一樣，讓人很吐血！

沒人知道你的心有多苦，既要應付阿江的情緒，又要煩憂經濟，又要忍受眩暈症突如其來的威脅，對曉琪的掛念如焚，失去母阿的打擊，種種悲痛交加……

她們的內心都沒有傷口在流血嗎?不然，究竟哪來的閒情逸致，僅僅這麼些塞牙縫的恩怨，就興風作浪的如此波瀾壯闊，真是商女不知亡國恨，幸福到如此不知人間疾苦，真教人不知道該羨慕還是該忌妒！

亞安明明是個歷盡滄桑的女人，為什麼能吃很多苦，卻不能吃一點虧……該道歉嗎？你好猶豫，她自己都會問你為什麼老是要用跟你們沒有直接關係的事，來破壞你們之間，那請問你跟你自己的老公吵架又關她什麼事？

她自己都說知道你摔盤子的動作不是針對她，既然不是針對她，為什麼要跟她道歉，你再懵懂，也知道她是想假藉此事發洩關於麗雲那件事對你的不滿。但是人家來討道歉了，不道歉又如何！不道歉，她說她也是客人，但她明明不是客人，她是朋友，不是嗎？她可不只一次對你強調說「我們是知心的好朋友！」

和申玲跟郭佳佳不同的是她們兩個是你私人的朋友，要走就走，損益無關他人，現在你和亞安之間除了阿江還卡著單身伯，兼併你又擔心外界對你的看法，這多層羈絆就像一塊鉛綁在你的腳上，讓你行動不自如……

最後，你咬咬牙，道歉了，就為了那該死的大局，然而就在你把頭低下去，說：「對不起」的那一刻，同時也確定了你們真的只是酒肉朋友，因為真正的朋友，不但會一起吃喝玩樂，有難同當，在彼此情緒受傷乃至崩壞的時候，更會體恤安慰，而不是像她那樣把對方推開，還要人家跟她道歉！

「審判」還是斯文說法，應該說你被霸凌了！

亞安平常看你對財團和詐騙集團張牙舞爪，反過來對她卻是一副溫良恭儉讓，她老早就把你對她的讓步視為一種敬畏，講白一點，她認為你不敢惹她，現在你領教了，也明白了電視劇裡的苦情女主角之所以被喜歡，是因為人家縱令不幸，卻依舊善良。

到底為什麼你會一直遇到難纏的人，我覺得是因為你在這方面的個性太弱，所以上天才會頻頻製造機會鍛鍊你，你看，我如今能夠站在這裡悠哉悠哉的取笑你，是因為我現在已經沒有你這種困擾，現在的我不論人家說我好，還是說我不好，我都一律給他按讚！

沒辦法喔，這就是你，永遠先想著別人，原本你這種鄉愿以圖圓滿的想法是沒有錯，問題是，對的事遇到不對的人，你的鄉愿恐怕只是你個人的一廂情願，可不是，你看，偵偵依然氣不過，硬拉著亞安離開，而亞安也毫不考慮和她一起離開，哦，不是知心的好朋友嗎？怎麼人家一拉就走了？

雖然偵偵不像亞安一點小事就翻臉，她是累積很多點才忍無可忍一併發作，然而，就算那些點都是你的錯，她不能看在好朋友的分上原諒你嗎？出去玩大家出一樣的錢，她卻總是霸著麥克風，別人計較，你可沒計較，雖然她說她點的歌誰都可以唱，問題是她點的歌未必每個人都會唱，也未必每個人都喜歡唱……。

總之一審定讞，你被偵偵判了個「野蠻兼鴨霸」的罪名。但只要她們還願意到店裡來，你一樣會笑著迎接她們，儘管你心裡清楚，她們絕對不會懂得欣賞你這種氣吞山河的無形霸氣，只會以為你是為了繼續做她們的生意，不得不再低聲下氣。可是，偵偵自此不再到店裡，但是約她唱歌她還是會來。她跟其他人說為什麼錢給你賺，還要讓你驍擺！

說是不低頭進不了矮門，你把頭低下了，她卻請你吃一碗閉門羹。

我說你到底怎麼了，越怕得罪人，偏一天到晚遇到好得罪的人！

阿江這時才真的生氣了，他認為這樣下去，關係很奇怪，到底是朋友還是敵人？所以接下來唱歌便不再邀她了。

你過去經常為了保護朋友跟阿江起爭執，這次沒有。再怎麼鄉愿，你畢竟也不是白痴，你的感觸越來越深了，雖然你不會因為一點小事就和人過不去，但因為一點小事就和你過不去的人，你也該考慮要不要與之繼續？……

《流氓教授》書裡的一段話，正符合你此刻的情境：「生命就像拒絕圓滿，自我拉扯成兩端的橡皮筋，而活著彷彿是要探測韌性的極限」。

滿園花開

偵偵走了，亞安沒走，不過她跟阿江說如果不是看他的面子，早就不來了。阿江忍了很久才將這話告訴你。

你也被她三振了……

她對待她喜歡的朋友跟不喜歡的朋友，待遇差很大，沒辦法，她的思想就是這麼簡單，不是黑就是白，殊不知線條太過分明，感覺很利！

你曾經這樣想過，如果她跟阿江是夫妻，這家店要怎撐，抑或是老闆跟老闆娘都酷酷的，反成為這家店的「特色」意外成為賣點（覺得好笑）！

解鈴還需繫鈴人，只要針對麗雲那件事再跟她道個歉，你們就會和好了。

你知道她最在意的就是你因為這件事，而對她做出的批評，但是這個歉要從何道起，是說：「對不起，你這樣做根本沒有錯。」還是說：「對不起，你根本沒有這樣做，而我卻這樣說你。」？老愛講別人的事實，自己的事實卻不讓人家講，只許官方放火，不許百姓點燈，是何道理？因此這次你決定不道歉了，一定要用她喜歡的方式，才能和她做朋友，這種朋友適不適合交往，也是你該想清楚的時候了。

可以容人之過，但不能順人之非。所謂愛之適足以害之，不是有句話說感謝斥責你的人，因為他提醒了你的缺點；感謝批評你的人，因為他褪去了你的驕傲，因此她感謝你都來不及了，怎麼還好意思要你道歉，所以，這次你不惜當個壞人，阻礙她，不讓她的個性自由發展。

我覺得你很棒，這次。

或許由另一個角度來看，是你對這種人有偏見，是你一直以來都沒學會如何跟這種個性的人相處，然而，何謂學會？是不是永無止盡的讓步……

公親變事主，這下你也枉做小人，自食惡果，栽在自以為是的大水缸裡，摔了個四腳朝天。所有的一切，慢慢的都不再算你一份，和你越來越遠，相反地和麗雲越來越近，你知道她們兩人時常見面和通電話。這叫什麼，這叫聯合次要敵人，打擊主要敵人。

雖然因為亞安的個性，使你無法真正融入她的友誼，但憑心而論一直以來，她對你和對其他人的差別，也足見她真的把你當重要的朋友，因此除了不願就麗雲的事件跟她道歉（道歉就違心了），其他，你還是願意做的。比如照常約她吃喝玩樂，就像往常一樣。

但是，沒有用了。跟喜歡簡單的她比起來，你顯然複雜多了，不斷回想那段有好東西她會避開別人偷偷拿給你的日子；還有，一群人去唱歌，偵偵老是佔著麥克風，大家出一樣的錢，她怕你唱的少會吃虧，常把遙控器偷偷塞給你；還有，知道你怕冷，一年冬天，她本來想買一件羽絨外套給你（她對其他人，真的沒有這麼體貼），後來沒買，是因為你跟她說，你才剛買了外套。這麼貼心的朋友，縱然沒有穿到她買的羽絨外套，內心已經溫暖起來……

還有一回過新年，你感慨自從母阿過世以後，就沒有再吃過炸年糕了！當天晚上（很冷）她親自宅配一盤熱騰騰的炸年糕出現在你家客廳。你咬下一口又香又甜又Q又脆的炸年糕，一陣熟悉的溫暖立即竄上心頭，好感動也好感傷（好想阿母、也好想母阿），也好難得有這樣一個願意為你實質付出的朋友……，可是人與人之間相處，不是單憑這些有形的付出，你和燕子幾年，以及和小玲十幾年能夠安然相交，憑得是你們都很懂得跳舞的原理，當一個人前進、另一個人就後退，再不然就轉個圈或繞個圓，再回到原點。

你不是會隨便喊痛的人，一旦你忍無可忍喊了，在亞安豈不是要大打出手了！然而這並不是你的優點，你和亞安一個習慣性壓迫人，一個習慣性被壓迫，個性都太過於傾向一邊，我稱你們這種人叫做半邊人——不完整。

你多麼悔不當初沒有在一開始就勸亞安把凸出來的稜角削平，那時就算她生氣，一切還沒有成氣候，朋友也沒有聚集那麼多，就像那時還沒有很多人注意到你跟郭佳佳是好朋友，你們的事，只有盧鎮長一個人知道，殺傷力沒那麼大。

回不去了。人在身邊，心卻走遠了。她跟阿江說常有人問她還有來你們的店嗎？問這話的人是誰？為什麼這樣問？又沒什麼深仇大恨，來你們的店有什麼不對？還是她究竟跟別人說了什麼，何以別人會這樣問？

海容量再大，也有倒灌的時候，你已經無法再說服自己，她的高傲，她的不可一世，在在都像亂腳踩在你的地雷上。拉開引信，碰！你也爆炸了，那天她吃完餐點要離開，問你「多少錢」，你都不回應（好強喔，你），高貴如她，一向只有她對別人「這樣」，哪裡容得了別人也對她「這樣」，把錢付給阿江以後，掉頭便離開！

天哪，你吃了熊心豹子膽了，敢對大姊頭「這樣」。沒錯，不在乎了，不在乎亞安，不在乎輿論，你越在乎別人，別人就越不在乎你——多麼痛的領悟！

事情鬧到如此不可開交的地步，阿江知道沒有迴力的空間了，反而沒有怪你，不說阿江沒怪你，就算他怪你，你也不在乎了，現在的你只在乎自己。「在乎自己」是你過去幾十年來，一直忘記做的事。

不知道亞安還記不記得，上次選舉事件，她說她隔天沒來，你就應該知道她生氣了，為什麼沒打電話給她，這次換你生氣了，她是不是應該打電話給你，當然，以她高傲的個性，是不會這樣做的。隔兩天晚上她就在你店隔壁的超商門口，和偵偵、麗雲以及大花小花高調的開起她的生日派對，沒有邀你跟阿江參加。隔天一早消息傳出，有人問：「你們怎麼了？」她應該知道在別人眼裡你們是一夥的，她的生日派對少了你們，會引來旁人的議論，你跟阿江會很難堪，不過，不難猜出她是故意讓你們難堪，才會選在隔壁超商。

回不去了！「沒有包容力的人」是亞安給自己貼的標籤，這點她倒有自知之明！

過去既然有那麼多情分，要離去，你自然不捨，但寧願不捨，也不去挽留，留來留去留成仇，何必？背負太多，放一些掉，豈不是好……

麗雲說：「你明知亞安的個性本來就這樣，為什麼還要這樣？」不知道為什麼這句話你聽起來好割，忍不住反問麗雲：「她的個性本來就這樣，那我的個性又應該怎樣？」

唷，還真不能小覷亞安，就是有人吃她這一套，所以平心而論，她的個性也有她的市場，只是不適合你而已。

和麗雲就著亞安的個性聊著，霍然想起鄭怡第一天見面時說的話，於是你告訴麗雲要好好把握亞安這個朋友，因為只要她認定你是她的朋友，就一定會對你很好！

這次事件，最令你意想不到的是大花跟小花，她倆姊妹是後期由你夫妻引進加入一起玩，雖然這時你跟亞安偵偵內心芥蒂已生，但是，你從未在姊妹花面前多嘴過一句她們的不是，大家就純粹玩，誰知真相白熱化以後，這對姐妹花的頭殼就像被榴槤打到，完全沒向你求證事情的來龍去脈（說真的，問你，你也只會四兩撥千金，累積太多，一時不知從何說起，於是沉默是最好的選擇）——就直接靠向她們，這證明什麼，證明她們也覺得你這個人不好！

小花還好，擦肩而過還願意對你淺淺一笑，大花則完全不想理你，他只願意跟阿江說話，好幾次進入店裡，你想說既然願意走進你的店內，應該願意跟你說話，結果無論你如何叫喚她的名字，她就是裝聾作啞，儘顧跟阿江講話。

若問，你有得罪大花嗎？嗯……你只知道她覺得你很小氣，捨不得花錢，還有就是關於習慣問題。大花有一種習慣，就是說話的時候喜歡勾肩搭背的表現親暱，雖同為女性，你還是不習慣，所以曾經把被她勾住的手婉轉地抽回來，是不是這樣的舉動埋下今日「殺機」？有些人睚眥必報，愛恨分明，愛得快，恨得也快，像急驚風，且受到一分撞擊，必以十分力道反擊！

幾天後小花悄悄把阿江叫到店門外問：「你為什麼沒打電話給亞安？」阿江毅然回絕：「我為什麼要打電話給她！」小花以為你沒聽到，事實上你在店門內聽的清清楚楚。

是啊，阿江為什麼要打電話給她，他可是你羅三妹的男人，如果要劃分，阿江不是該歸你這邊嗎？然而，這結果並不是你樂見的，雖然如果阿江真的撇下你繼續跟他們玩，他們將會更嘲笑你，瞧不起你，但你明知他們針對的只有你，也心疼阿江難得有他願意接納的朋友，卻被你破壞了，因此每次他們在超商聊天，你還是會鼓勵阿江過去，但是阿江已經不願意了！哦，重要關頭，總算記起你這個老婆。

在網路上看過一段話說「並非你想要甚麼就能吸引甚麼，而是我是甚麼，就吸引甚麼。」所以我後來越想越擔心你究竟是「甚麼」，為什麼一天到晚吸引政元他媽型的人，感覺就像政元他媽一直在你身邊陰魂不散……

怪了，不是好朋友嗎？除了唱歌，小花還經常在你們店裡秀她的拿手菜，大家和樂融融吃著，那份和樂，那份要好，難道又是你在做夢，根本沒有那回事……你好像又慘輸了，當然會輸啊，一個政元他媽你都鬥不過了，何況是一群，然而，兔死狐悲，物傷其類，一群朋友就這樣散了，這局究竟有誰贏了——只有存心看好戲的人贏了，大家又有八卦話題可以聊了。

除了單身伯因為是你的房客選擇中立以外，幾乎所有人全傾向亞安那邊，你這邊只有燕子跟小玲，而燕子有自己的生意要忙，小玲這陣子也正好到外地工作。

你好像被詛咒了，每個被你幫助過的人，最後都會無情地離開你！就連那個一天到晚對你甜言蜜語，後悔沒有早點跟你做朋友、說她很愛你，一天沒有看到你就會想你的秋年，她跟這場恩怨無關，只是恰巧在同時，因為你無法幫她老公的戶口落籍，也如阿江所料，走了，把你像垃圾用完立即丟掉，殺了個你措手不及！這個不識貨的傢伙，她不怕垃圾包裡有她不小心遺漏的黃金嗎？……

天啊，你朋友再多，也經不起這樣「揮霍」！

大花、小花、喇叭花、圓仔花、三八阿花，加上秋年這朵爛桃花，你苦心經營多年的友誼花園，一夕之間，秋風掃落葉，不堪一擊的花葉凋零，枝骨散落，滿目瘡痍，幾成一片廢墟。就連平常看你身邊「花團景簇」過來錦上添花湊熱鬧的蝴蝶蜜蜂、爬禽走獸，也寒蟬效應，一併作鳥獸散，如今除了一株牆頭草在哪裡左右搖擺，就只剩下你跟阿江一枝獨秀……

繁華過後的寂靜。

你又成了千夫所指，一如當年……

倘不是你辣手摧花，怎麼可能一下子所有的花一口氣全部凋謝？若非惡婦，怎麼可能臨盆在即，還被掃地出門……，事實擺在眼前，難怪人家會覺得有問題的人是你，這下你真的壞到極致了！

本來熱熱鬧鬧的身邊瞬間淨空，氣氛詭謐。

你的民調又下滑了，就為了這些芝麻綠豆蒜皮事。

你又成了是非核心，四邊彷若圈起一條無形的黃色封鎖線……

幾個原本經過會跟你打招呼的住戶，現在面對你突然嘴巴像包覆一個隱形口罩，彷彿你周身的空氣存在病毒，個個一下子成了噤口寒蟬，然而隱形口罩雖然隔得開有形距離，卻裹不住眾口悠悠的媽媽嘴……。

有較熱情的人，稍微點醒你做人不要太強勢，才會得人和，這人是誰啊，他是哪隻眼睛看見你對人強勢了？也是啦，一群人全離開，誰能不說你！

本來有人下午想租你的店門口擺攤，附近有個住戶警告她說：「這家早餐店的老闆娘不好惹（不好惹的台語叫做散赤人，討厭，幹嘛把你的底細講出來），你要考慮清楚喔！」，說這話的人是誰啊？打從申玲開始，你就很怕聽到有人說：「某某人啊，我跟他認識幾十年了，怎麼會不了解他……」這種話。

一齣戲需要幾個路人甲路人乙出來跑跑龍套，假裝指指點點，才能增加戲劇性，抱此使命，盧鎮長又出鏡了（在她心目中，你是個會嘲笑別人的不幸的人），她特地好心跑去警告你的某位客人，叫她千萬要小心你這個人，不說還好，一說，多了一個人知道，但你沒有滿足對方的求知慾，只是笑笑，後來再面對盧鎮長，一樣笑笑……

八卦、謠言、是非，無論來自媒體還是左鄰右坊或身邊朋友，都難免出現一兩個深喉嚨，這並不足為奇。你只是希望所謂的深喉嚨者，他們的喉嚨能夠深、再深，更深，直到深入肺腑，所吐出來的都是肺腑之言……

是誰在背後斷你的財路，擺攤的人不願透露，然而就算知道，你最多也是笑笑。

為什麼你遇到批評或攻擊都只會笑，不能痛快反擊，知道嗎？因為你沒有做出反擊，人家就以為這樣對你沒有錯。

還有，怎麼都是你在得罪別人，都沒有人得罪你嗎？不，當然不是，怪只怪你這個人對關於「得罪」這種事情太過慢半拍。你看時民罵你多少難聽話，你都沒反駁，而阿江才說申玲一次不好，申玲就暴跳；再看看你跟阿江因為要接送孩子，所以每次聚會十次有九次都是最晚到，不知吃過多少剩菜，卻從來沒有說話，而偵偵才吃一次就哇哇叫！你有沒有發現，人善真的會被人欺，你看先前那個郭佳佳，說好的不提直銷，她拐彎抹腳又提，你沒生氣，她倒反而生氣了，還有還有，你看看亞安那麼唯我獨尊，人家還要讓她三分！

芝麻綠豆蒜皮能打得起水瓢，還能掀起如此驚天巨浪，難不成又是你命中注定必須再過這關……

知道嗎？我後來其實蠻感謝亞安他們這群人，確實經過他們這一折騰，你也長進不少……

這次，我知道你想學蛹掙脫繭，一改過去吃虧也悶不吭聲的個性，替自己說話，但不知道是本性難移，還是一下子話太多，不知從何說起？要說你沒有錯，為什麼所有人全部靠向她們？所以，最後你依然選擇閉嘴，就像當年莫名其妙變成下堂婦，也只能啞巴吃黃蓮，沒辦法，誰叫天時地利人和都不站在你這邊。

曾經相愛，轉眼成陌生，原本大家每天固定窩在你的店裡聊天，熱熱鬧鬧的，現在她們把聚點轉到隔壁超商，不過兩間店面之隔，卻已咫尺天涯，教人情何以堪。有一次他們在超商門口聊天，當時天冷，你要外出，隨手抓起一件貝貝的紅外套，無可避免地必須經過他們的身邊，大花故意朝你大喊：「穿紅的唷。」，你原以為那是個友善的招呼，充滿期待地轉頭，卻發現他們全部把眼光移往別處，看他們忍俊的表情，你當下的心情真的很受傷，怎麼那麼壞，這種行為不是小學生才有的嗎，究竟有多天大的得罪，值得他們如此幼稚，如此罔顧過去的情分，這樣公然戲弄你，無論誰對誰錯，一群朋友一分為二，你從來沒在他們背後搞小動作，就連上次被亞安的冷漠所傷，而向你投訴的某位婦人好奇地跑來問你，你也沒趁機加油添醋，故意說他們的壞話，只是回答：「沒什麼啦，大家都忙。」反之他們卻在前面背後動作頻頻……

你最近一直想起以前在小學課本裡讀到的《小人國歷險記》，一個喜歡航行的大漢遇到海難，漂流到一個海島，醒來時身體已被一群小矮人五花大綁，不得動彈。

亦好比老陳當年被強押進入部隊，你也是被這群女人強逼上桌，硬是陪他們玩了一把。但這把無論輸贏，都讓你看見了自己，亙久以來，始終陷在同一個死胡同裡 Run 不出來的自己，然而，說到底，這個死胡同是你自願鑽進去的，是你太愛做好人，太愛活在別人的嘴裏……

儘管無法假裝沒有看見自己的傷痛，然而你再也不是當年那個受到委屈只會躲進棉被裡哭泣的小可憐，這些人走了就走了，在婚姻中忍耐是因為婚姻裡有重要的東西要守護，朋友嘛，就不必了！另外你心裡其實有另一個諱莫如深的聲音——這批人走了也好，她們是一群愛唱歌的朋友，一個禮拜至少唱五天歌，但是，十幾年來，你念茲在茲的就是這本書，表面上看似和她們玩得不亦樂乎，內心其實常常滑過一絲不安（急），不錯，和這群朋友在一起，你也許變得很會唱歌，但卻可能永遠寫不出一本書。

佛爭一柱香，人爭一口氣，你知道這口氣爭的應該是志氣，而不是生氣，於是收拾起殘敗的心情，像個準備赴京趕考的孩子，開始大量閱讀，從此將記的不是歌名，而是想讀的書的書名，默默為寫書之途鋪路，此去或許十年寒窗無人問，兼併阿江不喜歡你讀書，於是接下來你們之間又有一場硬仗要打，然而你再也無所畏懼，一輩子都在為別人而活，現在無論如何要為自己活一次……。

原諒才能成全

認錯

貝貝甫上大學那年，某個秋天的午後，阿江突然覺得半邊臉部麻痺無感，且手腳無力，一句話還未說完，就整個人癱軟在你的懷裡……

他中風了，早餐店不能沒有他，他現已晉升為家庭的支柱，尤其是現在還處在「樹有多大，蔭就有多大」一天沒有做生意，生活立馬發生困難的那種暗無天日的日子，如果他此刻倒下，你這次被打入的深淵將比過去任何一次，都還要更深沉，更黑暗……

你沒有要和命運爭霸的意思，也從來不想證明自己是個多麼勇敢，多麼有能力和逆境拚搏的女人，但命運的洪流每次都不由分說，強行把你拱上擂台，與之對決！

還好，有親人。

除了二姊這邊即時的雪中送炭，大姊收到阿江住院消息，立刻打電話過來，你在電話這頭聽到大姊的聲音，就像傳說中的「見到親人，七孔流血」那樣，再也按耐不住內心的惶恐與無助，放聲大哭……，你好怕，真的好怕，孩子還只是半生不熟大，如果阿江真的就此倒下，你還有當年的力氣跟命運一較高下嗎？

和大姊通話結束，不久換四哥打來，問明你的銀行帳號，隔天，銀行存摺立即出現令你破涕為笑的數字！

其實這個階段，大姊一家人的經濟並沒有很好，六兄弟的事業才剛起步，經濟仍屬困窘，然而只要是你的事，他們從來不會袖手旁觀。

再容我插播一段題外話，看過這本書初稿的一位朋友，在看到阿江中風這段，開玩笑問我有沒有趁他動彈不得的時刻，好好踹他兩腳，以洩心頭恨，這時候我才突然想到，對齁，當初上帝要創造你這個人的時候，是不是忘了在你的細胞裡面加進「恨」這個元素，以致你對展現「恨」這種東西，顯得很低能！

阿江住院一個禮拜，你是唯一守候在他身邊的人……。

單身伯關心的問你有誰來探望阿江，你簡直羞於出口，這一個禮拜除了你和阿江兩方的親人，以及店面大樓派一人代表探視以外，真正踏進醫院關心的僅僅單身伯以及達仔夫妻倆。還有小玲本來和朋友約好去六合路吃海鮮，一得知阿江中風，立刻趕過來，就這幾個，沒有其他人了，怎麼會那麼少人？身邊明明還有一些人的……這些人莫不以為阿江的人生已經玩完了，就算活命，也只剩半條，無法正常社交，而你不過一介女流，不用博挪了。

這也算是人跌倒時的一種骨牌效應，然而，沒關係的，又不是第一次跌倒，像你這種常常跌倒的人，總有一天會撿到錢。

阿江痊癒了，離開醫院的時候，健步如飛……

這次你沒有被命運的瘋狗浪打下擂台，不過，那不是因為你很厲害，而是拜醫學發達之賜，以及家人在背後給你撐腰！

◎　近年來地溝油、塑化劑、三聚氰胺，等等食安問題甚囂塵上，但我覺得問題最大的還是人心——萬法由心造。

世界從來都是渾沌的，盤古開闢的只是外觀環境，內心環境因果除不盡，恩怨催又生，像未經開發的土地，蔓草與人齊高，一入夜，氣氛荒涼可怖，一路走來驚險萬分，你害怕這樣的路徑，卻又不得不從這裡經過，這就是紅塵……。

那天到菜市場補貨，賣薑蒜的老闆娘在跟客人聊天，聊關於做人的道理，正好你靠近，賣薑蒜的老闆娘與你相熟，便問：「三妹，人家說『有量卡有福』，你有沒有覺得這句話很好笑？」，你當時這樣回答：「這道理要老人家才懂，像我這種年輕人哪裡會懂！」賣薑蒜的老闆娘跟她的客人大概也覺得你這句話很好笑，所以都笑了。

賣薑蒜的老闆娘對人性一定見多識廣，才會說出這等意味深長的話。的確能容天下人，天下事的人，未必就能擁有良好的人際關係，有量是不是比較有福，也見仁見智，我唯一能確定的是「有量」至少是比較美好的心靈品質。

有時候你討厭或恨一個人，未必是那個人真的做了什麼對不起你的事，反而是我們自己對不起人家，沒有勇氣認錯，反惱羞成怒、力圖辯解，淨說些言不由衷，前後矛盾的話，欺騙別人，也欺騙自己，就這樣一件明明無論對錯，只要誠實就可以了結的事情，搞得剪不斷，理還亂。

還在擺夜市的時候，恰巧在莒光夜市遇到當年在工廠的舊識，潘。潘跟她的老公在夜市賣手錶，看到她，你很高興，有份對她的內疚，就如被海浪打翻的竹筏，在你心中擱淺多年……

在那個還是年輕氣盛，無知懵懂的年紀，你們曾經為某事爭吵，可是那件事她是無心的，是你反應過度才跟人家吵。幾年後，思想隨世故增長，想到潘心裡就很難過，被泰子跟政元一家人那種強勢者欺負，就像小孬孬，而面對一個和你同等的弱女子，硬要跟人家爭強鬥狠，真是標準的欺善怕惡。

你開口請潘吃飯（想正式道歉），她笑著婉拒，雖然不跟你吃飯，但人家在夜市裡還是跟你好來好去，沒有要跟你計較的意思。不計前嫌，可見這些年她的思想和內在修為也有成長。

◎

碧雪的家住左營，正好跟何蓮對門，她老公曾經和政元同事，政元告訴你碧雪老公跟公司女同事搞曖昧，你當時少根筋，未分真假，還自以為替天行道，跑去叫碧雪注意，後來，了解政元，心想他那張嘴巴連人家的女朋友被強暴這種殺千刀的謊都敢說，碧雪老公跟公司女同事搞曖昧的事，九成九也是胡謅。雖然從何蓮口中得知他們夫妻仍然在一起，但是，經你當年一攪和，感情不知有無裂痕，想到就心生愧赧……

決定嫁給阿江，就有心理準備，有一天得面對碧雪。其實也未必，雖然阿江家和碧雪家離很近，但各有不同的生活圈，只要不刻意找她，也不一定碰得到面，但是你不想逃避，你想面對，勇敢坦承錯誤，才能真的心安。然而，舉步之初，我還是看見了你的懦弱，做了幾次深呼吸，才走向碧雪。

心裡怯怯的，怕她撕爛你的嘴巴，但是，你的良心已經被啃蝕了十幾年，這次，無論如何要迎頭面對，即使得不到原諒，也算對事件負責。結果碧雪一看見你便熱情的喊：「三妹」，不用說什麼，光這熱情一喊，即令你安心，知道她不會撕爛你的嘴巴。你主動為當年「莫須有」的事跟她道歉，碧雪一點也沒怪你，還安慰你說：「放心，你看啊，我的婚姻還在！」。

碧雪是好人，她有良好的心靈品質，你差點破壞她的婚姻，她竟然沒怪你。一個願意道歉，一個願意原諒，真是天作之合。不過，破壞人家的婚姻，罪過應該很大吧，如果她不原諒你，也是剛好而已，但她原諒你了，連她老公見到你也笑咪咪的，這夫妻倆是多麼「有量」的人哪，還真希望老天爺能多給他們一點福報。

◎

某個星期六到黃昏市場閑晃，竟然巧遇春雄在市場擺攤，看見你，他臉上先是怔了一下，旋即不安的瞄了一眼身旁正在和他講話的朋友。唉，難怪他會有這種反應，因為他後來連續和你約了幾次要還錢，都沒有履行，現在你突然出現，他難免有幾分顧忌。可是你什麼也不想做，只是微笑走過去，和他閒聊幾句，問他小T呢？他說在家裡帶小孩。之前春雄就告訴你，他們已經結婚了，你聽了好高興。被錢壓得喘不氣的那段日子，小T曾說她不會結婚，因為債務那麼多，怕養不起小孩，當時你還替她難過，小T並不壞，只是走投無路才狗急跳牆，畢竟你真的親眼看過她認真負責的樣子。

小T事件過後不久，就發生九二一大地震，你當時因為沒有錢可以捐款而覺得懊惱，心想：錢要給小T拐走，不如捐給災民。但是很快又想，如果沒有把錢借給小T，眼睜睜看她被流氓砍手斷腳，這樣你的良心就會比較好過嗎？小T也是一條命啊！

在此想說句公道話，雖然小T和章慧前後騙你的錢，但她兩不一樣的地方在於你跟章慧已數年未聯絡，她最後再接近你的目的只為錢，而小T起初的確是個認真負責的好女孩，你們感情很好，然而她畢竟是個平凡人，遇到生死脅迫，天底下能有幾個文天祥（從你到現在的我都不敢說自己是哦）。何況當初她如果坦承欠地下錢莊的錢是百萬之巨，你還會把錢借給她嗎，答案是：不會！因為不但幫不了她，自己也會被連累，所以，聰慧如她，自然知道不要點手段和心機騙你，你是絕對不會幫她的。

直到我現在都還在想念小T，她有一顆超乎年齡的成熟腦袋，既懂人性，亦懂人心——跟她聊天很輕鬆，講三分，她就能明白七分，不這樣你也不會栽在她手裡了。

你曾經如何為小T兩肋插刀，她嘴巴再硬，也騙不過她自己的良心，加上過去一起擺夜市的情誼深厚，除非小T真的沒心沒肺，否則應該也會想念你，就像你想念陳瀅潔跟楊淑芬兩位恩師一樣，只是時間拖得越久，越沒勇氣去找她們而已……。

那次之後，你沒有故意再去找春雄。

如果沒有發生那些事，相信你們到現在還是好朋友。

不期待他們由衷對你道歉，越大的過錯，越沒有勇氣認錯，是普世人性。

現在你知道自己的出現，對他們而言是一種障礙。如果還想幫他們，那就讓開，不要增加他們的心理負擔。

倘當年憤而將債權轉讓給流氓或大T，今天有機會看見小T的幸福嗎？今天看見小T幸福，相對覺得自己也很幸運，幸運於當初的一念之仁，沒有將她毀掉，否則當理智清醒，心裡一定會很後悔，而且會後悔一輩子，或許，「有量」真的是比較「有福」，今天看見小T幸福，慶幸自己不必忍受一輩子的良心不安，這就是你最大的福氣。

換個角度想，或許那筆錢打從上輩子開始，就注定屬於小T的。不過後來的那些債務，不知道小T怎麼解決的，反正不用替她擔心，這女子絕頂聰明，厲害的很！

◎

在我們的人生還沒有走到盡頭以前，會看見什麼或發生什麼實難預料。

啟輝兄跟章慧是鄰居，他曾經跟章慧的親戚說過章慧誆你錢的事。然而，十幾年了，被章慧拿走的錢，就當繳社會大學的學費，根本連想也沒再去想了。結果103年年底將近過年的時候，啟輝兄突然來電話問你：「章慧究竟欠你多少錢，她老公說要替她還。」這通電話太意外，太不可思議，好難得有這種好事會發生在你身上！

哈哈，我佛慈悲，這次輪到阿母跟母啊顯靈了！

還記得十幾年前章慧對你泣訴這個男人怎樣辜負她，而今居然要出面替她還錢，這倒激起你一股好奇心，想會會這個負心的男人。

男人長期在外地工作，過年才有空回家。大年初一，你和啟輝兄出現在章慧家的客廳，章慧不在家。面前坐的是一位膚色明顯被風霜洗鍊過的成熟大男人。他娓娓道出，他雖然長年在外地，也的確標走一個會，有段時間不甚如意，多少有拖累到章慧，但他很快便擔起一切，且每個月都固定匯入五至六萬元到章慧的戶頭（他手中握有如山收據為憑），直到現在已經正式離婚，還是在替她還債，你的例子不過冰山一角。然而，十幾年了，章慧仍然不斷在外放話抹黑他，迫使他成為眾矢之的，也在孩子面前父嚴盡失，今天專程請你過來，就是想還他一個清白。

男人和章慧通電話，起初章慧在電話那頭極力辯稱不認識三妹這個人，你和啟輝兄面面相覷，內心感觸萬千，想當年你們那麼要好……。等了好一陣子，章慧終於現身，看見你和啟輝兄突然出現在她家客廳，先是一楞，跟著挨到你身邊坐下來（你感覺她身上血液流好快），喔，真是歲月不饒人，又過十幾年了因為近距離的關係，你看到章慧眼睛的尾巴和你一樣出現好幾條深邃溝紋——相傳那叫做智慧的象徵。可是智慧不是應該長在腦子嗎，怎麼會長在眼睛的尾巴？

隨後男人又問一次章慧：「你認識她嗎？」，這時，章慧雖無語，卻突然站起身來，面向你行了一個九十度的大禮，旋又轉身面向男人，同樣行了一個九十度的大禮……這兩個九十度的大禮，揭下章慧的假面具、也洗清了男人十幾年來的冤屈、更證明了你當年的智慧長在膝蓋……。

你也算對不起這個男人，你曾經聽信章慧的話，誤解他……。當男人再次問章慧究竟欠你多少錢，她沒回答，旋即打開她的皮包，掏出一疊鈔票也沒清點就塞給你，這時男人對你使了一個眼色，你會意了，馬上將鈔票還給章慧——章慧是這樣一個女人，男人仍然願意為她負責，一定有他的理由——男人想承擔就讓男人承擔吧，男人的肩膀本來就應該寬一點，硬一點，才不枉為男人！

章慧當年從你身上撈走五萬元，後來被你追討回二萬五千元，所以還欠你兩萬五千元。

將久違了十幾年的兩萬五千元塞入皮夾內。你當初不讓大T替小T還債，是因為你恩怨分明，可是今天這筆錢是拿男人的，還是拿章慧的，你都覺得無所謂。十幾年前，他們仍是夫妻關係，誰也沒資格去理會別人夫妻的事。

你拿回這筆錢是心安理得的，因為章慧根本從頭到尾都不需要幫助，這筆錢現在回到你的身邊，只是「物歸原主」而已。

走出章慧的家，章慧跟了出來，陪你和啟輝兄三人並肩走在巷子裡。章慧挽著你，你沒有拒絕，說真的，你多少覺得有點過意不去，畢竟你今晚是來拆她的台，當壞人的，可是你當年一直盲目的幫助她，就是好人了嗎？

也不用替她太擔心，你既然拆她的台，她就算不跟你翻臉，也應該感到不好意思，躲起來才對，怎麼還能若無其事勾著你的手臂走在一起，由此看來，光憑這股異於常人的特質就足以讓她夠力招架今晚這一切。

雖然和章慧十幾年沒聯絡，但輾轉從市場舊識的口中聽到不少關於她的「非」聞。她完全沒改變，依然使著那一招半式在行走市場，搞得現在已經有很多市場，她都不敢再踏進去了。

被她欺騙的人都是在社會底層打拼的辛苦人（偏偏這種人最富同情心），這些人賺的錢，每分每毫都是汗水與淚水凝成的，因為苦命，所以更能同情苦命人，她取這不義之財，良心沒有一絲不安，你這個把她引進菜市場的人，還覺得罪惡！

回憶三十年前，就在啟輝兄結婚前一天，你們三人就像現在這樣並肩走在這條巷子裡。那是青澀的年紀，本來一起玩的還有另一位友人，後來，她因車禍喪生，章慧也嫁人，各奔前程後，誰也不想闊別數十年再相逢的結果是這樣……

啟輝兄是你和章慧以及那位已故友人一起長大的見證人。社會越進步，人性越多元，江湖路難行，明槍、暗箭、矢石如雨，人與人之間的關係就如風中的花蕊那樣脆弱，所幸啟輝兄仍是當年那個溫暖的大哥哥，一如大樹堅持立在你的生命裡。這個世界總算沒有太糟糕。

章慧還在掙扎，企圖扭轉你和啟輝兄對她的印象，但是她根本做不到，她現在給你的印象完全和十幾年前沒兩樣。

無心聽她不著邊際的敘述，只感到陣陣寒風侵骨，好冷，好想趕快回家，也突然好想阿建……，這個你人生幾度受困風雪中，真正且不斷給你實質溫暖的人，走到啟輝兄家門口便先行告辭。你沒有直接回家，而是繞道帶禮盒去給阿建拜年。

阿建，一個你一輩子不敢忘記的人……。

回到家以後，久久還拿著你的皮夾，感覺鼓鼓的，很爽。

作夢也想不到，這筆錢有一天會再回到你的身邊！這筆錢原本你也不想了，現在既然有機會回來，或許也是打從上輩子就注定屬於你的。

想起剛才章慧那個彎腰九十度的大禮，你下意識把背脊挺了挺，人啊，還是活得抬頭挺胸一點比較好。

為什麼不能在一起

我知道這世界上騙子很多，我只是想不到原來你也是……

新聞報導有個網路騙子理直氣壯的對被害人說：「是你心甘情願被我騙的。」此話一出，不知那些受騙者聽了情何以堪！世界上絕對沒有人會心甘情願被騙，所有的欺騙過程都是建立在一個「信任」的基礎上。無論是十四五歲的初生之犢，還是久經社會歷練的成年人，真心相待的人，永遠都不會是虛情假意的人的對手！

「滿園花開」裡有一株牆頭草，闊別數年，某個天未亮的早上突然像後面有人在追似的出現在你店裡，說：「趕快借我兩千塊，三天後還你。我爸爸住院了，我現在必須趕回家鄉，雖然住院有健保，但我想要給他一點零用錢，可是還不到領薪水的日子，我身上沒錢！」。

正巧阿江不在，當下你的心裡馬上出現甲乙在對話，甲說：「不要相信她，她不是一個可靠的人，她是一株牆頭草，莫忘當年她是怎麼對你的……」但是乙說：「相信她吧，牆頭草也有爸爸、無論好人還是壞人都會有急難，而且不能因為人家一次兩次壞，就斷定人家永遠都壞……」。

想當然耳，依你的智商，最後一定聽乙的話，結果按照慣例，你又被騙了。無論你如何以利相誘，她都不再出現，簡訊不回，電話也拒接……於是你明白了，一個真正注重誠信的人，是一次也不會允許自己沒有誠信的。

雖同住左營，只要對方存心躲你，想找人也未必容易。

如果在過去，你不會追究，但這次你非找到人不可！

總是真心誠意對待這個世界，奈何這個世界總以欺騙回報你，可你已不想再騙自己——不是心疼那兩千塊，而是已經非常厭惡被騙的感覺……

你只是想做好人，而不是做笨蛋，可是他們每個人都讓你看起來像笨蛋！

這事過了約莫三四個月，注定她賊星該敗，一天在某條路口，看見她跟幾個朋友在飲料店聊天，連老天爺都幫你，豈可辜負美意，於是走過去。但是你什麼也沒做，只是直挺挺站在她面前，沒想到你會出現，她一時大概也不知如何反應，約莫愣了幾秒，才站起來把你招到路邊，避開她的朋友，就這樣兩千塊要回來了。

但你明白，這事的重點不在你把錢要回來了，而在你就像阿江說的：「怎麼都被騙不怕！」說得也是，常常被騙，難道你的腦筋真的有問題！可是你不笨啊，多少次在電話裡智壓詐騙群倫，每次掛上電話，都以空前的勝利之姿傲視阿江，可是不知道為什麼每次只要扯到情，無論是愛情友情還是同情，智商就會自動降低……

在蓮池潭邊遇到一位朋友，告訴她，你要出書了，她說出美食書啊，她大概以為你是做餐飲的，理所當然是寫關於美食方面的書。你說：「不是，我是把自己的經歷寫成一本書」這時她用懷疑的口吻「啊？」出一聲，你本來以為她會如一般人說你又不是名人，寫什麼經歷，結果她的回答是：「可是，你給我的感覺很順遂啊，好像一生沒什麼風浪！」這話她已經不是第一個人說了。你也覺得自己很奇怪，明明就長得一副天生「厲」質，人人唾棄的嘴臉，誰知道骨子裡竟會笨到如此無可救藥！

可是，你笨是你家的事，礙著大家什麼，要大家一天到晚來騙你。但是《生命密碼》《心靈方程式》這兩本書的作者董復華師兄對你開示，他說以佛教因果論，騙你的人越多，表示你的業障越多，所以被騙能消業障。

是啊，沒有誰真的佔得了誰的便宜，因果循環，報應來，報應去，就像地球是圓的，大家一直在繞圈子，而不自知。

董師兄仁慈，想藉出世法打開你的心門、化解你沒有智慧的尷尬。但是身在紅塵中，有些事還是會忍不住用入世的觀點來看。

話說秋年走就走了，幾年來這本書修修改改幾回，都沒想過再提起她，可是，不知道是不是命中注定一定要為此作個收尾，這時候有個熟知你們過往情節的朋友，提及幾年前遇到她，聊及你，秋年向那人抱怨，說她之所以不再來找你的原因是燕子在背後罵她「無情狗」，還說你們在她背後「講甲全人情了了（台語）」，她生氣，才與你斷絕。

燕子聽到「講甲全人情了了」這句話，臉上出現跟你一樣驚嚇的表情，你們都讀懂了彼此內心的唏噓……，這句話等於對你們當年出手，幫她家度過難關的恩情嗤之以鼻，就算施恩不望報，也不該恩將仇報，難怪老一輩的人會說「寧願救蟲，也不要救人」……

確定秋年真的要與你決裂以後，就有心理準備，她為了讓自己全身而退，一定會把責任推給你，然而，也許是你真的對她太好了，好到她不忍心把罪過讓你擔，只好推給無辜的燕子囉。

好，讓我們先把你的臆測擱一邊，也先別討論話既然是燕子說的，跟你有什麼關係，為何被斷絕的是你。先讓我證明當年燕子講的不是這樣，當年那幾朵花在你生命裡同一時間凋謝，燕子只講了一句話：「所有人都可以離開，只有秋年不行，因為你有深厚的恩情在她身上，而其他人只能說彼此個性不合，緣盡了而已。」

就算是你的好朋友，也不會故意在你面前說對方的壞話討好你，這就是你為什麼喜歡燕子的原因，不說太遠，光說你遇到過的現代人，普遍想損人的時候，不是當面大刀闊斧劈下來，就是棉花裡藏針，無端扎得人心如坐針氈，像燕子這種客觀善良，說話憑心而論的人，你感覺在這世上快要變成碩果僅存了。

你問燕子，是否有得罪秋年而不自知，燕子鐵定的說，再大的得罪也抹煞不掉你對她的深厚恩情。

「深厚恩情」一直是燕子替你打抱不平而說的，你個人可是完全沒敢這麼想，但如果跳脫當事者的身分，純以世間情論此事，你同樣也會忍不住說秋年的確太無情！當年，那幾朵花要散的時候，你想至少還有秋年，結果當你確定告訴她，暫時無法幫她老公落籍，她就消失了，而且是迅速消失，隔天馬上神不見的那種。

十件起碼幫她做九件，只差一件沒作到，另外九件的付出就全擦掉不算……怕的是她也跟小T和章慧一樣，整個過程都是欺騙，倘沒有欺騙，為什麼要離開，為什麼不能在一起……

一開始你還擔心她出事了，人不見，簡訊也不回，後來回了，卻說她其實很不喜歡傳簡訊，你問那這陣子跟你傳的是什麼？她說她知道你有眩暈症，不喜歡講電話，喜歡用簡訊溝通，所以除了幾句簡單對談，其餘那些文謅謅的對白都是轉載別人的。你本來想追問：「所以呢？」、「現在呢？」但是，沒有勇氣問了，答案已經出來了，她不喜歡傳簡訊，這段時間跟你傳來傳去，只是為了討你歡心，就像阿江說的，她只是為了繼續利用你，才假裝跟你好，現在你的身上已經沒有她要的東西了，所以連假裝都不必了……。更讓你寒心的是她怎麼有勇氣坦承那些文謅謅的對白，都是轉載自別人來敷衍你的，這話等於揭穿她自己，愛你的時候總是把最好的一面給你看，不愛的時候，就毫不在乎讓你看清她的真面目。你的心裡很受傷，被你所信任或所愛的人捅一刀，無論是從前面還是從後面，都會讓人痛到無力振作！

想明白了，對方的壞跟你的蠢其實是共生的，所以當你看到對方的壞的同時，也看到了自己的蠢。

時常被騙以及不友善對待，因此你聰明一世，寧願為對方糊塗一時，像集點兌換那樣，以為付出很多很多就能換得對方一點真誠與善良的回饋，但沒有做好市場調查，不知道目前這個社會「真誠」跟「善良」正嚴重缺貨……

被騙，無論是緣於自我意願，還是對方偽善的勾搭，都證明我們智不如人，豈怨得了別人，何況用正面思考，說不定那是老天的好意，祂知道你的癡，你的傻，你的真，你的死心眼，所以表面上是你被設計，事實上是逼對方現出原形讓你看清！

不過很奇怪，那時候，連被你幫助過的人都離開你，臉都丟盡了，好怕別人問及她，所以每次跟燕子聊到她，都刻意避開旁人，就連小玲那陣子正好在外地，回來以後，你也沒特別跟她說，她是看了這本書的大綱才知道你身邊多了秋年這號人物，為何還會有「無情狗」這種話傳到秋年的耳裡？

難怪約一年前，秋年因為工作職務，經過你的店門口，連招呼都不打一聲，還有一次，就站在馬路上對著你店內她認識的人說話，而你就站在旁邊，她竟視你為隱形，好像你們從來沒有認識過，可是她明明說過她很愛你，一天沒有看到你就會想你，原來是：假的，是你的感情業障重，才會一天到晚做這種以為人家要跟你好的夢。

當時你還在想，她怎麼好意思對你這麼冷淡，現在才知道，原來人家已經找到可以站得住腳的理由了。

搶在你人生低潮時離開的朋友，秋年並不是第一個，打落水狗是本來就存在的社會現象，本不足為奇，逃生以前，學臭鼬那樣放個薰死人的臭屁，以求自保，這種人從小到大你也屢見不鮮，只是，說謊可以，但邏輯要清楚。

無論是誰在她面前嚼舌根，她都要搞清楚是自己離開在先，別人才會罵她無情在後，因此說是別人在背後說她，她才氣到拒絕和你來往，根本不合情理。而且有素質的人聽到批評的第一時間應該是先反省自己，看看人家對我們的批評是否屬實，如果屬實，我們還生氣，那就是我們自己不講理了。

總是像頭獅子，對別人的不幸，義無反顧的挺身而出，殊不知在有心人的眼裏，你只不過是一頭可加利用的瘋狗。

總是過度期待人性善良的那一面，阿江已經開始幹譙了，你還在替對方找理由解脫，直到水落石出的棺材抬到你面前，才不得不滾下面對現實的眼淚……

阿江不說話就不說話，一旦開口就很欠扁，但他講的話一不小心也很中肯，比如他罵你就是假仁假義，才會一直遇到假和尚，這話就講得你沒臉。小玲說你是活菩薩，燕子罵你是濫好人，都沒有阿江這話來得貼切，真的，你就是太貪愛做好人的美名，老天才一直派披著羊皮的狼來到你身邊，也算遂了你的願。

曾經聽某高人說過，用金錢幫助人不是真慈悲，因為不給人自力更生，有揠苗助長之嫌疑。你冷靜想想自己交朋友，以及在助人的過程中，的確存在很多盲目和不理性，也算是另類的「三八鏘」。

啟輝兄分析你之所以那麼大度跟喜歡幫助別人，是因為自己長期被壓縮以及長期處於困頓，才會將心比心，人飢己飢、人溺己溺。

其實我也分析過你，沒有在飢寒交迫、長期忍受暴力的摧磨下學會保護自己，反而見義勇為，經常替別人打抱不平，我知道你在拯救別人的過程中，其實是在潛意識裡拯救過去的自己。

過去當你在忍受那些痛苦的時候，其實是渴望有個人來救你的，於是你現在便化身那樣的勇者來拯救過去潛意識中的你，但被你幫助的人，為何各個恩將仇報，所以有時你還是會忍不住懷疑義氣究竟是「三小」！

秋年決定以「無情狗」作為扳回一城的籌碼以前，可曾問過自己的真心？

人心是肉做的，沒有人在對別人做出不好的事情以後，還能高枕無憂，良心沒有一絲不安，都是因為愛面子，才會睜眼說瞎話，反而把自己的真心弄不見，所以佈施、持戒、忍辱、精進、禪定、智慧，這佛教六度裡面，忍辱最難修。

人非聖賢，不一定要求每件事都做對，做錯事，也是一種人生不可或缺的經驗。

「無情狗」你們家也做過，只不過，你沒有做困獸之鬥，你很快就讓自己的真心顯現。

話說小時候你家住的房子可以用「破草厝」來形容。但房子雖然破舊，房東阿公阿嬤，對你們可是很好的。印象中家裡沒錢，阿母常常欠人家房租，但阿公阿嬤不但不催討，還偶爾拿物資給你們，阿嬤很慈祥，時常帶領左鄰右舍的孩子，圍在她的腳邊教你們唱童謠。

他們還有一個未嫁的女兒與其同住。

阿公阿嬤相繼過世，你們後來也搬家了。阿母開始做生意，「節腸儉肚」存了幾萬塊錢，借給了阿公阿嬤的另一個已出嫁的女兒幸美（化名），這件事阿母一直隱瞞著，直到聽到風聲說幸美老公發生財務危機，即將破產，阿母一慌才告知真相，大哥知道此事立即採取流氓手段將錢要回，幸美夫妻是老實人，大哥耍狠，他們受到驚嚇，很快就籌錢還給大哥。幾天後，遇見阿母，幸美說了一句話：「枉費我父母在世時，對你們全家那麼好……」阿母回來將這話轉述於你，說完你們母女倆都沉默了……，這沉默，就是你們的的真心。

直到我現在都還在自責，對啊，你怎麼只記得那個未嫁的，而忘了已婚的幸美也是阿公阿嬤的女兒……，你希望阿母能再把錢送回去，但錢已被大哥像流氓討債一樣，瓜分掉一半！

過沒多久，幸美老公心肌梗塞，暴斃了，已經很對不起人家了，再聽到這消息，愧疚感更深，你相信他們一定是走投無路了，才會對阿母這個窮苦人開口借錢，現在阿母把錢要回來，他們必須另外再去籌這筆錢，一定承受比之前更大壓力！

人家的父母對你們那麼好，你們居然忘恩負義，把你們比喻成狗，狗還不一定願意！

如果你輸不起這個臉，想扳回一城，也可以反駁幸美：「講什麼山盟海誓，還不是為了討人情。」、「而且我阿母賺的是辛苦錢，何況我們家當初欠你們家的也沒有到幾萬塊那麼多。」但是，你沒有，因為你的真心不是這樣，你的真心是「施恩不望報」是施恩者才有資格說的，被施恩者除了報恩，沒有第二種選擇。

接著人生一路走來，偶爾想起阿嬤教你們唱的童謠、想起幸美一家人，良心會感到不安，但是面對這份心靈鞭笞，你沒有在心理上武裝自己，也沒有躲躲藏藏，反而正面迎對它，但是你也沒有因此變得更弱。

被叫狗不好嗎？聽過有人叫自己的孩子「狗娃」，還有郭台銘的老婆也叫「狗狗」，人家美麗善良又多金，好得不得了！所以不要不甘心了，只要是玫瑰，改任何名字，都是芳香的。

將「無情狗」事件說與你知的朋友，問你有機會遇到秋年會怎樣？幹嘛怎樣？你失去的是一個在你身上取得的人，而她失去的是一個願意無私為她付出的人，所以不做朋友，損失的是她，又不是你。

還是你比較聰明，到現在還抱著阿建的大腿不放，儘管你已從取得轉向回饋。

說真的，你想感謝她，甚至感謝所有曾經在你生命中出現，無論對你好，還是對你不好的人，感謝他們變成你的經歷。

人生本來就是這樣啊，有人愛你，有人不愛你，有人疼你，有人傷害你，沒有這些，何以說人生就像一齣戲，或一本書。

想想幸美一家人、想想過去被你有心或無心碰撞過的人、想想陳瀅潔跟楊淑芬這兩位有恩於你的老師，嚴格說起來你跟兩位恩師，素昧平生，卻平白受人恩惠離去後，又像斷線風箏……或許她們也在你身上看到「世態炎涼」……，因此你也在書寫別人的人生，成為別人的經歷。

相遇

朋友終究不比親人，既無血緣可證，亦無 DNA 可查，更無族譜可追，說斷就真的斷了，然而也正因為親情中那份血濃於水，割捨不斷的感情牽扯，才讓多舛的塵世多了幾分藕斷絲連的美感。

在舊店的時候，小哥還是動不動就來找你這個妹妹「敘舊」，到新地方以後，來過一次，開口要兩千，你堅持不給（他知不知道你已經夠苦了……）、（他知不知道，每次他離開以後，你都要跟阿江吵一架……）

之後，相隔數年，兄妹未曾再謀面。僅從二姊口中偶爾得知他的一些狀況。你不給他錢，這幾年，他便「轉戰」到二姊那裏了。

某天，二姊打電話來說小哥和朋友合開一家麵店，二姊希望你可以去看看。

想當年他拿錢砸你的臉，而且你才一頓飯沒給他吃，他就飆你，而他後來離家數年，拋下你跟老母不聞不問，算算不知道總共幾頓飯沒有給你吃，齁，真是氣死人，可是，氣有什麼用，你那麼氣大哥，他過世時，你還不是一樣哭得唏哩嘩啦，所以氣也白氣了……

某個晚餐時間，你跟阿江坐在小哥的麵店裡，小哥與你們對坐聊著——想你們從小到大的一切，而現在你們的頭髮都白了，臉上溝紋錯綜橫生，然而，儘管不再年輕，但和你一樣的細緻五官，瘦削臉，薄皮膚，還有同根生的血液，都在在證實你們是兩個永遠脫離不了關係的人。唉呀，天大地大，有什麼恩怨過不去呢？人生最重要的是未來。

你跟阿江各點了一碗麵、一碗豬腳飯跟一碟炒高麗菜，還有一盤滷味外加一碗蛋花湯。點的餐還沒送來以前，小哥先端來一小碗大骨湯，叫你嚐嚐味道，你喝一口，覺得大骨的味道很香濃，只是湯頭淡了點……

某個慵懶的午後，你一腳踏進髮廊就嚇一跳，「乀，邢速蘭！」，你很興奮，因為見到偶像（呵呵），邢速蘭看到你也一樣很興奮（哈哈）。左營這地方還真小，你們算是相見歡。

邢速蘭雖然對自己的婆婆很兇，但是她對左鄰右舍很好，很講理，隨時看到她，總是一臉開懷的笑。

邢速蘭中風了。你踏進髮廊的時候，她老公正好扶著她要離開，你們愉快地聊了幾句，便互道再見。

邢速蘭不住左營，但髮廊老闆娘跟你說，她老公每隔幾天就會載她來洗頭。現在的邢速蘭已經剽悍不起來了吧（哇（哭）……，你的偶像破滅了），行動不便，使她原本就矮小的個子更顯嬌弱幾許……但她命好，老公不離不棄，體貼有致，你後來在同一家髮廊又遇見她幾次，每次要離開，她老公都細心的攙扶著她，把她抱在胸前，讓她坐在機車前座，像小女兒般呵護……

已經在左營街頭看見政元他爸好幾次了，為了避開他，每次你都選擇快閃。唉，欲知前生事，今生受者是，也不知道自己上輩子怎麼對待人家的，搞得人家這輩子那麼恨你！

終於那一次，閃躲不及，被他喚住……。

想起他過去那麼痛恨你，你內心是千兒八百個不願再見到他，特別是現在又挺個大肚子（貝貝在裡面），他叫喚你時，你想像他將不知會用什麼惡毒語言羞辱你，逐步靠近時，內心是發抖的。但是，他出奇地對你笑，和過去跟你說話手總是插在腰桿上，整張臉永遠氣得鼓鼓的惡煞模樣相距千里……。

家裡明明人丁單薄，卻因為老人家泥古不化，把一個原本應該可以很和樂的家庭，搞成千軍萬馬踏碎……。

問你，恨嗎？說真的，恨是一種習慣，不恨也是一種習慣。

再問你，氣嗎？氣啊，又不是聖人，被欺負成那樣，怎麼會不氣，只是氣只有一口，一吐一納也就完了，一旦動用到恨，那就此恨綿綿無絕期囉……

他在對你笑，好像，好像你們之間從來沒有發生過什麼，為什麼？當他媳婦那段時間，他明明從來沒有對你笑過，現在不當他的媳婦，他反而笑了。

算了，過去都是誤會一場。

也或許正因為你已經不是他的媳婦，他沒有資格再欺負你，也有可能是後來政元娶的新媳婦讓他嘗到排頭，最終發現還是可以欺負的你比較可愛！

據二姊打聽回來的走道消息說，他和新媳婦也處的很不好。新媳婦會頂嘴、會跟他大聲吵架，吵到鄰居都跑出來看熱鬧！

聽說新媳婦娘家很有錢，婚前像一張白紙，最重要的是她敢跟長輩吵架，完全和你不一樣的媳婦，真是可惜政元他媽無福「消受」這種媳婦，可是，看樣子政元他爸也未必喜歡這樣的媳婦，所以後來政元和新媳婦也搬出去了。這使你感到非常納悶，像你這種娘家沒錢、婚前交過男朋友，又打不還手、罵不還口的媳婦，他不喜歡，而像新媳婦這種娘家有錢，婚前既像一張白紙，又會跟他吵架頂嘴，和你全然迴異的媳婦，他也不喜歡，請問，他老人家到底喜歡甚麼樣的媳婦？？？

談話當中，政元父親一直面帶你以前從未看過的笑容，好像很高興看到你，你懷疑他是沒有看到你高聳隆起的肚皮嗎？他不是應該好好羞辱你一頓嗎？

你相信他看到了，只是沒把話題放在這裡。

前公公和前媳婦狹路相逢，真是冤家路窄，然而，路雖窄，心卻寬了，人的心一旦變寬，再怎麼窄的路也好走了。

他變親切了、變和藹了，不再橫眉豎目、不再用凶神惡煞的態度對你。

他變成好公公，你卻已不再是他的媳婦……。

寫書

好命的女人

從舊店開始算起，到行文至今賣了十八年有餘的早餐。十八年裡，你們的身邊換過多少人，多少孩子從小吃你的早餐吃到上高中、大學，到較遠的地方，需要趕車或住校才離開，然後再換一批新的孩子接上來；就連大人也是一樣，有搬走的，也有新搬來的，不然就是調職或轉業，不得不離開，有去的人，也有來的人。

總而言之，從結婚、擺夜市、到賣早餐，二十幾年來，身邊的人走馬換將，無論客人還是朋友都是一批換過一批，唯一沒被換掉的是你，是他……

誰叫他瞎了眼娶到你！

如果當初他把眼睛睜亮一點，說不定真能娶到一個有錢的，這二十年來，也不必跟著你飽受風吹雨打！弔詭的是，確定你沒有錢以後，他也沒有離開，只是太愛生氣，而且情緒常常大過事件本身，要命的是他一鬧情緒，甚麼事情都不想做，甚麼話也不想說，問題是既是夫妻又是同事，必須一起解決的事情很多，不能用耗的，所以這架能不吵嗎？

有時候女人要自問，你甘於對命運俯首稱臣，是真的認命，還是懶得去改變現狀，無形中讓吃苦變成一種習性而不自知。

夫妻要互相扶持，家和萬事興的責任不能全賴在女人身上。

要想日子過得好，不是靠忍耐，而是靠成長，成長可以讓你了解不必用忍耐，就得到幸福。靠忍耐得來的幸福不算幸福，因為一旦動用到忍耐，心裡就難免委屈，一旦覺得委屈，心情起伏忐忑，日子就不能算真的平靜，你現在的生活很平靜，你的撇步沒有別的，就是吵架。雖然方法很草根，然而，當你渾身解數使盡，已經找不到任何語言或方法，才能讓他聽得懂，才能感化他，只好吵架了，當然冷吵熱吵都有。而很多人只會怪你和阿江吵架，卻看不出你吵架裡面所含的智慧，何謂吵架裡面的智慧，這就見仁見智了。

雖然常常吵架，風波不斷，但只要吵的勢均力敵，就不會覺得委屈，不委屈，心靈自然平靜，心靈的平靜才是真正的平靜。你們就這樣從年輕吵到如今落日向晚，吵到你精神渙散，吵到他精疲力竭，有時他無力感泛起，也會嗆聲：「等孩子長大以後，我們就分手。」喔，這句話是你先講的，什麼時候也被他盜用了。你不禁感到可笑，也感到悲哀，「等孩子長大以後，我們就分手」竟是你們夫妻二十年來唯一的共識。

這幾年你的健康狀況就像警察在追賊，亦步亦趨、尾隨不捨……，已經好幾年無法刨小黃瓜，因為刨小黃瓜手急速擺動的動作會引起心悸；不能失眠、電話不能講太久，以上都會誘發眩暈，多年了，聽到電話聲響就會害怕……

發作的時間也不一定，有時半夜，有時下午，有時凌晨，正要出門做生意的時候，才走到樓下，突然發現天地倒著轉……

初期的時候，眩暈要發作還是漸進式的，比如先覺得想吐，然後再慢慢暈、慢慢暈，讓你有時間放下工作，或喊救命，後來，越來越嚴重，一意識到眩暈要發作，到正式像地球儀那樣快速轉動，時間只有短短幾秒，而且就像被點穴一樣，身體完全無法移動，比如當時如果是站立，便須趕在三秒內緊攀住固定物，然後固定不動（以為你靜止不動，其實體內正在承受巨大痛苦）等待救援，如果是在家裡躺著，而房間內只有你一人，必須搶在千鈞一髮的時間內抓到電話，然而即使奮力抓到電話機，卻不一定有能力順利按完七個數字鍵。因此你最害怕突然發作時身邊沒有人，但你最希望在身邊的人不是貝貝也不是樂樂，因為她們太瘦小，而你不是一隻手扶著就可以走路，而是要整個人讓你環抱，因此每當這時候，你最希望在身邊的人是阿江，他是大男人，撐得起你的體重、讓你感到安全——然後用腳不離地的方式慢慢慢慢慢慢移步滑行，完全不能搖動你，不然會有一百伏特的電流穿透你的身體，阿江機車行經之處不能壓過坑洞，一旦壓過坑洞震動你的身體，會令你苦不欲生……

這幾年，一次次眩暈症發作，一次次死命環抱阿江的身軀不放；一次次眩暈症在半夜兩三點，或恰巧在周日的午後阿江打麻將的時間發作，你使喚貝貝或樂樂去把阿江叫起來，他竟也每次都心甘情願起來。

夢啊夢，等啊等，年華消逝彈指間。除了眩暈症，等待的附加值是你兩鬢班白，臉上的不速之客越來越多；是他血液裡的三酸甘油酯越囤越多，膽固醇越積越厚，別瞧他表面上身強體壯，說他中過風，還真看不出來，但是，看不出來又如何，事實上，他現在每天按時吃藥，已被健保局歸類為慢性病人。每次看他吃藥，藥袋打開，細心的將一顆顆藥丸放進手心裡：兩顆降血壓的，一顆降血脂的，一顆降膽固醇的，一顆腦循環的，如數家珍，那模樣，常讓你偷笑，笑他，也笑自己，唉，他三高，你眩暈，當年兩隻「鬥雞」，如今淪落成兩隻「落湯雞」。

阿江跟你都注重孩子，都以孩子為中心，假設婚姻是一座江山，那麼孩子就是你們追隨的「主子」，你和阿江是主子跟前的狗腿子，為了爭取主子的青睞，你們各施本領，你常在貝貝面前挑撥爸爸比較愛樂樂，而在樂樂面前，就說爸爸最愛貝貝，這樣她們同時就會知道你最愛她們。阿江反對她們做的事，你偏全力支持，同樣的你反對她們做的事，阿江也常在背後搞反動，比如，你瞧，你不許她們在生理期前後吃冰，阿江就忒喜歡在你背後偷偷餵她們一口、偷偷餵她們一口，每當背後傳來他們父女刻意抑制的竊笑聲，想像阿江那張狗腿的得意嘴臉，我呸！……，就這樣夫妻倆狗腿來，狗腿去，有時候，也忍不住覺得好笑，當年兩隻鬥雞，不但淪為落湯雞，間又進化成一對狗男女！

嚴格說來，如果不是阿江，早餐店不可能經營那麼久，他現在不只會發現問題，也會解決問題：機器故障，水管堵塞或破裂，抓老鼠，追垃圾車，有他在，一切都不再關你的事，二姊笑你現在變好命啦！

想當年，沒有被「最後一根稻草」絆倒，抱持的信念就是「把孩子帶大一點再說」。如今孩子真的長大了，眼看留著他也沒有用了，你們居然繼續計畫孩子長大以後，經濟壓力沒那麼大了，把早餐咖啡店改成咖啡專賣店，呃……，是怎樣？不是孩子長大以後，就要分手了嗎！

不只如此，他還邀約你退休以後一起遊山玩水，還有貝貝也說：「再留著他啦，再繼續利用他幫我和樂樂帶小孩啦」，哦，我知道了，意思是他過去把你當成提款機，你後來把他視作搖錢樹，利用他幫你賺錢養小孩，退休後再繼續利用他當你的保鑣、司機兼伴陪，和幫忙帶孫子，務必榨乾他最後一點剩餘價值，直到老死，方肯罷休就對了。

不錯唷，當年那個零分的男人，如今不斷在創造自己的價值。鬥雞、落湯雞、狗男女，感覺日子在不斷變化多端的關係裡越來越平靜了，但是如果你問我，會永遠這樣下去嗎？我想神仙也沒有辦法回答你這個問題。

婚姻能不能永續經營，除了經濟與感情，雙方的價值觀也佔很大因素，就像你們一路走到這裡，感覺一切都在穩定成長中，他卻莫名其妙反對你看書，好像日子太平靜會遭天忌，非得找點事情出來鬧一鬧——然而，你的內在覺知已經被喚醒，再也不用「忍耐」成就一切。

生米煮成熟飯，你沒有把它倒掉，反而燒了幾道好菜，擺成一桌吃了；木既已成舟，你乾脆讓它下水航行，只是這次航行的方向，你決定自己掌舵！

讀書樂

有人說看電影的感動並不亞於看書，你知道，問題是一般人多久才看一部電影，真的不如一本書信手捻來。

有人說讀萬卷書不如行萬里路，你懶得去解釋行萬里路不單指靠兩隻腳，更多可能是指生命的歷練，就算萬里路真的是靠兩隻腳走出來的，二十年了，每年三百六十五天，你起碼用三百六十四天在工作，不能行萬里路，只好先看一點書，日後或能憑藉書的力量去行萬里路，可是阿江說你的水準只夠格去旗津跟蚵仔寮，好，沒關係，就算作夢，也是一種成長，你以前可是連做這種夢的自信都沒有呢！

根據你這些年的評估跟觀察，發現「書」是最安全的交際夥伴。讀書能明理，讀書能增智慧；讀書能淺移默化思想，提升心靈，讀書能讓你看見自己的弱點，從而更清晰地看見這個世界。

在蓮池潭邊擺攤那時候，你就邊做生意邊看書，每一本書都讓你看見自己的不足，可是阿江不喜歡你看書，還沒有跟那幾朵花一起玩的時候，你是每天看書，每天被他罵，直到和那幾朵花一起玩，中斷看書，他才不罵。為什麼中斷，因為直到離開以前，她們當中都沒有人發現讀書的好處，以及心靈成長的重要——所以我到現在還是認為那幾朵花是老天故意趕走的，祂覺得你光說不練太久，因此將你重重拋落在這裡，要你從這裡開始整頓出發。

你自己說，為了陪她們玩，你有多久沒看書了？

有時，趁她們人還沒有來，偷翻個幾頁，或打開電視看一下談話性節目或心靈演講頻道，他們當中有人一來就把你的書闔起來，或把電視關掉，還罵你無聊看這個。於是你只好坐下來和他們聊天，還假裝很興奮地和他們討論最近哪個歌星又出了什麼新專輯。雖然心裡很急，還是安慰自己「交朋友」也是一種收穫。

你不是沒有試圖鼓勵她們多培養一項嗜好，除了唱歌也看點書（至少看一點，嘗嘗味道怎樣），但每次都惹她們翻白眼，反過來譏諷你無知，沒出社會。你不敢過於爭辯，因為阿江會加入他們群起攻你一個。因此在這裡「書」是一種違禁品，你唯有默默望書興嘆……

當然，我不是說讀書是萬能的，你到現在還是經常在受騙，還是分不清什麼叫做做善事，什麼叫做管閒事，年過五十，知天命，卻不知人性，智慧空長在兩鬢，足證明讀很多書也沒有變得比較厲害……

這麼說吧，機器需要沾油，才好運轉，生命需要滋潤，才不會太苦澀……。

阿江的脾氣是亂無章法的，過去只要不叫他去工作，則無論你要做什麼，他完全不會干涉，還因為吸毒，希望你離他越遠越好，現在工作勤奮了，戒毒了，沒什麼好逃避的了，卻每看你連續專注做一件事情，就會生氣，譬如除了看書，有段時間跟燕子熱衷討論韓劇，也惹惱他，就連到蓮池潭邊散步，他也罵你瘋了。他不知道散步或運動是每個人，每天都應該做的事情嗎？他以為他在玩一二三木頭人，過去幾年始終躲在自己的世界裡，連正眼也懶得瞧你一眼，現在把頭轉過來開始梭巡你了，卻一開口就叫你：「不要動！」

讀書比看韓劇、散步更使他無法容忍（可能因為你完全不願妥協的關係），有時當著客人的面毫不留情就訓斥起你來。在家裡也一樣，你看書的時間幾乎是用偷的。

每天早上你總是先起床，盥洗完畢再叫醒他，然後利用他盥洗的時間翻一點書，結果他從浴室走出來，就惡狠狠的警告你：「不要太過分！」

一個人在房間的時候，最怕他突然打開房門，只要他一進房門看你手裡拿書，不是罵你老講不聽（他的聲音很嚇人），就是恐嚇要把書撕了或燒了，害你連在自己的房間看書都看的很緊張——你如今藏書怕被他發現，大概就像他當年藏毒怕被你發現一樣吧，天啊，地啊，這算哪門子的報應？？

你的男人跟你的關係是切身的，是足以牽一髮而動全身，不像同事，朋友，關係好壞最多只能影響你的心情，不會影響你的人生。因此除非你的男人是個明理，有肚量，有世界觀，且允許你去成長的人，否則讓千讓萬讓盡天下，就是不要讓你的男人。

特別是對那種涇渭不分而且侵略性強的男人而言，沒有忍一時，只有忍一輩子，退一步，不是海闊天空，而是人生再被毀掉一次……

店裡不許看，因為要顧生意，回家也不許看，因為工作一天太累，特別是你又罹患眩暈症，他阻止你看書和打文章的理由更充足了。或許他是真的關心，但他的態度跟說話的語氣卻讓人感受不到溫暖，反而覺得受到壓迫，每件事情不是以愛或關心為名，就可以盲目的理直氣壯箝制一個人。

總之「累和病」在他看來是一種光明的理由，從此，你怕死了生病，隨便鬧個肚子痛，他就會把所有的罪過全部歸咎給「看書」，他不說你工作太累、不說因為他讓你感到害怕所以產生壓力，而說一切都是看書太累引起的。真不知道怎麼跟他解釋看書跟生病是兩回事，不看書的人，一樣會生病！書看太多會生病，圖書館不就成了殺人坑，寫書的人不就成了殺人犯，出版社不就成了製造殺人武器的兵工廠！

回想過去幾年他抓你看書就像抓姦一樣，實在很悲哀，怎麼可以把一個人勒的那麼緊。旁人看你們夫妻時常因為看書的事情吵架，沒有人同情你的心酸，只是覺得你們很無聊，更難過的是大部分的人都認為該讓步的人是你，好像你真的在做壞事，你很納悶，以前和亞安她們一個禮拜唱五天卡拉OK，都沒人罵你「不安於室」，現在只是看個書，就被數落成像個「玩物喪志」的女人。我想你如果不是還在瘋人院，就是卡到陰！

俗話說無冤無家不成夫妻，所以你們宿世一定共同欠著某種作業，欲待今生一起完成。但這作業是該按照誰的方式寫。過去的你對自己缺乏信心，所以一切皆遵從社會意識，把自己的人生寫成那副德性，因此，這次堅持自己的方式寫，會不會才能寫出正確答案！

做自己，從堅持讀書開始，可是，每次你一拿起書本，阿江就會過來「關心」！討厭，你的敵人只有一個，就是那個死阿江啦！

他不貼心，他只關心你的肉體，卻不關心你的心，而心對一個人來說多麼重要。這裡指的「心」不是肉做的「心臟」，而是感受。當一個人對世間的人事物感受不好，沒有及時導正，思想便容易往下墮落，什麼暴力啦，憂鬱症或躁鬱症通通藉此寄生了。

每個人的生長過程，或多或少都有因為創傷而留下的陰影，阿江也一樣。夫妻做久了，還是有機會聽他講心底話，他的成長過程受到長輩壓抑，他喜歡溜冰，高興地買了一雙溜冰鞋，卻被長輩丟掉，想學吉他，長輩當場摔壞他新買的吉他，還嚴厲譴責他淨學這些沒用的東西！幾乎他喜歡的事情每樣都被否決，甚至被鄙視，久而久之，他便不再相信快樂，甚至痛恨快樂！

聽完他很難得願意敞開的，這段深埋內心深處幾十年的傷痕，你好心疼，也終於了解，難怪他快樂的心情總是無法維持很久，動不動就把自己悶起來，也難怪一件事情你越積極的做，他就越故意從中掣肘，原來是這傷口在喊痛。可是，劃下這道傷痕的人不是你……從小到大你所受的傷害可也沒比誰少過。每個人都有義務為自己的暗傷尋找出路。當我們弱時被強者傷害，當我們強時再傷害弱者，惡性如此循環展延，何時才能擺脫陰霾，重見天日！

阿江毫無自覺地放任他內心的陰影鋪天蓋地席捲你……他不許你讀書，你在書裡得到快樂，讓他備感威脅。常常為看書的事情吵架，而每次吵架總有人勸架，有次一位太太當起和事佬勸阿江戒掉檳榔，而你放棄看書，說一人改一樣，很公平，什麼跟什麼嘛！「檳榔」和「書」竟被視為同等價值，並且可以互換的東西，我看你也差不多可以瘋了……

我說你會不會活得太可悲，用青春換家庭、用尊嚴換親情，現在還要拿書換檳榔，可是書中自有金屋，書中自有大帥哥，檳榔的價值呢？白灰、紅灰，還是檳榔西施？

有聽過流氓讀書讀到變成教授，未曾風聞有人靠嚼檳榔嚼出一番成就的！

不換了，這次。

不知道別人的世界如何，你的世界常讓你覺得好寂寞……，不錯，你很堅強，然而，再怎麼堅強，不小心也有想哭的時候吧！當你偶爾想哭的時候，也需要一個肩膀，一個可以無限包容你的汗水、淚水、口水和鼻水的肩膀，如果沒有這種肩膀怎麼辦？沒關係，蓮池潭就在你家的巷子口，走出去，就會看見一片好大片的天空，這片天空大到足以包容你所有的一切。

這貧脊的二十年，能夠住在蓮池潭邊是一件幸福的事，心情鬱悶的時候，可以出去走走散散，順便看看蓮花開幾朵了。

潭裡有一隻白鷺。就在某個陰晴不定的黃昏，你走出巷子，緩步踱向蓮池潭，方才天朗風清，傾刻，雨從天空落，風從岸邊起，未曾帶傘的爭相走避，正當你隻手遮天，準備逃竄的霎那，忽瞥見那隻白鷺單腳立於潭中，任憑腳下飛湍急流，不躲不避，一副恁祖媽火裡來，水裡去，什麼場面沒見過，你心頭突然一觸，人的志氣豈可輸給動物，要說「壞女人」你也已經是老牌老字號了，何懼一場風雨！

以前孩子是你全部活下去的理由，孩子大了以後呢？總不能繼續把重心賴給孩子，當一個長不大的媽媽！生平無大志，只求多看點書，彌補一下年輕時候遺失的部分，而且僅僅是閒書，不求學問，亦不圖學歷，最多想加強寫作能力，好為自己寫本書，誰料意外被書中的雞湯滋補了心靈，覺得越來越充實，相信自己的未來一定會更好，而且會一直好到下輩子去……

當你決定繼續堅持的時候，反而是阿江要準備很多力氣才能跟你對抗。

然後，各位觀眾，然後有一天，也許是你的心境天見猶憐了——阿江陪你看醫生，在候診間等候時，阿江又開始像在勸一個冥頑不靈的孽子那樣，苦勸你別再看書了，齁（怒），在醫院被勸的應該是不要吃太油，不要吃太辣，不要抽菸喝酒，只有你被勸不要看書，好像你真的是看書看到頭殼壞了，才來找醫生！

你覺得滿腹委屈，又不能在這裡跟他吵架，緊咬牙，因為一開口，眼淚肯定掉下來（受夠了，真的），強裝鎮定進入看診間，醫生才開口溫柔的問第一句話：「不要讓自己壓力太大喔。」你的情緒立刻像激迸的壓力鍋，淚水四射，再也按耐不住當場哭了出來，把醫生跟護士嚇傻了，醫生忙著拍肩膀安慰你，護士忙著給你遞衛生紙……

你在診間的哭聲隱約傳到外面，阿江驚訝於你居然在陌生人面前失控，他終於看見你所承受的壓力有多大，他也認清這麼多年了，你的抵抗無論是有聲的，還是無聲的，他都說服不了你了，於是就在那一天，他讓步了，從此無論你看多少書，他都不再關心了。他說「反正你沒救了！」不但看書沒救，連寫文章，打電腦，他也都不再管你了，看樣子，他真的不想再救你了。

說也奇怪，自從他放棄救你以後，你反而覺得活過來了。突然有一天他又說：「真想看書的話，就看一點歷史書，不要老看那些無聊的」！

你可不認為自己看的書是無聊的，只是從過去多以三毛和瓊瑤的愛情小說為主，直到近幾年狂啃兩性以及勵志書籍，就是從來沒有想過要看歷史書，是阿江——這個一天到晚想擋住你的去路的男人，如今反過來告訴你哪裡有路……

一條龍

每個人都有紀錄回憶的方式，拍照、錄影、畫畫，我則選用書寫來憑弔「你」。為「你」寫一本書，是我在蓮池潭邊擺攤時答應要為自己做的事，成了，就當犒賞自己，不成，努力過，也算對自己有個交代。努力寫作，即使屢屢遭到退稿，道心依然堅定，但是就在我完成到十三萬字的時候，因為雅虎的一個更新動作，我一時反應不過來，一個按鍵，十三萬個字在我眼前一下子全部消失……，眼前螢幕突然呈現一片空白，我的腦門瞬間變成一片黑暗（尖叫）……拜託隔壁女兒請她的網路高手朋友幫忙搶救，結果只救回九千字，十三萬個字剩下九千字，對我的打擊有多大，知道我寫幾年才有這番「成就」嗎？然而傷心憤怒、咬牙切齒之餘，唯一想到的就是「從頭再來」，過去能忍受命運無限上綱的折磨，何以今日不能忍受寫書帶來的這一點挫折，這是上天給我的考驗，我不會服輸的，就像愛迪生說的：「太好了，一把火燒掉所有的錯誤，我又可以重新再來了」！

可是，當我將想把你的心路歷程寫成一本書的想法說給朋友聽，曾不只一人提著同一桶冷水朝我臉上潑過來，特別是阿江，仗著水不用錢，能潑盡量潑……

有人把別人或她自己的遭遇告訴我，要讓我知道有人比「你」活得更精彩，但他們都沒想寫出來，藉此勸我打退堂鼓。

我知道自己並不特別，這個世界上有故事的女人很多，但你不知道別人為什麼不把他們自己的故事寫出來，我只知道「你」的故事激起了我的寫書夢……。

也有人說：「你又不是名人，誰想知道你的故事。還有更絕的說：「沒看過你這類人在寫書。」」何謂「你這類人」？是指出書這件事和一個只有國中畢業，每天繫著一條髒兮兮的圍裙，穿梭在花生奶油巧克力醬之間，身分低微，沒沒無聞的一介匹婦感覺不搭嘎嗎？

我知道，這叫做癩蛤蟆想吃天鵝肉的概念，我也知道，誠如阿母當年說「你」出身不好，長得又不漂亮，因此配不上好人家，他們都是在告訴我：你沒有翅膀，怎麼飛？……所幸我已經不是你，如果我現在還是你，一定會哭著跑回家，從此不敢再提寫書兩個字。

我說寫書的關鍵是作者想要跟這個世界說什麼？這時候又有人說，你既不是名人，又沒錢，沒傲人成就，能拿什麼跟世界說？

我一直都知道你不是名人，也沒有世俗眼光中的那種成功，我也同意「成敗論英雄」，過去在書裡看到的也大部分都舉貧困者因為努力而獲得金錢上的成功為例子，就是沒有看過努力一輩子什麼也沒獲得的人，能拿什麼鼓勵別人活下去。

如果成功只問指金錢上的富有，而不問命運給你的困境，你突破多少？那我承認自己失敗了，因為你的錢只比沒有錢的人多一點點，你的房子也只比沒有房子的人多一間，了不起算上阿江父母留下來的這間加起來共兩間。然而綜觀現今社會連有錢人都在鬧自殺，而且苦媳婦熬成壞婆婆人格特質的人越來越多，就不禁懷疑生命的最高目的，真的僅只於此嗎？

苦過，累過，痛過，哭過，我最擔心的是你還有沒有能力繼續善良下去……

所幸你再窮也沒有窮教育，孩子教育這塊你從不耽誤她們，用跪的用爬的去求來也在所不惜！你虧欠孩子最多的是物質，沒有能力給孩子吃好的、用好的，但在孩子心目中，你卻是個可以依靠的媽媽。樂樂還在讀國中的時候，某天阿江騎機車載她，在路上與汽車擦撞，樂樂的手腳都有大面積挫傷，但是她勇敢的忍著眼淚，直到回家看見你，說：「媽媽，我很勇敢，都沒有哭……」說這話的同時，已經投到你的懷裡，哭得唏哩嘩啦……

讀高中的某一天，樂樂不知道想到什麼，突然跟你說：「媽媽，我們家很窮，可是我覺得自己很幸福。」從小貝貝在家裡可以說是長輩們最漠視的孩子，加上當時的阿江心思完全不在你們母女身上，你便母兼父職。除了上廁所，可以說幾乎一天二十四小時，只要你兩隻手是空的，一定把她抱在懷裡，每次要親近樂樂以前，一定會先抱抱貝貝，或者抱著她一起親近妹妹，總之盡可能讓她覺得不是大人眼裡沒有她，而是她的世界裡只要有你就夠了。讀大學的某天，她也突然說：「我知道自己是家裡最少人疼的孩子，可是我從來不覺得自己缺少什麼，或有什麼陰影之類的。」

你雖然是個貧窮的母親，然而從小到大，孩子成長過程中所有可能遭受到的比如生病，傷害，和感情以及同儕之間的人際問題，需要媽媽的時候，你這個媽媽都在。

沒有放下的勇氣，就要有承擔的堅強。不因夫妻情感不睦和貧窮而讓孩子感到不足，我覺得你有一種另類的成功！遺憾的是這份另類的成功，不包含曉琪，對曉琪而言，你是個不負責任的母親，有幾年的時間，你們母女是失聯的。

婚後那幾年，因為日子過得苦，沒有把太多心思放在曉琪身上，後來輾轉聽說她被後母虐待，被虐待的理由是因為她的親生母親是個壞女人，有什麼樣的母親，就有什麼樣的女兒，你整個人幾乎是發狂的，直想撕爛那個女人的嘴巴！欺負你沒關係，欺負你的女兒，你會殺人！

雖然最後政元也坦承自己的自私，為了討好新媳婦，故意在她面前說你很多壞話，誰知後來被新媳婦當成話柄，害苦曉琪……

知道不可能，依然試探性的把曉琪受苦的事情告訴阿江，希望他說句：「把她帶過來吧。」不難猜到你簡直又替自己挖了一個坑。多想離開這個男人，回到曉琪身邊，但是拿兩個女兒去換一個女兒，是從高山往下跳，改成從大樓往下縱，其結果一樣都是粉身碎骨……

後來政元將曉琪安置在他的另一棟屋宅，你跟二姊去探望時，那棟房子只有水，沒有電——這房子許久沒人住，早就斷水斷電，政元怕後母發現曉琪住在裡面，因此不敢復電——晚上她一個小女生就住在這個烏漆抹黑的屋子裡。

後母身邊容不下她，親生母親這裡也沒有屬於她的位置，從此「何處是兒家」，成了你那幾年無聲的傷口，在內心深處漸漸鑿成一個深黑黝暗的窟窿，一個不小心，就會掉進去，久久爬不出來……

後來，她到髮廊當學徒，老闆娘安排她租在一家早餐店的四樓，你去看時，環境很亂，早餐店打烊老闆離開後，一棟偌大的四樓透天只有曉琪一個小女生住在裡面。整條樓梯也沒燈，只能藉窗外透進來的月光拾級而上。進房內一看，根本是放置雜物的地方，必須把腳抬得很高，穿過重重障礙，才能到達床鋪，床鋪頂上那盞燈，是這屋子唯一的光線來源，一個小女生，獨自住在這種地方，多麼讓人心疼的孩子……

你沒有勇氣問她會不會害怕，孤不孤獨，因為害怕了，孤獨了，你亦無能為力，只是徒增內心刀割……。

隔月，再去看曉琪，老闆娘說她離職了，從此音訊杳然，事隔多年，從不與人提及曉琪，她是你的內傷，碰不得，醫不得，只能任由它痛……直到有一天，終於受不了了，打電話給政元父親，才知道，曉琪已經是兩個孩子的媽媽。

她未婚懷孕不敢找你，怕你罵她，我可憐的孩子，你憑什麼罵她，除了把她生下來，可曾給過她什麼……

知道消息的時候，正逢她的老二周歲，你身無分文，跟二姊借錢買了些金飾去看曉琪和兩個孫子，一路上，想到這孩子從小到大所受的苦，在阿水的車上哭到無法自已，天啊，你到底是個什麼樣的母親，把你殺了比較痛快！

十七歲，未曾享受過當人家女兒，被捧在手掌心的幸福快樂，就要當兩個孩子的媽，扛起一個家，然而，婚姻生活細水流長的辛酸沒有把她擊退，反而一一克服，一一承擔，果然有什麼樣的母親，就有什麼樣的女兒……。但是她比你更強，你一路再怎麼苦，都有一個母親和兩個姊姊陪著，而她只有她自己……

貝貝讀國中的某天，你才讓她們倆姊妹知道，她們還有一個親姊姊。而且無視阿江的感覺，經常將她們二姊妹拉在一起吃飯，彌補她們失去多年的姊妹情，也企圖將你心中那個又深又沉的黑暗窟窿一吋一吋填平，結果，有一天阿江竟突然說：「把她叫過來吧！」。

跟曉琪約在牛排館，阿江對貝貝和樂樂兩人說：「她是你們的親姊姊，雖然我們的親人都很好，但我們才是第一線親人，以後人生中無論遇到什麼考驗，一定要互相扶持」。

你坐在一旁靜靜聽著阿江當著曉琪的面前，對兩個孩子喊話，當他說「我們」是姊姊的第一線親人，這話表示他已經接受曉琪的存在，忍不住心頭一酸，兩股湧泉不斷冒出眼眶，漸漸擋住你看東西的視線，阿江變不一樣了，兩個女兒，一個老公，感覺自己像帶大三個孩子，二十多年來許許多多，他曾經對你說過的殘忍的話，所有做過的可惡的事，都隨淚水在眼前漸漸暈開、暈開，最後模糊到你看不清了……

「媽媽，小時候，你如果真的跟爸爸離婚，長大以後，看到這本書，我會原諒你。」這是若干年前，這本書剛完成第一次初稿的時候，樂樂說的話。事隔幾年，這本書幾經修改，最後差不多接近尾聲的時候，某天騎機車載樂樂，想跟她撒嬌討愛，再次問她：「媽媽很偉大，對不對。」沒想到她竟直接了當說：「不對，你沒有很偉大。」！挖哩嘞，害你差點闖紅燈！這個不孝女，你過去為了她兩姊妹所吃的苦、所受的委屈難道都是活該。

聽你哇哇叫，她補充說：「你是很偉大，但你那種偉大是不值得鼓勵的。」我知道啦，她的意思是說你很笨！不過，說真話，我其實很慶幸樂樂不認同你過去的一切「所作所為」。

好樣的，寶貝女兒啊，時代不一樣了，是該轉換不同思維了。

委曲求全，逆來順受再也不是女性唯一展現才華的地方，悲慘的命運，沒必要繼續複製下去。儘管你們出身卑微，長得又不挺漂亮，但生命本不該設限，忘掉自己沒有的，你們需要理解的只有飛翔……

最近身邊最夯的話題是有個親戚家裡出了個不務正業又吸毒的不肖子孫，每次大家坐下來談論他詭異的舉止，阿江也夾在其中擔憂他的未來。

眼看這陣子大家對吸毒者破壞家庭，自毀前程感到痛心疾首，你突然對阿江的內心世界感到好奇，有一天吃午餐，故意問他：「你今天變成這樣，有感謝我嗎？」，這時，他不是不想跟你說話，而是嘴裡正好塞滿一口麵，沒辦法回答，但是很肯定的對你點了幾下頭，喔，幸好他有點頭，他頭這一點，當年那隻無辜被他「殺死」的鱉的屎總算沒有白流。

今天的阿江是左鄰右舍均肯定的勤奮好男人，多少歐巴桑、歐吉桑都誇你嫁了個好丈夫。自從他變成好男人以後，就再也沒聽到有人罵你壞女人了，最多說你是懶女人或好命的女人，真是太神奇了！

偶爾，會想起有一次因為眩暈症躺在醫院的急診間，突然想上大號，阿江扶你上廁所，緊緊抱著坐在馬桶上的你，「完事」後，他大概以為你當時沒有行為能力，竟然捲起衛生紙，準備幫你擦屁，你很意外他竟會做出這麼貼心的舉動，後來雖然是你自己完成擦屁屁這件事，但心裏開始想「少年夫妻，老來伴」的真諦，又想起他曾經跟你說過：「夫妻不是作假的」這句話，突然間，你想到這輩子說愛你的，在你身上吃乾抹淨後，各個絕情離去的背影，煞有其事的問阿江：「你愛我嗎？」他竟裝著鬼臉說：「不愛」，這下你可以放心了，說不愛的，也許才是那個不離不棄的，但忽又想到他的世界有時還是免不了陰暗，轉而心頭一驚，人類都進入二十一世紀，文明到達頂端，你還要學古人鑿壁取光過日子嗎，救命啊！……

還是忍不住想要再說一段題外話，阿江幾度要脅我如果敢把那些不光彩的過去講出來丟人現眼，他絕對跟我離婚，有一次吵得厲害，逼得我離家出走五天，這五天，是給他機會冷靜的。果然五天後，他把我接回來，從此雖不再以離婚要脅，卻不斷潑冷水：「你不會成功的，你是誰啊？會有哪家出版社不長眼幫你出書？」種種冷嘲熱諷，直到和出版社簽約了，他才閉嘴，閉嘴的同時我看到他的眼睛亮了一下，後來一些出版事宜，他也會出手幫忙，比如將要校稿的稿子裝訂，以方便我校稿。我說我把你寫得很壞，他一臉不屑的：「啃」一聲，又低頭裝訂，我知道那聲「啃」是不以為意，看他默默將 280 張紙認真裝訂的樣子，頓時，我明白了，他其實是怕我期望太高，所以偶爾澆一桶冷水好讓我有點夢想無法成真的心理準備。我想這個男人真的長大了，可見不光彩的過去，也可以有精彩的結尾，甚至發展成璀燦的未來……為什麼我會一反過去事事忍讓的常態，任性的堅持，因為「舊傳統」這條單行道我已經走了太久，也走了太遠，走得四肢無力，兩眼發暈，結果還是告訴我「此路不通」，於是我終於明白很多事情必須逆向思考，不通的路，不是回頭就是轉彎，硬闖絕對沒有好出路。

其實寫書的初衷很單純，就是把自己的際遇當成故事寫出來而已，沒想在寫書的過程中，因為不斷閱讀意外充實自己，心中的格局也越來越開闊，也許有人會說我的心胸本來就很大，因為我很能原諒別人，但是那最大限度也只能說是宰相肚裡能撐船，然而承載船的不過是海，而我要的卻是一片天空！

垃圾可以回收變成藝術品，我過去的一堆爛攤子何以不能整合起來變成一家大型百貨公司。人生不該是單行道，生命的發展應該是多向的，嚴格來說這本書已經不單純是自傳，它更正確的說法應該是一個女人的成長過程！

說真的，我最感激的人其實是你，從以前到現在，無論多少人放棄你，你都沒有自我放棄，無論日子多苦，累倒幾次，哭倒幾次，你都可以再笑著爬起來重新開始。以至於我今天有機會站在這裡往回頭看自己的人生，就像這本書的第一章「抽牌」，到踢到「紅色鐵門」、踏上「不歸路」、掉進「泥巴坑」、遇到「鬼打牆」，變成「飛累的燕子」，乃至明知幸福用錢買不到，還是沒有被「最後一根稻草」絆倒，直到後來所發生的一切等等等，那些本來以為過不去的關卡，如今看來根本雲淡風輕，這時，我終於看清楚，過去從你到我手中所拿的那些每張都看似爛牌的牌，連起來是「一條龍」！

心靈勵志系列 44

只要幸福不要忍耐

作　　者：羅羚瑋
美　　編：林育雯
封面設計：林育雯
執行編輯：高雅婷
出 版 者：博客思出版事業網
發　　行：博客思出版事業網
地　　址：臺北市中正區重慶南路1段121號8樓14
電　　話：(02)2331-1675或(02)2331-1691
傳　　真：(02)2382-6225
E—MAIL：books5w@gmail.com、books5w@yahoo.com.tw
網路書店：http://bookstv.com.tw/
http://store.pchome.com.tw/yesbooks/
博客來網路書店、博客思網路書店、
華文網路書店、三民書局
總 經 銷：聯合發行股份有限公司
電　　話：(02)2917-8022　傳真：(02)2915-7212
劃撥戶名：蘭臺出版社　帳號：18995335
香港代理：香港聯合零售有限公司
地　　址：香港新界大蒲汀麗路36號中華商務印刷大樓
C&C Building, #36, Ting Lai Road, Tai Po, New Territories, HK
電　　話：(852)2150-2100　傳真：(852)2356-0735
總 經 銷：廈門外圖集團有限公司
地　　址：廈門市湖裡區悅華路8號4樓
電　　話：86-592-2230177
傳　　真：86-592-5365089
出版日期：2017年6月 初版
定　　價：新臺幣280元整（平裝）
ISBN：978-986-94508-7-4

版權所有・翻版必究

國家圖書館出版品預行編目資料

只要幸福不要忍耐 / 羅羚瑋 著 --初版--
臺北市：博客思出版事業網：2017.6
ISBN：ISBN 978-986-94508-7-4（平裝）

855　　106005703